Sven Pfizenmaier
Schwätzer

Sven Pfizenmaier

Schwätzer

Roman

KEIN & ABER

Die Entstehung dieses Romans wurde unterstützt
durch Stipendien des Deutschen Literaturfonds
und der Berliner Senatsverwaltung für Kultur und
Gesellschaftlichen Zusammenhalt.

Coverdesign: Maurice Ettlin, basierend auf einer
Illustration von Josephine Rais
Satz: Dörlemann Satz, Lemförde
Druck und Bindung: GGP Media GmbH, Pößneck
ISBN 978-3-0369-5039-6
Auch als eBook erhältlich

www.keinundaber.ch

Erster Teil

Berichte deiner Reise haben Fehler provoziert
Warum schreibst du den Hasen nicht mit H?

1

Am Himmel über Neukölln sind die Sterne unsichtbar. Eine Kuppel aus Milch verschleiert den Glanz der Meteore, die auf dem Weg zu ihrem Ende hier vorübersegeln. Für die Straßen spielt der Weltraum keine Rolle, das Auge Galileo Galileis schiebt sich durch den Flaschenhals in den Schaum des Bieres. Jemand nimmt einen Schluck daraus, schaut zum Wettbüro. Dort steht ein Mann im Hemd und wischt sich die Tränen von der Wange. Hoch über ihm, im Dachgeschoss der Mall, werden Gespräche an der Hantelbank geführt. Ein Ratschlag für die Muskeln, vier Silben für das Herz. Der Zapfhahn spuckt Magnesium.

come on Baby, leg was zwischen die Tür
damit ich später noch zu dir kann
damit du
damit du nicht
damit du nicht weinst und dein Kissen schon ganz
nass ist
weil du es nicht schaffst
zu sagen, du magst es nicht
wenn du abends ganz allein bist

Sie wollen zärtlich sein und halten sich die Hände, verängstigt von der Dunkelheit, die sich ihnen aus den Seitenstraßen entgegendrückt und in deren Schutz man hier Hakenkreuze an Schawarmaläden geschmiert und Scheiben von Baklavabäckereien eingeworfen hat, wo man Israelflaggen in Brand gesetzt und schwule Pärchen angespuckt hat, wo sich jetzt aktuell aber nichts befindet außer dem Konsum, zwei Süchtige fragen nach Kleingeld, ein paar andere stoßen ihre Weinschorlefläschchen aneinander, jemand raucht, jemand steigt ins Kokstaxi.

Die Bar an der Ecke wird von einem Mistkäfer betreten, seine Panzerung schimmert grünlich, als er an den Kickertischen vorbeigeht und sich auf den einzigen freien Hocker am Tresen setzt. Die Bedienung fragt nicht mehr nach, stellt ihm schweigend einen Dark'n Stormy vor die Fühler. Er schämt sich, weil er sich wieder einmal eingeredet hat, nur diesen einen Drink zu nehmen, und da musste er natürlich an *The Lost Weekend* denken, wo Ray Milland auch nur diesen einen Drink haben will und gesagt bekommt: »Won't you ever learn, it's like stepping off a roof and expecting to fall just one floor.« Und so fiel er, wortlos dem Durst ergeben, von einem Glas ins andere, bis er von der letzten Erkenntnis für diesen Abend in die Bewusstlosigkeit verabschiedet wird, der Erkenntnis, alles falsch gemacht zu haben. Auch für diese tropische Nacht hat man Unwetter angekündigt, und auch in dieser Nacht kommen sie nicht.

Glitch im Gesicht
doch fühlen tun wir einfach nichts
gib mir den Kick, und ich sage
das reicht noch nicht

Am Morgen die Hitze. Die Sonne, der Thron. Prahlerei. Am Straßenrand stehen runde, mit Wasser befüllte Boxen, in denen sich mal ein halbes Kilo Haribo befand. Jetzt entwachsen dem Plastik Eidechsen, sie tippeln über den Asphalt und verschwinden in Smogwolken. Der Mann, der am U-Bahn-Eingang Flyer verteilt, bekommt nicht mal ein »Nein danke« zu hören, wortlos gehen die Menschen an ihm vorbei, und wortlos hält er sie hin, die Ausrufungen von Schlussverkäufen, die Megadeals, die einmaligen Probierwochen und Limited Editions.

und die Sonne strahlt mich an
nicht rund, nicht gelb
und die Menschen weinen schnell
nicht in echt, und nur für Geld
und ich hab geträumt
in vier zu drei

Jemand brät sich ein Spiegelei auf der Motorhaube seines 5er BMWs, »Vorteil schwarzes Auto«, sagt er und schnipst seine Zigarette gegen einen pinkfarbenen Schwimmring mit Einhornkopf, der sich daraufhin in Abermillionen Teile zerstäubt und in der Kanalisation versickert. Ratten, Maden, Tauben. Flötenspieler drängen sich auf dem Bürgersteig, ihre schiefen Melodien brechen über

Balkone in Schlafzimmer ein, hier hat es viel zu lange keinen Sex gegeben, lieblos liegen die Körper auf dem Boden, ihr Brusthaar entstellt in einer Flut von Sojasoße. Sektkorken, Ventilator, wabernder Asphalt. Niemand nass rasiert, stoppelige Gesichter und Rauschebart, Dönergeruch, niemand isst. Kippen, Bier, Schatten. Oben im Parkhaus bröckeln Schwäne aus dem Putz, rissige Narben, und fliegen dem Bordstein entgegen, wo es sich gut sitzen lässt, einfach nur das, sitzen. Augenringe. Jemand sagt: »Ich brauche Geld«, und jemand anderes hat keines. Als sie sich von ihren Träumen erzählen, riechen sie den Schweiß der anderen. Mitten im blauen wolkenlosen Himmel steckt der Vollmond wie ein Loch im Karton, durch das die Küken atmen können.

2

Meikel hatte noch nie ein gutes Verhältnis zu schönen Dingen gehabt. Wenn sie in sein Leben getreten waren, wollte er sie nicht mehr gehen lassen, unter keinen Umständen, er wollte mehr von ihnen, jeden Tag mehr, bis sie kaputtgingen oder ihn verließen oder seinen sicheren Tod bedeuteten, wenn er sie behielte. Er hatte auf diese Art Freundschaften geführt und Beziehungen, verschlingend, unstillbar hungrig nach gemeinsamer Zeit und Aufmerksamkeit, sensibel für jede Verletzung, die er zu erleiden glaubte, unsensibel für alles, was ihn nicht betraf. Die meisten empfanden ihn nach kurzer Zeit als lästig. »Du musst ein gesundes Mittelmaß finden«, sagte jemand, als

Meikel wieder einmal schwor, von exakt diesem Moment an nie wieder Alkohol anzurühren und Drogen schon gar nicht, das sei vorbei, für immer. Der Ratschlag war nicht schlecht. Bloß verstand die Person nicht, dass das gesunde Mittelmaß in Meikels Welt ein irreales Konzept war. Es gab keinen Pfad in seinem Hirn, an dessen Ende Mäßigung stand. Er hat es ja probiert, sehr wohl wissend, dass dieses gesunde Mittelmaß, von dem alle sprachen, einige seiner übelsten Probleme hätte lösen können. Doch es ging nicht. Es gab nur alles oder nichts. Wenn Meikel etwas Tolles sah, dann wollte er daran verrecken. Als er sich dem jedoch ganz real näherte, dem Verrecken, wollte er es nicht mehr. Seitdem, so sagt er, ist er ein anderer Mensch geworden, und als dieser andere Mensch stand er eines Abends im August vor dem Kühlregal eines Supermarkts, wog zwei Becher in den Händen, links einen Schokopudding mit Vanilleflecken, rechts einen Vanillepudding mit Schokoflecken, und sagte: »Du verdammtes Stück Scheiße, entscheide dich.«

Er wiederholte diesen Satz minutenlang. Einige Menschen in Hörweite stellten ihre Einkäufe zurück, als hätten sie Angst, durch den Verzehr eines Fruchtjoghurts könnte seine Perversion zu ihrer werden. Andere, wenige, näherten sich ihm und berichteten, diesen oder jenen Pudding selbst einmal gegessen zu haben, und sprachen eine Empfehlung aus oder eine Warnung. Meikel ignorierte sie. Er vertiefte sich in die Produkte. Am Ende nahm er beide und hasste sich.

Es war nicht immer so schwer. An diesem Abend war es das, weil Meikel auf dem Weg zum Supermarkt im metallicblauen Lack eines halb auf dem Bürgersteig geparkten AMGs seine Reflexion gesehen hatte und erschrocken war. Er hatte nichts Schönes an dem Bild gefunden, das sich ihm bot, und noch weniger an dem, was nicht zu sehen war, aber von dessen Existenz er wusste, der blassen Haut, den hängenden Fettlappen. Rötungen, Krümmungen, aufgekratzte Pickel. Als er mir später von diesem Selbstbild erzählte, sagte ich ihm, dass ich ihn schön finde, aber davon wollte er nichts wissen, er war von seiner Hässlichkeit überzeugt und wollte nicht an sie erinnert werden, denn wenn er erinnert wurde, dann wollte er sich bestrafen. Mit einem Messer ins eigene Fleisch schneiden zum Beispiel oder sich Gift zuführen oder wenigstens eine Mahlzeit auskotzen, aber weil er das nicht mehr durfte, weil er leben wollte, gab er sich mit milden Strafen zufrieden, wie eben: Heute kaufst du dir nur ein einziges Dessert. Dass er selbst daran scheiterte, brachte ihn in Rage. Auf dem Weg zur Kasse murmelte er wüste Beschimpfungen vor sich hin. Als er dort ankam, hatte er bereits die Erfolge der vergangenen Jahre, die Entgiftung, die Therapien, die wiederaufgebauten Freundschaften, für entwertet erklärt. Es brauchte ein warmes, auf fast schon unheimliche Art verständnisvolles Lächeln des Kassierers, um ihn zu beruhigen. Ruiniert war der Abend trotzdem, und so hatte Meikel eigentlich geplant, ihn daheim im Ventilatorwind zu verbringen und die Angebote aller marktführenden Streaminganbieter miteinander zu vergleichen, während sich Erdnussflips in seinem Mund so lange mit Speichel vollsogen, bis sie sich am Gaumen zerdrücken und, ohne zu kauen, runterschlucken ließen, doch dann klingelte es an der Tür.

Er nahm den Hörer der Gegensprechanlage ab und fragte, wer da sei. »Ich bins«, hörte er Eddi sagen, ganz locker, als würde es sich bei seinem Erscheinen nicht um eine Anomalie im Weltengefüge handeln. Durch den Hörer prasselte das Blubbern einer Wasserpfeife auf Meikel ein. Er gab sich dem hin, sekundenlang, Massenhinrichtung und Artensterben, Knallfrösche auf einsamem Asphalt, ein Sturz aus der Jugend, Pfefferminztabak statt Zähneputzen, es waren leichtere Zeiten. »Lässt du mich rein?«, sagte Eddi irgendwann. Meikel drückte auf den Buzzer, vielleicht auch in der Hoffnung, sich verhört zu haben, öffnete die Tür und starrte ins Treppenhaus. Er hatte sich nicht verhört. In dieser ihm eigenen Mischung aus Müdigkeit und Enthusiasmus kam Eddi die Stufen raufgeschlendert, auf den ersten Blick unverändert, mit dem gewohnten drahtig-adrigem Körper und den kurz geschorenen Haaren. Genau wie früher trug er ein spruchbedrucktes T-Shirt. Dieses kannte Meikel nicht, es war ein schwarz-weiß gebatiktes Exemplar mit der Aufschrift:

NEVER

BAD

VIBES

Eddi grinste breit. Als er etwas näher an ihn herantrat, bemerkte Meikel dann die vielen kleinen, wunderschönen Veränderungen an seinem Körper: Seine Zähne waren vollständig und weniger gelb, seine Haut hatte an Farbe gewonnen, die einst radioaktiv pulsierenden Augenringe hatten sich auf faltige Narben runtergeheilt. Meikel musste lächeln.

»Du siehst gesund aus«, sagte er.

»Du auch«, sagte Eddi, weiterhin grinsend und damit offensichtlich auf Meikels neue Rundungen anspielend, auf die Straffungen des T-Shirts um seinen Bauch und die kleinen Schatten unter der neu gewachsenen Fettbrust. Da war nichts Spöttisches in seinem Grinsen, er freute sich ganz aufrichtig darüber, dass ihm Nahrung wieder zu schmecken schien. Trotzdem wusste Meikel nicht, was er jetzt sagen, auch nicht, ob er ihn reinbitten sollte. Er wusste nur, dass er ihm in die Arme fallen wollte, und er wusste, dass er das nicht tun sollte, weil es gefährlich war, und dann tat er es, er umarmte ihn und schnaufte ihm in seine Schulter, er hörte ihn »Ich habe dich vermisst, Meikel« sagen und wie das Patsch, Patsch, Patsch ihrer Rückenschläge durch den Hausflur hallte.

Sie saßen sich im Wohnzimmer gegenüber. Eddi auf der Couch, Meikel auf einem Stuhl, den er aus der Küche holte. Auf dem Beistelltisch neben der Couch lagen, von Eddi ignoriert, die Erdnussflips. Es stand die Getränkefrage im Raum, doch keiner traute sich, sie zu formulieren. Sie wollten niemals zu Menschen werden, die Tee anbieten. Meikel nahm allen Mut zusammen und tat es, und Eddi nahm dankend an, als sei es normal. Weil klar war, dass sie nun Kette rauchen würden – Eddi fummelte bereits nach seinem Tabak –, öffnete Meikel das Fenster. Eigentlich hielt er Zigarettenqualm in seiner Wohnung nicht mehr aus und rauchte nur noch auf dem Balkon. Dies jedoch konnte er Eddi natürlich nicht sagen, der bereits nach einem Aschenbecher suchte und dann, als er einen Schluck aus der Tasse nahm, den zum Teetrinken obligatorischen Witz über den Tiefpunkt ihres Lebens machte.

»Das ist der Tiefpunkt unseres Lebens«, sagte er.

Meikel stimmte zu, holte den Aschenbecher vom Balkon und steckte sich eine Kippe an. Er hatte das Gefühl, dass mit diesem Satz alles gesagt war. Von draußen, aus der Nacht, drangen die Gespräche des Shishacafés im Erdgeschoss zu ihnen, das Autorauschen der Hermannstraße, die Krankenwagensirenen und fiependen Wegfahrsperren der erfolglos geklauten E-Scooter. Sonst, so schien es, kam nichts herein, kein laues Lüftchen brachte die Nacht zustande, es war dieselbe Schwüle wie am Tag, nur dass die Sonne nicht brannte. Eddi saß aufrecht auf der Couch und fuhr mit dem Zeigefinger über den Rand seiner Teetasse, in Viertelkreisen hin und zurück. Früher hätten sie jetzt über Konsum geredet. Dass sie stattdessen gar nichts sagten, tat Meikel weh. Er prüfte, ob er weinen wollte. Es spielte keine Rolle, er konnte nicht. Er bereute nur, Eddi umarmt zu haben. Plötzlich beschämte die Nähe ihn nachträglich.

Eddi, das muss man wissen, ist ein Schwätzer. Menschen, die es gut mit ihm meinen, attestieren ihm eine blühende Fantasie, die anderen halten ihn einfach für einen notorischen Lügner und liegen damit vollkommen richtig. Meikel war völlig klar, dass eher früher als später alle Süchtigen zu Lügnern werden, er ja auch, das gehörte dazu, Eddi aber kannte gar kein Maß, er log ohne jeden Grund, den ganzen Tag, oft um persönliche Fehlschläge zu kaschieren, meistens aber aus Langeweile oder schlicht aus Gewohnheit. Im Grunde hatte Meikel keine gesicherten Informationen über ihn. Im Laufe der Jahre hatte er ihn bestimmt fünfzehn verschiedene, absolut nicht miteinander zu vereinbarende Familiengeschichten erzählen hören, mal waren seine Eltern bosnische Kriegsflüchtlinge, mal verstoßene FARC-Guerillas. Einmal, als Meikel sich weigerte, mit ihm ins Planetarium einzubrechen, gab Eddi sich als Nachkomme von Juri Gagarin aus und warf Meikel vor, die Ausführung seiner genetischen Verpflichtungen dem Weltall gegenüber zu sabotieren. Du konntest Eddi nach der Uhrzeit fragen, und er würde dich anlügen. Er log sein Tagebuch an. Manchmal hatte er behauptet, genug Geld für den Dealer zusammengeschnorrt zu haben, dann gingen er und Meikel hin und bekamen aufs Maul.

»Wenn mir jemand ein Bild dieser Wohnung zeigen und mich fragen würde, wer hier wohnt, würde ich niemals auf dich kommen«, sagte Eddi.

»Ich gebe mir Mühe.«

»Du hast einen Beistelltisch.«

»Wie gesagt.«

Eddi lehnte sich zurück und wippte mit seinem rechten Bein, wodurch der Schlüsselbund in seiner Hosentasche zu klimpern begann. Gerade als Meikel ihm sagen wollte, dass ihm das Geräusch schrecklich auf die Nerven gehe, so, wie er es ihm schon früher etliche Male gesagt hatte, presste Eddi von außen seine Hand an den Schlüssel und hielt ihn fest. »Ist das eine Maßnahme, um nicht ans Ballern zu denken?«, sagte er.

»Was?«

»Deine Wohnung. Dieser aufgeräumte Möbeldiscounterstil sieht mir gar nicht nach dir aus. Ist das dein Geschmack, und ich wusste es nicht, oder ist es genau *nicht* dein Geschmack, und du hast dich so eingerichtet, um nicht an früher erinnert und rückfällig zu werden?«

»Wäre das nicht ein bisschen albern?«

»Finde ich nicht. Ich komme ja nur darauf, weil ich das genauso mache, bloß mit Sprechen. Ich fluche nicht mehr.«

»Du fluchst nicht mehr.«

»Ja. Diese ganzen Wörter –«

»Scheiße, ficken, Bastard …«

»Genau. Sag ich alles nicht mehr. Ist mir halt irgendwann aufgefallen, dass, wenn ich so rede, wie ich früher geredet habe, dann schaltet sich mein Hirn so zusammen, dass ich was ballern will. Also rede ich einfach, als ob ich ein anderer Mensch wäre. Der echte Eddi hat seine Chance gehabt und es nicht auf die Reihe bekommen, keiner braucht den, keiner liebt den, also muss er eingegraben werden, verstehst du, was ich meine?«

»Ist das mit einem Therapeuten abgesprochen? Kommt mir ungesund vor.«

»Ich halt mir auch die Augen zu, wenn ich auf die Tür von 'nem Restaurant oder so zugehe, weil ich Angst hab, dass wenn ich das Wort *Ziehen* lese, ich mir sofort ein Gramm Koks hole.«

»Aber wenn du dir aus Angst vor dem Wort die Augen zuhältst, steht dann nicht in deinem Kopf erst recht dick und fett ZIEHEN?«

»Offensichtlich nicht. Ich bin seit drei Jahren clean.«

»Okay.«

Meikel stand auf und schloss das Fenster. Dass Eddi ihm weiterhin nicht sagte, warum er hier war, machte ihn wütend, gerade auch weil er sich in dieser Hinsicht nicht verändert hatte. Aus Angst vor negativen Reaktionen tat Eddi schon immer einfach so, als wäre an seinem Verhalten nichts ungewöhnlich, erwähnte dann irgendwann beiläufig, dass man sich gern was zu trinken holen könne, man müsse nur noch ganz kurz »einen schnellen Euro machen«, in dieses Geschäft für Arbeitsbekleidung, um Warnwesten, Sicherheitsschuhe und Bauhelme zu klauen, damit verkleidet nach Lichtenrade fahren und einem fernen Bekannten beim Verladen von drei unbewachten Dixi-Klos helfen. Wenn man ihn dann fragte, was das solle, guckte er einen an, als wäre man selbst der Wahnsinnige. Genau so saß er an diesem Abend auf Meikels Couch, unschuldig in der Luft rumguckend.

»Warum bist du hier?«, sagte Meikel.

»Ich hätte nicht kommen sollen, wa?« Eddi sah ihn nicht an, hielt den Kopf gesenkt und knetete seine Hand. Sofort tat er Meikel leid. Er spürte das Bedürfnis, ihm die Last zu nehmen und zu sagen, dass es schon okay ist, dass sie nicht darüber sprechen brauchen. Die Worte kamen schon beinahe aus seinem Mund, als er sich daran erinnerte, dass er so was nicht mehr machen darf. Er schwieg und wartete.

»Ich habe Probleme«, sagte Eddi.

Meikels Herz schlug schneller, er schluckte. In seiner Brust wuchs ein Ballon. Er rief sich seine Therapeutin ins Gedächtnis und atmete ein, atmete aus, lenkte seine

Wut in die rechte Hand, die sich fest an den Stuhlboden krallte.

»Du hast Probleme? Und kommst damit zu mir? Was soll das, Eddi?«

»Ich weiß. Ich weiß. Es ist mir auch nicht leichtgefallen. Ich weiß das doch alles. Aber irgendwie … irgendwie ist es doch jetzt anders, oder nicht? Guck dir deine Wohnung an. Du bist clean. Ich bin clean.«

»Ja. Genau wie beim letzten Mal.«

»Das passiert nicht noch mal. Ich verspreche es dir.«

»Wir haben uns voneinander verabschiedet.«

»Aber jetzt ist doch alles anders.«

»Was ist denn anders?«

»Ich schwöre dir bei *Gott*«, sagte er, »dieses Mal ist es anders. Ich würde nicht zu dir kommen, wenn ich mir nicht zu einhundert Prozent sicher wäre. Ich brauche dich.«

Die Sätze, tausendfach gehört, dröhnten in Meikels Kopf. Am liebsten hätte er Eddi angeschrien und aus der Wohnung gejagt, doch es dämmerte ihm bereits, dass er dazu nicht in der Lage war. Er hatte Eddi zu sehr vermisst. Es erinnerte ihn an das Spätstadium seiner Sucht, in dem er innerlich von der Scheiße loskommen wollte und jedes Zusammenrollen einer Fahrkarte und jedes Erhitzen von Alufolie von nichts mehr begleitet war als Sätzen wie *Ich würde jetzt gerne damit aufhören,* oder *Hör auf,* oder *Hör sofort auf,* während Hände und Mund und Nase das genaue Gegenteil taten und er ihnen nur noch zusehen konnte, und genauso hörte er sich, zum Mond schauend, Eddi fragen, was er denn jetzt für ein scheiß Problem habe.

3

Im Zuge einer Reihe von Verzweiflungstaten zur Erhaltung des Römischen Reichs beschloss Kaiser Valerian im August 258 n. Chr., den Bischof von Rom, Sixtus II., enthaupten zu lassen. Einer der Gründe dafür waren die Kostbarkeiten, die die noch junge christliche Kirche in ihren Kammern aufbewahrte – zumindest ließ sich Valerian bald nach der Ermordung des Bischofs dessen Schatzmeister Laurentius bringen, um diesen zuerst zu foltern und ihm dann zu befehlen, die Schätze der Kirche zusammenzutragen und auszuhändigen. Laurentius willigte ein und ging los. Er holte das Gold und Silber und den Schmuck aus den Kammern, schenkte es den bedürftigen Mitgliedern seiner Gemeinde und schlug beim Kaiser mit einer Gruppe von Armen und Behinderten auf sowie der Meldung, diese Menschen hier seien der wahre Schatz der Kirche. Laurentius wurde augenblicklich hingerichtet. Seitdem weint der Himmel jedes Jahr Laurentiustränen, im August fallen sie leuchtend durch die Nacht. In Berlin sind sie eigentlich nicht zu sehen, nur ganz selten schaut jemand in die Luft und sagt: »Oh mein Gott, eine Sternschnuppe.«

Auch Farina hätte sie beinahe nicht bemerkt. Der glühende Schweif zog sich so unmittelbar nach dem Anzünden der Zigarette durch das Schwarz, dass sie dachte, ein Funke ihres Feuerzeugs sei zum Mond hinausgesegelt. Sie hat sich nichts gewünscht.

Farina hatte den Abend im Kino verbracht, saß nun im Vorhof einer Gokart-Bahn, der ein mit privat bewirtschafteten, urbanen Gärten dekoriertes Brachland zwischen zwei Baustellen war, und trank Bier. Warme Luft umschmiegte ihren Körper. Sie war davon ausgegangen, dass sich hier einige Leute tummeln würden, aufgrund seines Abstands zu den Wohnhäusern und den angenehm schlecht beleuchteten Palettenbänken war dieser Platz ein beliebter Treffpunkt, doch nach ihrer Ankunft fiel ihr auf, dass es Dienstagnacht war, und Dienstagnächte waren nicht mehr wie früher. Der Platz war leer. Farina überlegte, ob sie jemanden nach Gesellschaft hätte fragen sollen und ob sie sich einsam fühlte. Beide Fragen ließen sich nicht eindeutig beantworten. Sie spürte eine Abwesenheit von etwas, das hätte da sein sollen, aber sie war nicht sicher, ob es sich bei diesem Etwas um einen Menschen handelte. In der Dunkelheit tippelten die Ratten. Sie kratzten am Holz und trugen Nahrung von einem Loch ins andere. Ab und zu quiekten sie, und manchmal klang es so, als würden zwei von ihnen übereinander stolpern.

Es waren jetzt vier Monate vergangen, seitdem Alva ihren Kopf in den voll aufgedrehten Gasherd ihrer WG-Küche gelegt hatte und erstickt war. Farina hatte mit ihr zwar über Suizid gesprochen, das war aber bestimmt zehn Jahre her gewesen, als sie Anfang zwanzig waren und einen Hang zum Pathetischen hatten. In diesen Gesprächen ging es viel um die emanzipative Komponente der Selbsttötung, die Würde, die in einem selbstbestimmten Abtreten lag, gerade im Angesicht einer Krankheit. Dieser Teil stellte für Farina lange Zeit den Kern der Gespräche dar, weswegen sie sich nie ernsthafte

Sorgen machte. Selbstmord war für sie etwas, das man im Alter tat, wenn es nicht mehr viel zu holen gab, und sie hatte geglaubt, dass Alva das genauso sah. Erst nach ihrem Tod, als die Schuldfrage sie quälte, erinnerte Farina sich, dass es für Alva auch um den Leistungsdruck gegangen war, den ihr Vater auf sie ausübte, um das zwangsläufige Absterben jeder Liebe, um die allgemeine Perspektivlosigkeit der Menschheit und um den kaum zu ertragenden Selbstekel, der sie regelmäßig überfallen hatte.

Alva war zu einer Zeit gestorben, in der es Farina ohnehin nicht gut ging. Zwei Monate zuvor hatte sie ihren Club verloren, das April. Farina war gerade dabei gewesen, langsam wieder auf die Beine zu kommen. Sie ging zum Friseur, sie ging einkaufen. Sie stellte sich einen Wecker, obwohl sie nichts vorhatte. Manchmal setzte sie sich für einen Cappuccino in ein Café, hörte aber bald auf damit, weil ihr auffiel, wie sehr sie diese Cafés verachtete, wo man die Tagesangebote mit Herzchen verzierte, um zweistellige Beträge für ein belegtes Brot irgendwie lieb aussehen zu lassen. Eigentlich hatte sie die Missgunst und die Arroganz vieler der älteren in Berlin Geborenen gegenüber Zugezogenen nie geteilt, sie hatte das als stumpfsinnig empfunden. Das änderte sich allmählich. Farina fühlte einen Hass in sich wachsen, erkannte ihn allerdings auch als ein Anzeichen schwelender Verbitterung, da sie ja wusste, dass es so einfach nicht war, nicht jeder Zugezogene trägt automatisch zu einem Anstieg der Mieten bei, auch dann nicht, wenn er ein Burgerrestaurant mit lustigem Namen eröffnet. Und trotzdem ertappte sie sich immer wieder bei der Lust, einen großen Stein zu werfen.

»Wow«, sagte Leif, »ganz schön drastisch. Du brauchst mal was Witziges. Wann hast du das letzte Mal gelacht?«

»Mir ist grad nicht so nach lachen, Leif.«

Kaum hatte Farina sich bei ihm gemeldet, hatte Leif vorgeschlagen, gemeinsam was trinken zu gehen. Er hatte es sich schon seit geraumer Zeit zur Aufgabe gemacht, Farina aufzumuntern. Sie wusste das zu schätzen, vor allem, weil Leif, einer der fröhlichsten Menschen, den sie je getroffen hatte, selbst eigentlich gar nicht so viel zu lachen hatte. Sein Leben war von groteskem Unglück gezeichnet. Zumindest im Alltag hatte er sich schon lange damit abgefunden, er wunderte sich nicht mehr darüber, dass er jedes verdammte Mal, wenn er vergaß, sich ein Ticket für die U-Bahn zu ziehen, sofort kontrolliert wurde, er wunderte sich nicht über die Steine in den entkernten Oliven auf seiner Pizza und dass er immer, wenn ihm etwas runterfiel, über einem Abflussgitter stand. Er hörte irgendwann auf, sich darüber zu beschweren, er konnte nichts daran ändern: Es war genetisch bedingt. Leif entsprang väterlicherseits einer Familie von Pechvögeln, schon sein Urgroßvater hatte in den 1920ern die Schulausbildung abgebrochen, um sich dem professionellen Kommentieren von Stummfilmen zu verschreiben. Dessen Sohn entwickelte eine Sportwettensucht, die Verluste verursachte, um deren Höhe sich Mythen ranken. So erzählte es zumindest Leifs Mutter, die keinen Hehl daraus machte, dass der letzte Satz, den sie je von seinem Vater gehört hatte, »Ich hasse mein Leben« war, nachdem er das geplatzte Kondom aus ihr gezogen hatte und wenige Minuten später für immer verschwand.

»Ich habe richtig gute Laune heute«, sagte Leif. »Noch einen Aperol?«

»Warum nicht.«

»Exactly.«

Leif und Farina saßen in einer Bar in der Donaustraße, die einmal einem Schwaben oder Bayer gehört hatte. Sie hatte auch einen schwäbisch oder bayerisch klingenden Namen, den Farina sich weigerte auszusprechen. Der frühere Besitzer war nicht müde geworden zu erzählen, dass hier eines Silvesterabends Quentin Tarantino höchstpersönlich aufgeschlagen war, und bei jeder Erzählung wurde die Zeit, die die beiden zusammen am Tresen gesessen hatten, länger. Im zweiten Jahr der Covid-Pandemie hatte er sich jedoch dazu entschlossen, die Bar zu verkaufen, und seitdem wurde sie von US-amerikanischen Expats betrieben, die nichts änderten, außer dass es keine Weißwurst und Brezeln mehr gab und dass zweimal wöchentlich im Hinterraum eine englischsprachige Stand-up-Comedy-Night stattfand. Ab und zu sagte jemand das Wort »Anmeldung«, und dann lachten alle.

»Du willst wahrscheinlich nicht nach hinten gehen«, sagte Leif.

»Nein«, sagte Farina. Sie war ein bisschen sauer, dass Leif für das Treffen diese Bar vorgeschlagen hatte, obwohl er gewusst hatte, dass heute Comedy-Night war, und Farina nicht. Sie fragte sich, ob Leif ihr, ganz grundsätzlich, überhaupt zuhörte, oder ob er einfach überzeugt davon war zu wissen, was ihr guttat. Immerhin wurden hier an Comedy-Nights traditionell auch Radio-Hits der Nuller Jahre gespielt. Deswegen konnte Farina auch nicht wirklich sauer auf Leif sein. Er stellte mit dem Aperol in der Hand Augenkontakt zu ihr her und sang *Feel* von Robbie Williams, und das war natürlich einfach nur schön. So schön, dass Farina ein schlechtes Gewissen bekam und Leif zuliebe ein Mal lachte. Außerdem hätte sie ein schlechtes Gewissen, ihm gegenüber grob zu sein, weil er, es war ein Dauerzustand, im Liebeskummer steckte. Seine Freundin Rebecca hatte ihn verlassen.

»Sie hat mir mal ein kleines Büchlein geschenkt«, sagte Leif, »wo eine Liste mit allen Vögeln Mitteleuropas drin war, zum Abhaken und Notizen machen. Immer wenn wir an einen anderen Ort kamen, sind wir los und haben uns in den Wald gesetzt oder an den Strand und einfach nur dagesessen und uns mit großen Augen angeschaut, wenn irgendwo ein Specht am Klopfen war oder ein Fasan gerufen hat. Dann sind wir losgeschlichen und haben gesucht. Wenn wir ihn gefunden haben, habe ich eine Notiz mit Datum und Uhrzeit aufgeschrieben und ihr vorgelesen, sie machte Ergänzungen, wir freuten uns und malten uns aus, wie es mal sein wird, wenn das Buch voll ist, wie wir unser ganzes gemeinsames Leben an den Vögeln, die wir beobachtet haben, werden ablesen können. Stunden haben wir so verbracht. Ich weiß nicht, ob ich jemals einen Vogel werde singen hören, ohne an sie zu denken. Das tut mir so weh. Ich will nicht, dass es so wehtut, aber ehrlich gesagt habe ich noch größere Angst davor, dass diese Erinnerungen verdrängt werden, weißt du, dass ich irgendwann einen Vogel sehe und *nicht* an sie denke, weil sich neue Erinnerungen darübergeschrieben haben. Das wird passieren, aber ich will das nicht. Ich will sie nicht vergessen. Jahrelang war sie mein Zuhause, ich habe nie einen Menschen gekannt, bei dem ich mich so wohlgefühlt habe. Der Gedanke daran, dass ich eines Tages auf einen Vogel zeige und sage: Das ist eine Blaumeise, und dabei nicht an Rebecca denke, das … Ich halte das nicht aus. Sorry, ich werd schon wieder so pathetisch. Fuck my life. Ich vermisse sie so sehr.«

Farina drückte seine Hand und lächelte. Leif sah hinab zum Tresen. Dann winkte er ab und sagte: »Na ja. Whatever«, was Farina als eine seiner schlechteren Angewohnheiten empfand. Immer wieder setzte er ihr einen Gefühlsausbruch vor, nur um ihn sofort zu relativieren und beiseitezuwischen. Auf diese Weise blockierte er ein ernsthaftes Gespräch über das, was eben noch enorm wichtig gewesen war, sodass es einfach in der Luft hing und auf die Stimmung drückte. Wenn Farina sich, wie an diesem Abend, schwach fühlte, konnte sie damit schwer umgehen. Sie entschuldigte sich auf die Toilette, um einen Moment durchzuatmen.

Auf der Toilette verlor Farina sich in den Stickern, die die gesamten Fliesen- und Klokabinenwände bedeckten. Ganz Berlin sprach hier gleichzeitig zu ihr. Da waren Bands mit ironischen Namen, Partykollektive, die durch verschroben neonfarbene Designs auf eine vergangene Epoche des Raves verwiesen, Filmproduktionsstudios und Content Creators, die die kreativen Energien ebenjener Zeit professionell zu Kundenfreundlichkeit zurechtzähmten, politische Aufrufe zum feministischen Kampftag oder Veganismus, zu Enteignungen und Sabotagen von Großkonzernen sowie diverse Sticker mit obskurer, augenscheinlich aussageloser Symbolik. Farina sah einen Fahrrad fahrenden Esel, die Silhouette eines Mannes auf einem Boot, der einen Stab oder ein Ruder hielt, ein Möbelstück, dem Zähne gewachsen waren, eine sich LSD einwerfende Wolke. Es war zu viel Welt auf einmal. Farina rieb sich kaltes Wasser ins Gesicht, bevor sie zurück an den Tresen ging. Sie hatte Leif etwas zu beichten.

»Zwei Tage bevor es passiert ist, war ich mit Alva im Club«, sagte sie.

»In welchem Club?«

»Na, in meinem.«

Leif machte ein Geräusch, das Verständnis signalisierte, und nahm einen Schluck vom Aperol. Er musste sich jetzt sehr zusammenreißen, sensibel zu bleiben. Fast zwei Jahre waren vergangen, seitdem Farina vom Eigentümer der Räumlichkeiten den Bescheid bekommen hatte, dass das Mietverhältnis für das April nicht verlängert werde. Vor über einem halben Jahr, nach ein paar letzten, geisteskranken Raves, musste Farina endgültig schließen. Dass sie daraufhin in ein tiefes Loch der Trauer gefallen war, hatte man in ihrem Freundeskreis zunächst noch nachvollziehen können. Nach ein paar Monaten jedoch war man zunehmend der Meinung gewesen, dass es vielleicht an der Zeit war loszulassen. Farina jedoch dachte nicht daran. Weil sie ahnte, dass der Grund für die Kündigung irgendwas mit undurchsichtigen Finanzströmen und Immobilienspekulation zu tun haben musste, die Räume also mit Sicherheit eine ganze Weile leer stehen würden, ließ sie sich vor Abgabe des Schlüssels eine Kopie anfertigen, damit sie ab und zu rein und in Erinnerungen schwelgen konnte. All ihre Freundinnen und Freunde und besonders Leif hielten diese Idee für kontraproduktiv. Das April wurde zum Reizthema. Leif wollte jetzt allerdings keinen Streit riskieren, also fragte er nur, warum sie ausgerechnet mit Alva dort gewesen war.

»Keine Ahnung, war spontan. Wir haben rumgehangen und uns Geschichten von früher erzählt. Irgendwann dachten wir, dass es doch cool wäre, noch mal durch den Club zu gehen, also sind wir hin.«

»Das war das letzte Mal, dass du sie gesehen hast?«

»Ja.« Farina schwenkte ihren Aperol im Kerzenlicht, ein orangefarbenes Aquarium. »Sie war sehr nostalgisch.«

»Nostalgisch?«

»Oder irgendwas anderes, keine Ahnung. Sie hat sich vor das DJ-Pult gestellt und die Augen geschlossen und dann quasi zu tanzen angefangen, so hin und her geschaukelt. Ich hab sie erst mal gelassen, weil ich es süß fand, aber sie hat nicht mehr aufgehört, und irgendwann hab ich halt gelacht und gemeint: Na, fühlst du es?, und da hat sie mich ganz erschrocken angeguckt und gesagt: Hörst du das *nicht*? Ich hab gedacht, sie verarscht mich. Und sie hat das auch gemerkt, dass ich das denke, und dann so komisch verlegen gelacht, als hätte ich sie bei was Peinlichem erwischt. Ich hab gegrinst oder so, und dann hat sie richtig zu lachen angefangen, als ob es einfach ein Spaß von ihr wäre und sie mir einen Streich gespielt hat. Aber sie ist dann ganz schnell raus, und wir haben nicht noch mal drüber geredet.«

»Sie hat uns vieles nicht erzählt.«

»Irgendwie habe ich das Gefühl, dass sie noch leben würde, wenn ich sie nicht in den Club gebracht hätte. Das ist Schwachsinn, oder?«

»Ja, das ist auf jeden Fall Schwachsinn, hör auf damit. Alva ist an ihrer Depression gestorben. Wir konnten ihr nicht helfen. Niemand hat Schuld daran und du schon gar nicht. Sie hat dich geliebt.«

Farina presste ihre Lippen zusammen und nickte. Das Kerzenlicht brach sich durch den Aperol auf ihre Haut, die Farbe des Himmels über einem brennenden Wald. Im Hinterraum erzählte immer noch jemand von seiner gescheiterten Anmeldung. Das Publikum bekam sich gar nicht mehr ein vor Lachen.

Später, allein zu Hause, so stelle ich es mir vor, fiel Farina ein, dass sie sich beim Anblick der Sternschnuppe etwas hätte wünschen können. Seitdem sich in ihrem Freundes- und Bekanntenkreis immer mehr Menschen zuerst ironisch, dann extrem unironisch für Horoskope interessierten, hat sie einen Antagonismus zum Weltraum entwickelt. Sie weigerte sich, ihm eine Autorität in Zukunftsfragen zuzugestehen. Als sie jedoch hustend über dem Waschbecken lehnte, weil sie schon wieder, es passierte ihr ständig in letzter Zeit, zu viel Zahncreme auf die Bürste geschmiert hatte und sich folglich derart viel Schaum in ihrem Mund bildete, dass sie einen Teil davon versehentlich schluckte, fragte sie sich, ob sie dem All gegenüber nicht doch zu sehr verpanzert war. Einen Wunsch an eine Sternschnuppe zu richten ist harmlos, das hätte sie ruhig tun können. Sie schaute in die geröteten Augen ihres Spiegelbildes und sagte: »Du hättest dir was wünschen können.«

4

Es hatte Jahre gedauert, bis Eddi die Übergänge zwischen den Jahreszeiten wieder mitbekam. Als Konsument wurde er in sie hineingeworfen, nichts kündigte sich ihm an. Die Verfärbungen der vollen Bäume waren unsichtbar, es war Herbst, sobald er Laubberge nach Kleingeld durchwühlte. Es gab keine ersten Blüten der Krokusse im Park, kein vorsichtiges Ausprobieren, ohne Jacke aus dem Haus zu gehen, es gab bunte Blumenwiesen und Schweißausbrüche. Es gab keine Freunde, die sich nicht mehr unaufgefordert meldeten und von Mal zu Mal länger brauchten, um auf Nachrichten zu reagieren, die, wenn man sich dann doch traf, immer weniger von sich erzählten, die nicht mehr noch ein zweites Bier trinken wollten und die beim Abschied nicht mehr »Bis bald«, sondern »Machs gut« sagten. Es gab auch keine Phasen von lustlosem Sex, während dem die Hände einfach auf der Matratze lagen, es gab kein heimliches Schluchzen im Badezimmer und keine ersten Lügen darüber, wo das Geld hin war oder wo man sich die Nacht vertrieben hatte. Es gab Freundschaften und Nichtfreundschaften, Liebe und Getrenntsein, mehr nicht, davon war Eddi so lange überzeugt, bis ihm dann doch Erinnerungen an diese nebligen Zwischenzeiten kamen, die folglich nicht nur stattgefunden haben, sondern auch von Eddi registriert worden sein müssen, und dass sein Hirn ihm das antut, registrieren, aber nicht warnen: Pass auf, dieser Mensch entfernt sich gerade von dir, oder: Du stößt diesen Menschen von dir weg – dass dieses Hirn tatsächlich so handelt, darüber ist Eddi nochmals Jahre nicht hinweggekommen.

Mit dieser Erfahrung hätte er auf das Schreiben vorbereitet gewesen sein können, das plötzlich in seinem Briefkasten lag und ihn zwar nicht explizit aus der Wohnung schmiss, ihn aber dazu ermutigte, über das Weiterwohnen *sehr* genau nachzudenken, immerhin werde es eine Mieterhöhung um eine so und so hohe, im Prinzip unbezahlbare Summe geben. In den vorangegangenen Monaten hatte Eddi mehrmals den Eindruck, im Haus geisterhaften Verschiebungen beizuwohnen, so wunderte er sich über die frische Außenfassade und über Asphalt und Fahrradständer im Innenhof, über das saubere Treppenhaus und die energieeffizienten Fenster bei den Nachbarn, erklärte sich das aber mit den Wahrnehmungsschwierigkeiten eines Ex-Süchtigen und redete sich ein, dass das alles schon immer so gewesen und er einfach wie immer unaufmerksam war. So richtig suspekt wurden ihm die Vorkommnisse erst, als er abends von seiner Tischlerlehre heimkam und sich plötzlich in einem Fahrstuhl wiederfand, obwohl er hätte schwören können, am Morgen noch die Treppen hinabgestiegen zu sein, weil es keine andere Möglichkeit gegeben hatte. Auch in diesem Fall vertraute er sich zu wenig, um aus der Beobachtung Schlüsse zu ziehen, also beließ er es bei einem müden Kopfschütteln über die Zerstörungen seines Suchtgehirns und dachte nicht weiter darüber nach, bis er schließlich diesen Brief in den Händen hielt und ihm ein Licht aufging.

»Das Einzige, was Sie jetzt noch tun können«, sagte die sichtlich unausgeschlafene Mieterberaterin, »ist, an die Menschlichkeit der Investoren zu appellieren.« Sie lachte nicht, als sie das sagte, presste die Lippen nur zu einem hoffnungslosen Strich zusammen und sah an Eddi vorbei zu der Schlange, die sich vor ihrem Büro gebildet hatte.

Dafür musste Eddi erst mal rausfinden, wer die Investoren waren. Auf dem Briefkopf befand sich lediglich der Name der Firma, CHARON INVESTMENT AG, schrie einem ein martialischer Font entgegen. Eine E-Mail mit dem Hilfegesuch von Eddi wurde schnell beantwortet: Da das Unternehmen solche Modernisierungen und Mietpreisanpassungen wie im Falle von Eddis Haus nicht mit eigenem Kapital, sondern mit dem der Geldgebenden tätige, sei man an deren Interessen gebunden und habe folglich in derartigen Einzelfällen keine Entscheidungsgewalt. Nein, diese Geldgebenden seien nicht im Detail darüber informiert, was genau mit ihrem Geld passiere, sie seien ergebnisorientiert und würden die Verantwortung für die genauen Handelsschritte an die CHARON INVESTMENT AG weiterdelegieren. Nein, man könne mit Eddis Anliegen nicht an die Geldgebenden herantreten, dies überschreite die Kompetenz des Unternehmens. Nein, man könne die Kontaktdaten der Geldgebenden aus Datenschutzgründen nicht herausgeben.

Eddi wollte nicht ausziehen. Knapp ein Jahr zuvor hatte er, nachdem er aus der stationären Behandlung entlassen worden war, festgestellt, aus seiner damaligen Wohnung rausgeschmissen worden zu sein, also klingelte er bei seinem Freund Linse, dessen echten Namen niemand mehr kennt und der sich, wie sich dann herausstellte, gar nicht mehr Eddis Freund nannte, seitdem dieser ihn zwecks Drogenbeschaffung beklaut hatte. Eddi konnte sich daran nicht erinnern, glaubte Linse aber sofort, entschuldigte sich und hielt einen sehr langen Monolog über die eigenen Unzulänglichkeiten. Linse, ein nachtragender Mensch, gab Eddi daraufhin zwar einen Platz auf der Couch, ließ ihn dafür aber bei jeder Gelegenheit wissen, unerwünscht zu sein, zum Beispiel indem er ihm zum Frühstück in Leitungswasser eingeweichte Haferflocken servierte und selbst Froot Loops mit frischer Heumilch aß oder indem er eine Strichliste darüber führte, wie oft Eddi die Klospülung betätigte. Jedes Mal wenn Eddi von der Couch aufstand, schüttelte Linse die Kissen aus und seufzte leidvoll, wenn Eddi sich wieder hinsetzte. Linse protokollierte mit einer ihm um den Hals hängenden Stoppuhr, wie lange Eddi Steckdosen in Anspruch nahm und wie lange er duschte. Eddi hatte einfach keine gute Zeit. Entsprechend erleichtert war er, als er nach fünf Wochen eine Wohnung fand. Beim Auszug schüttelten sich diese einst so eng befreundeten Menschen die Hand.

Eddi kam nicht auf die Idee, sich mit den anderen Menschen im Haus zusammenzuschließen. Es befand sich nicht im Rahmen seines Denkbaren. Als eine Nachbarin also klingelte und ihn fragte, ob er sich der Gruppe anschließen und dabei helfen wolle, die Mietsteigerung abzuwenden, fiel es ihm erst auf: Stimmt, füreinander da sein, auch wenn man sich fremd ist, das geht, das kann man machen als Mensch.

Die Nachbarin hatte zunächst dieselben Schritte wie Eddi getätigt, hatte allerdings nach der Absage der CHARON INVESTMENT AG weiterrecherchiert und herausgefunden, dass das Kapital aus dem Versorgungswerk der Zahnärztekammer Mecklenburg-Vorpommern stamme. Aufkauf, Sanierung und Weiterverkauf des Hauses seien zur Rentenvorsorge der Mitglieder gedacht. Da diese aber anscheinend nicht wussten, was mit ihrem Geld angestellt wurde, bestehe die Hoffnung, die Zahnärzte und Zahnärztinnen überreden zu können, ihr Investment zurückzuziehen. Die Nachbarin hatte bereits eine Liste mit sämtlichen Mitgliedern der Zahnärztekammer zusammengestellt, jetzt müsse man die Webseiten der Praxen raussuchen und alle persönlich anschreiben. Ob Eddi dabei sei.

Eddi war natürlich dabei. Insgesamt waren es über eintausend Praxen, die gegoogelt und kontaktiert werden mussten. Eddi schrieb, wie auch die anderen Menschen im Haus, die ganze Woche Mails, lange, ausführliche Mails mit präziser Schilderung der Situation und eindringlichen, Grenzen wahrenden Appellen sowie Eddis Handynummer, falls ein echtes Gespräch erwünscht sei. Es antwortete niemand, nicht eine einzige Person. Eddi und die anderen hatten sich auf Streitereien eingestellt, auf wütende Mails, auf Drohungen, aber auf dieses kollektive, unbeugsame Schweigen waren sie nicht vorbereitet.

Irgendwann, das müsste so drei Monate gewesen sein,

bevor Eddi auf Meikels Couch saß und ihm davon erzählte, hatte sein Telefon geklingelt. »Ich möchte Ihnen helfen«, sagte eine mechanisch verzerrte, nach Lösegeldforderung klingende Stimme. Und als Eddi darauf nicht antwortete, fügte sie hinzu: »Ich bin Zahnarzt.« Dieser Zahnarzt legte Eddi dar, inwieweit er nicht nur an dem Investment beteiligt sei, sondern auch eine derart hohe Stellung genieße, dass ein einziges Wort von ihm den Ausverkauf von Eddis Zuhause augenblicklich stoppen könnte. Da es sich hierbei aber immerhin um die Rentenvorsorge von ihm und all seiner Kollegen in Mecklenburg-Vorpommern handle, könne er dies nicht einfach so tun. Eddi müsse dafür eine Gegenleistung erbringen. Das Wort ließ Eddi erschaudern. Er hatte in seinem Leben schon oft eine *Gegenleistung* erbringen müssen, allerdings war es nie direkt ausgesprochen worden. Der Klang des Wortes rief ein Gefühl von Erniedrigung hervor, das Eddi hätte zögern lassen können, aber nicht tat. Er hörte sich zusagen.

Daraufhin fiel der Zahnarzt in einen wirren Monolog über den Ursprung aller Existenz. Man müsse sich klarmachen, sagte er, dass wir, also wir als Menschen, nicht einfach so aus dem Wasser gekrochen kamen, sondern dass es *Meteoriten* waren, die Aminosäuren auf die Erde brachten; dass es auch Meteoriten waren, die Adenin, Thymin, Guanin, Cytosin auf die Erde brachten, »immerhin, ja, da hören Sie ganz richtig, die Grundbausteine der menschlichen DNA«. Hätte es keine Meteoriteneinschläge gegeben, so der Zahnarzt, dann hätte hier niemals Leben entstehen können. Ob Eddi klar sei, was das bedeute, wollte der Zahnarzt wissen, ob ihm das *klar* sei, »wir sind gottverdammte Aliens«, flüsterte er und driftete immer wieder ab, um die nicht konkret benannte, aber als eindrucksvoll hoch umschriebene Summe seines Monatseinkommens einzustreuen, gelegentlich mit dem Zusatz, dass ihn dieses Geld nicht glücklich mache. Dass sie auch ihn, Eddi, nicht glücklich machen würde, auch wenn es ihm manchmal so erscheinen möge. Ihm, dem Zahnarzt, sei irgendwann klar geworden, dass es nur einen einzigen Weg zu so etwas wie Glück gebe, und der befinde sich in der Rückkehr zum Ursprung, und zwar zum *Ursprung.*

»Rudolf Steiner sagt, was sich innerhalb unserer Blutkörperchen abspielt, wenn Eisen eingeschlossen wird, diese Bewegung, die ist exakt, haargenau, minutiös dieselbe wie die eines Meteors, der strahlend durch die Luft hinunterrast. Das Weltall ist *in uns drin.* Verstehen Sie das?«

»Wenn Sie mir nicht sofort sagen, was das mit meiner Miete zu tun hat, lege ich auf.«

Der Zahnarzt stieß einen leidvollen Seufzer in den Hörer, enttäuscht von der Unfähigkeit Eddis, über den Nichtigkeiten irdischer Probleme zu stehen. Ihre Nächte waren nicht die gleichen, Eddi sah hinaus in einen sternenlosen Himmel, unter dessen Schleier es laut war und dunkel und einsam. Der Zahnarzt fühlte nichts von alledem, auf der Terrasse war es still, das Kissen seiner Liege war warm, in der Ferne rauschte die Ostsee, und der Weltraum war ganz nah.

5

Meikel wusste nicht, was er von der Geschichte halten sollte. Weil er Eddi aber seine Hilfe zugesagt hatte, folgte er ihm in die S-Bahn Richtung Königs Wusterhausen. Es war tiefe Nacht, sie schauten aus dem Fenster.

»Warum braucht denn irgendein Zahnarzt aus Usedom dich, um einen Meteoriten zu finden?«, sagte Meikel irgendwann.

»Er braucht nicht *mich*. Er braucht irgendeinen Verzweifelten. Jeder Trottel kann Meteoriten finden. Ist halt einfach nervige Arbeit.«

»Kann er sich nicht einen kaufen?«

»Nein, das ist sein Problem. Auf dem Meteoritenmarkt bekommst du bloß Fragmente, Bruchstücke, Scheiben, für den Verkauf hergerichtet. Aber einen ganzen, unversehrten Meteoriten kriegst du nicht einfach so. Den musst du selber finden.«

Eddi erzählte, dass er sich in den letzten Wochen bereits ein Netzwerk aufgebaut habe. Von einem dieser Kontakte sei er über den Meteoriteneinschlag in Brandenburg informiert worden. Meikel wunderte sich. Der Eddi, den er kannte, war zwar nicht schüchtern, allerdings auch niemand, der aktiv Kontakte knüpfte. Er war immer eher der Typ gewesen, der vor sich hin lebte und dann auf diejenigen reagierte, die in sein Leben traten. Das konnten dann auch enge Freundschaften werden, doch die Voraussetzung war immer, dass nicht er den ersten Schritt machte. Nun berichtete Eddi von diesem neuen Netzwerk wie jemand, der in der Filmbranche tätig war, also wie ein Mensch, den der alte Eddi verachtet und bei der ersten Gelegenheit ausgeraubt hätte. Eddi nahm sich ziemlich wichtig. Wenn Meikel nach Details fragte, presste er die Lippen zusammen, guckte entschuldigend und verwies auf ein Schweigegelübde, von dem Meikel sicher war, dass er es sich ausgedacht hatte.

Meikel war schnell genervt. Gleichzeitig fand er jedoch Gefallen daran, dass Eddi zu einer nie da gewesenen Ernsthaftigkeit gefunden hatte, und so versuchte er, ihm zu geben, was er brauchte. Deshalb fragte er auch nicht nach, warum Eddi ausgerechnet *seine* Hilfe brauchte. Es fühlte sich logisch an, Zeit miteinander zu verbringen.

Die Nacht war klar und viel zu warm. Sie schnallten sich Lampen um die Stirn und radelten über die Feldwege kahler Ackerlandschaften. Die Fahrräder wurden ihnen, wie Eddi dann doch bereit war preiszugeben, von seinen neuen Kontakten bereitgestellt, die offenbar auch Prognosen für ihn recherchierten, an Teleskopen standen und mit Ferngläsern in Büschen hockten. Je mehr Eddi davon erzählte, umso misstrauischer wurde Meikel, doch er nahm es schweigend hin und sah hinaus in die von Dunkelheit verschlungenen Felder.

Brandenburg ist kein guter Ort, um Meteoriten zu finden, weil es, obwohl Eddi davon auszugehen schien, in Wahrheit noch gar keine Wüste ist. Bei der Vegetation dort sind die Steine kaum auszumachen, entweder graben sie sich beim Aufprall in die weiche Erde, oder sie sind zwischen all den dunklen Brauntönen so gut wie unsichtbar. Zu diesem Schluss kam auch Meikel. Er äußerte seine Bedenken. Für Eddi jedoch war dies bloß eine »Frage der Einstellung«. Tausendmal erklärte er, dass Meteoriten statistisch gesehen genauso häufig in Brandenburg wie überall sonst einschlügen, dass hier allerdings noch nie einer gefunden wurde, weil die Menschen sich von den Bedingungen der Landschaft einschüchtern ließen und zu faul für die Arbeit seien.

»Im Umkehrschluss heißt das«, sagte er, freihändig auf dem Fahrrad fahrend, »dass die hier mit Meteoriten den Arsch voll haben. Das sind so viele, dass es schwieriger ist, keinen zu finden.«

Meikel teilte diese Zuversicht nicht. Alle paar Hundert Meter hielten sie an, weil einer von ihnen glaubte, etwas gesehen zu haben. Dann standen sie über einen großen Sandklumpen oder einen alten Schuh gebeugt und spekulierten, ob ein echter Meteorit, sofern er denn überhaupt sichtbar wäre, nicht auch einen Krater erzeugen müsste. Sie kamen zu dem Schluss, dass dies wahrscheinlich von der Größe des Meteorits abhängen würde, und stiegen zurück auf ihre Fahrräder.

Angeblich hatte Eddi parallel einen Trupp Späher ausgesandt, die, mit Nachtsichtgeräten bestückt, die Teile der Gegend durchforsteten, die mit dem Fahrrad nicht zu erreichen waren. Meikel fragte ihn, wie es sein könne, dass seine Handlanger mit Nachtsichtgeräten ausgestattet seien und sie nur diese LED-Lampen aus dem Kassenbereich vom Baumarkt hätten. Auf diese Frage drückte sich Meikel eine eiserne Stille entgegen, zu hören war nur noch das einsame Surren der Dynamos. Irgendwann sagte Eddi, dass er leider nicht befugt sei, diese Frage zu beantworten.

Das war der Moment, in dem Meikel Zweifel kamen. Von da an musste er ernsthaft in Erwägung ziehen, dass Eddi ihm die ganze Zeit nur Scheiße erzählt hatte.

Ich weiß nicht, ob Eddi es hätte besser machen können. Später hat er sich damit erklärt, dass die Wahrheit, das Treffen mit uns, die Zeremonie, zu abwegig sei und er Meikels Vertrauen damit nicht hätte zurückgewinnen können. Die Lüge sei glaubwürdiger gewesen. Wahrscheinlich stimmte das sogar. Er hätte allerdings bedenken können, dass Meikel über die Jahre ein sehr feines Gespür für Eddis Lügen entwickelt hatte und dass dieses Gespür im Laufe der Nacht immer weiter ausschlagen würde.

Sie saßen am Straßenrand und keuchten. Die Fahrräder hatten sie an den Ackerrand gelegt. Ihre Lungen hatten sich noch nicht regeneriert. Ärzte sagten ihnen, eines Tages würden sie das tun. Sich regenerieren. Das sei ja das Gute daran, wenn man rechtzeitig aufhöre, die Schäden seien nicht irreparabel. Sie saßen also da und genossen die Luft, zuerst mit ausgeschalteten Stirnlampen, dann mit eingeschalteten, weil Eddi, genau wie Meikel, im Laufe der Jahre ein Misstrauen gegenüber der Dunkelheit entwickelt hatte.

Meikel hatte keine Möglichkeit, Eddis Aufrichtigkeit zu testen. Nicht einmal ansehen konnte er ihn. Er hatte es probiert, doch weil seine Stirnlampe Eddi dann anleuchtete, schaute der zurück zu Meikel, woraufhin beide von der Stirnlampe des jeweils anderen direkt geblendet wurden und Grimassen zogen, bis sie wieder zu Boden sahen. Nachdem sich dieser Vorgang mehrere Male wiederholt hatte – wobei es abwechselnd jemand anderes war, der zuerst herüberschaute –, steckten sie sich halb abgekehrt voneinander ihre Zigaretten an und atmeten laut in die Nacht.

»Weißt du noch, als du mal völlig zugedröhnt mit sechshundert Euro nach Hause gekommen bist und mir erzählt hast, dass du als Model für die *Vogue* engagiert wurdest?«, sagte Meikel.

Eddi blies eine lange Rauchwolke aus. »Ja«, sagte er, kaum hörbar und die Zigarette zwischen Zeige- und Mittelfinger hin und her rollend.

»Heroin Chic ist wieder in, hast du gesagt.«

Sie hätten ihre Lampen ausschalten können. Nach kurzem Verharren in der Dunkelheit wäre ihnen aufgefallen, dass der Mond ausreichend Licht spendete. Es wäre möglich gewesen, sich anzusehen. Von irgendwo schrien Frösche. Eddi schaute angestrengt, als antworte er nur deshalb nicht, weil er sie nicht unterbrechen wollte.

»Du hast mir nie gesagt, woher du die sechshundert Euro wirklich hattest.«

Eddi stand auf, rauchte seine Zigarette mit einem langen Zug auf den Filter runter, ließ sie fallen und trat sie aus. »Hatte ich von einer alten Frau«, sagte er, während er sein Fahrrad aufhob. »Hab zufällig gesehen, wie sie vom Einkaufen nach Hause kam, also bin ich mit meinem Messer hin und hab ihr gesagt, ich komm jetzt mit rauf in ihre Wohnung.« Er stieg auf und fuhr los, ohne sich nach Meikel umzudrehen.

Das Gespräch hatte eine Phase gegenseitigen Misstrauens eingeleitet. Das war nichts Ungewöhnliches, Eddi und

Meikel waren ständig durch solche Phasen gegangen. Sie schwiegen sich dann aggressiv an. Wenn es besonders schlimm war, mit Augenkontakt. Das ging in diesem Fall zu Meikels Glück nicht, weil sie wieder auf die Straße und die Äcker schauen mussten. Er hätte es nicht ausgehalten. In der Nacht erschien ihm alles schrecklich. Wahrscheinlich wäre er eingeknickt und hätte sich entschuldigt.

Irgendwann klingelte Eddis Handy. Meikel erkannte die Melodie sofort wieder, von damals, als Eddi und er sich ein Zimmer geteilt und das getan hatten, wovon ihnen alle ehemaligen Freunde und Bekannte, teilweise auch die Therapeuten, dringend abrieten – nämlich Zeit miteinander zu verbringen. Damals hatten sie strenge, selbst aufgestellte Wochenpläne einzuhalten, die auch Frühaufstehen beinhalteten. Es war eine piepsige, monotone Version von *Eye of the Tiger.* Sie weckte ihn jeden Morgen. Eddi steckte da tief in einer paranoiden Episode. Er besaß kein Smartphone, um nicht geortet werden zu können, sagte er, sondern bloß dieses Wegwerfhandy, und ebenjener Klingelton, den Meikel jeden Morgen gehört hatte und niemals vergessen würde, erklang nun in dieser Nacht in Brandenburg. Meikel war sich sicher, dass es sich nicht um einen echten Anruf handeln konnte, sondern um einen vorgetäuschten, Eddi hatte den Wecker gestellt, um sich das Handy nun ans Ohr halten und in eifrigem Interesse *ja ja ja* stammeln zu können. Meikel starrte ihn an, von dieser Dreistigkeit einerseits aus der Fassung gebracht, andererseits auch beleidigt, denn offenbar glaubte Eddi tatsächlich, dass Meikel es nicht bemerken würde. Meikel schaute ihn einfach nur an und nickte, als Eddi das Handy vom Ohr nahm, eine Taste drückte, es in die Tasche steckte und erzählte, einer seiner Späher habe den Meteoriten gefunden und die Koordinaten durchgegeben.

Als Meikel mir von dieser Szene erzählt hat, hat mir sofort eingeleuchtet, warum er sie für ein Schauspiel gehalten hatte. Von außen betrachtet muss es tatsächlich lächerlich gewirkt haben, aber es war echt, und ich weiß das, weil ich mich am anderen Ende der Leitung befunden hatte. Ich war es gewesen, der Eddi zum Meteoriten lotste, wenn auch nicht über Koordinaten, sondern mithilfe unserer Talismane und den Auren. Dass Eddi diesen Teil verschwieg und sich gegenüber Meikel lieber auf etwas Irdischeres berufen wollte, war ebenfalls verständlich. Die ganze Sache wäre vielleicht leichter gewesen, wenn Eddi nicht für jeden einzelnen einstellbaren Klingelton auf seinem Handy *Eye of the Tiger* auswählen würde, aber so ist es nun mal, und so wurde der Ausflug für Meikel zu einer Farce. Er fragte nicht einmal mehr nach, woher Eddi die Fähigkeit nahm, ohne GPS-System, ohne Landkarte zu irgendwelchen durchs Telefon gehörten Koordinaten zu finden, und Eddi machte sich nicht die Mühe, wenigstens halbherzige Erklärungen für diese Dinge zu liefern. Er sagte bloß: »Ich hab die Koordinaten«, und trat in die Pedale, weiter geradeaus, in das undurchsichtige, von schwarzer Nacht verhangene Herz Brandenburgs.

Sie erreichten eine mit einzelnen Bäumen und Büschen bekleckerte Böschung. Eddi stieg vom Fahrrad ab, holte sein Handy raus und wählte eine Nummer – oder tat so, würde Meikel sagen –, während er auf die Wiese am Fuß des Hangs hinunterschaute und Meikel mit einer bedeutungsschweren Geste zu sich winkte, ohne ihn anzusehen. Er sprach irgendwelche Sätze in sein Telefon. Meikel hörte nicht hin, versuchte stattdessen, eine Stimme am anderen Ende der Leitung auszumachen, doch er hörte mich nicht. Für ihn sah es so aus, als hielte Eddi sich ein stummes Telefon ans Ohr.

Nachdem er aufgelegt und bemerkt hatte, in was für einem Sicherheitsabstand Meikel sich zu ihm positioniert hatte, musste ihm die Unglaubwürdigkeit dieses Spektakels aufgefallen sein. Sie sahen sich lange an. Es war völlig dunkel und völlig ruhig, und Meikel erinnerte sich an die vielen schönen Nächte, die er vor der Sucht hatte, Nächte, in denen er und Menschen, an die er sich nicht erinnerte, Schulfreundinnen vielleicht oder Familienmitglieder, zum Himmel schauten oder auf den Boden, mit geschlossenen Augen oder mit geöffneten und pscht sagten, sei leise, sonst können wir die Sternschnuppe nicht sehen oder den Igel nicht hören, und dann waren sie leise, und kurz darauf sahen sie dann wirklich und ganz in echt ein Licht am Himmel oder hörten ein Rascheln im Gebüsch.

»Ich habe als Kind den ganzen Tag in Atlanten geblättert«, sagte Eddi mit einer Ernsthaftigkeit, die Meikel den Atem verschlug. »Ich habe ein fotografisches Gedächtnis. Deshalb kenn ich alle Koordinaten.«

Meikel lief ein Schauer über den Rücken. Er hatte diesen Mann, der da vor ihm stand und dessen Augen wie zwei Diamanten funkelten, am Zusammenbauen von

Überraschungseifiguren scheitern sehen. Er hatte gesehen, wie er alle paar Sekunden auf die Anleitung schielen musste, minutenlang, um einen dreiteiligen Waschbären zusammenzustecken. Er hatte gesehen, wie er sich eine Zeitung gekauft hatte, weil er »sich bilden« wollte, diese dann auf den Küchentisch gelegt und eine Woche lang jeden Morgen gelesen hatte. Ihm war nicht aufgefallen, dass es sich um dieselbe Zeitung gehandelt hatte. Es war eine furchtbare Lüge. Wenn Eddi eine einzige Sache nicht hatte, dann war es ein fotografisches Gedächtnis. Meikel rührte sich nicht.

Eddi fragte ihn, was los sei. Weil Meikel nicht antwortete, fragte er das noch mal und noch mal. Meikel versuchte, in seiner Stimme etwas zu erkennen, ganz egal was. Ein Teil von ihm wollte einen Verrat raushören oder einen Hinterhalt, irgendwas, das er sich zumindest irgendwie hätte erklären können. So aber sah er, wie auch schon früher, nur sinn- und grundlose Lügen. Dass sich ihm ihre Motivation nicht erschloss, schmerzte ihn noch mehr. Es erinnerte ihn daran, dass er Eddi, den er einmal seinen besten Freund genannt hatte, nie wirklich verstanden hatte.

»Hör auf mit dem Schwachsinn«, sagte Eddi. »Ich kann es dir wirklich nicht erzählen. Das schwör ich dir. Ich kann nicht.«

Er sah Meikel lange an, als wollte er sichergehen, dass seine Sätze bei ihm eintrafen. Dann schaute er wieder zum Hang und stieg hinab. Meikel blieb stehen und versuchte, sich auf etwas zu konzentrieren, das er sah, und auf etwas, das er hörte, und auf etwas, das er roch. Er sah die Erde unter seinen Füßen. Im grellen Lichtkegel seiner Stirnlampe war sie farblos geworden, bestand nur noch aus Konturen, erdige Punkte und Klumpen, kleine Kieselsteine, Halme, die sich an seine Füße schmiegten und sich unter der Sohle hervorschoben. Er hörte Eddi unten in den Büschen rascheln, Zweige beiseiteschieben, Steine aufheben und wieder wegwerfen. Sonst hörte er nichts. Brandenburg konnte so ein grausamer Ort sein. Er roch seinen Schweiß. Er fühlte sich unendlich einsam.

»Komm her«, sagte Eddi, erst leise zu sich selbst, dann noch einmal laut: »Komm sofort her!«

Meikel fand ihn zwischen ein paar Sträuchern hockend, die Arme auf den Knien abgelegt, den Blick zur Erde. Vor ihm lag ein fast faustgroßer pechschwarzer Stein. Er hatte Wölbungen, Wellen und Löcher, aber keine Kanten, er schien an allen Seiten abgerundet. Meikel trat näher und beugte sich ebenfalls hinunter. Im Mondlicht glitzerten auf seiner Oberfläche silbrige Funken, die Meikel dazu brachten, den Fokus seiner Augen auf einen imaginären Punkt vor seiner Nase zu richten. Er wollte den Schimmer in seiner ganzen Schönheit aufnehmen, er sah Funken zu Sternen heranwachsen, deren Licht durch die Feuchte seiner Augäpfel gewischt wurde und die schließlich zu einem kosmischen Kaleidoskop sprossen. Er konnte nicht anders, fremdgesteuert streckte er seine Hand aus, und während er das tat, während er seine paralysierten Finger an den Stein heranfuhr, diesen unglaublich schönen Stein, auf dessen Berührung er, so wurde ihm schlagartig klar, sein gesamtes Leben gewartet hatte, sagte Eddi:

»Dieser Stein kann sich an die Geburt des Universums erinnern.«

Und dann hörte er nicht mehr auf zu reden, fabulierte von den traumlosen Unendlichkeitsreisen der Meteoriten, den Milliarden von Jahren, die sie verleben, der unbegreiflichen Masse an Sternen und Planeten, an denen sie vorbeisegeln, bevor sie in der Erdatmosphäre Feuer fangen und in ewigen Stillstand niederprallen. Man könne diesen Meteoriten hier nun aufschneiden und sich von seinem Inneren eine Geschichte erzählen lassen. Aus der Zusammensetzung der Metalle und ihrem Zustand lasse sich ablesen, wann dem Meteoriten heiß gewesen war und wann er gefroren hat und zu welchem Zeitpunkt der Geschichte allen Lebens er welchen Teil der Galaxie bereist hat. Meikel hatte seine Hand auf dem Stein, ließ sie dort einfach liegen und bekam wahnsinnig Lust auf einen Rausch. Es musste nicht gleich Heroin sein oder Koks, nicht einmal Gras, aber einen Whisky-Cola vielleicht oder wenigstens ein kaltes Bier. Sosehr ihm diese Sehnsüchte normalerweise Angst machten, weil sie oft genug Vorboten schlimmer Wochen und Monate waren, so fühlte er einen Trost darin, dass ihm diese Lust vom Universum diktiert worden war, in dieser Nacht zumindest war der Suchtdruck das Ergebnis einer direkten Befragung der Sterne durch ihn. Konnte er dann überhaupt noch etwas falsch machen? Eddi redete derweil von den verschiedenen Steinen und Metallen, die sie im Meteoriten finden würden, und davon, dass es, obwohl man es ja annehmen könnte, sich gar nicht um außerirdische Elemente handeln würde. Alles, was sie im Meteoriten fänden, den Stoff, aus dem er seine Geschichte spinnt, bestünde aus Materialien, die man auch von der Erde kennt. Einzig ihre Zusammensetzung sei besonders. Die Bestandteile selbst seien es nicht.

»Verstehst du?«, sagte er. »Die Erde und die Sterne und der Himmel, wir sind alles eins. Das ganze Universum ist eins. Es gibt keine Teilung. Du und ich, wir sind der Kosmos.«

6

Farinas Mitbewohnerinnen, Lea Gramsch-Bockermann und Svea Bock-Grammeljahnn, saßen am Küchentisch und frühstückten. Lea und Svea mussten zusammen essen, weil Lea eine starke Aversion gegen durch Butter gleitende Buttermesser hatte, ganz zu schweigen von Butter schneidenden Buttermessern oder, allein beim Gedanken daran wurde ihr schwarz vor Augen, an einem Butterblock schabenden Buttermessern. Svea hingegen reagierte allergisch auf Teelöffel und Marmelade, irgendwas an dem Zusammenspiel von Rundungen und ihrem Eindringen in glibbrige Masse ließ sie an bakterielle Biokulturen denken, und davon wurde ihr schwarz vor Augen. Weil Lea und Svea beide dick mit Butter bestrichene Marmeladenbrote über alles liebten, waren sie aufeinander angewiesen. Als Farina in die Küche kam, tauschten sie gerade Brötchenhälften aus.

»Guten Morgen.«

»Guten Morgen.«

»Guten Morgen.«

Lea und Svea waren besorgt. Seitdem Farina arbeitslos war, so zumindest die Beobachtung von Lea und Svea, hatte sich ihr Zustand rapide verschlechtert. Farina hatte von diesen Sorgen noch nichts mitbekommen, Lea und Svea handelten seit Wochen heimlich, um Indizien für ihren Verdacht der gesundheitlichen Abwärtsbewegung zusammenzutragen. Während Lea mit dem Finger über die Duschwanne fuhr, um zu prüfen, ob Farina sich gewaschen hatte, sammelte Svea durch Inventur des Kühlschrankinhalts Informationen über ihre Nahrungszufuhr. Wenn Lea morgens die Wohnung verließ, machte sie einen kleinen Kreidestrich an Farinas Fahrradreifen. Am Abend schaute sie nach, ob das Rad bewegt worden war. Svea versuchte derweil, den Entsperrungscode von Farinas Handy zu erspähen, um Zugriff auf ihren Schrittzähler zu haben. Im nächtlichen Wechsel positionierten sich mal Lea, mal Svea vor Farinas Schlafzimmertür und lauschten, ob sie Sex hatte oder wenigstens masturbierte. Sie loggten sich in ihren Netflix-Account ein und analysierten den Titelverlauf. Sie stellten ihr Wasserflaschen ins Zimmer und beobachteten das Tempo der Leerung. Sie platzierten überall in der Wohnung kleine Tellerchen mit ästhetisch ansprechendem, mundgerecht geschnittenem Obst.

Dabei war es nicht so, dass Lea und Svea nicht selbst genug zu tun hätten. Lea arbeitete als Kryptoenzyklopädistin beim BMIr (Bundesministerium für Irreales), wo sie tagein, tagaus Datensätze zu ausgedachten Vorfällen, fiktiven Lebewesen und nicht existenten Objekten archivierte. Ihre Aufgabe bestand hauptsächlich darin, sämtliche digitalen Orte menschlicher Interaktion auf Fiktionen zu scannen, von viral gegangenen Threads in den sozialen Medien bis in die hinterletzten Foren für Rasenmäherenthusiasten, und diese Fiktionen, hier lag die Schwierigkeit, auf ihr Wirkungspotenzial zu untersuchen und sie dementsprechend zu hierarchisieren. Die Lügen einer Jugendlichen, die ihre Eltern hinters Licht geführt hat, um heimlich Dinge zu tun, und die damit in einem Reddit-Forum prahlt, sind auf den ersten Blick keine relevanten Fiktionen, doch wenn eine dieser Lügen irgendwann darin besteht, ihr nächtliches Wegbleiben damit zu begründen, von einer Gruppe Eritreer vergewaltigt worden zu sein, und die Eltern der Jugendlichen sich daraufhin radikalisieren und rechtsextreme Aufmärsche organisieren, denen sich sehr viel mehr Leute anschließen, als man es für möglich gehalten hätte, gewinnt dieses Ausgedachte sehr wohl an Relevanz. Lea musste dieses Potenzial frühzeitig erkennen und an die Fiktionalliquidierung im vierten Stock, wo Svea arbeitete, weiterleiten. Dort entwickelte man Strategien zur Bekämpfung terroristischer Fiktionen und versuchte, die Quellen der ausgedachten Dinge zu entschärfen, bevor sie noch gefährlicher wurden. Dabei ging es explizit nicht um Aufklärungskampagnen zur Zurückdrängung von Desinformation, denn wenn das nötig war, dann hatte die Fiktionalliquidierung versagt, da musste dann die Feuerwehrabteilung zur Schadensbegrenzung anrücken. Svea und ihren Kollegen ging es um das Ausfindigmachen von Menschen mit toxischer Kreativität und der gezielten Hinrichtung ihrer Fantasien zur Bewahrung der Demokratie. Es war ein Vollzeitjob.

»Farina, wir müssen reden.«

»Bitte nicht.«

»Du siehst einsam aus.«

»…«

»Du gehst kaum noch raus.«

»Ich war letztens mit Leif unterwegs.«

»Du weißt doch, was wir meinen. Früher wolltest du immer unter Leuten sein. Du hast ständig von Gemeinschaft geredet. Neuerdings bist du so eine … Einzelgängerin.«

»Na ja, ich habe halt das April nicht mehr …«

»Ohne Scheiß jetzt mal, Farina. Das ist sechs Monate her. Findest du nicht, dass du langsam weiterdenken solltest?«

»Ich denke weiter. Ich brauche Zeit. Ich fände es nett, wenn ihr das respektieren könntet.«

Lea starrte auf die unbebutterte Brötchenhälfte in ihrer Hand und dann zu Svea, die eine bebutterte hielt. Sie müssten diese Hälften nun tauschen, um an ihre Marmeladenbrote zu gelangen, doch sie hatten beide das Gefühl, dass diese Handlung der Gravität ihres Anliegens schaden würde, also legten sie ihre jeweiligen Brötchenhälften mit souveräner Beiläufigkeit so weit wie möglich in die Tischmitte und griffen dann, nach einem etwas zu besorgten Blick aus dem Fenster, zu der Brötchenhälfte der anderen und machten sich an die Arbeit.

»Wir machen uns wirklich Sorgen.«

»Ich weiß. Und das weiß ich zu schätzen, wirklich, ich finde das sehr lieb von euch. Aber ihr müsst euch keine Sorgen machen. Mir geht es gut. Ich muss mir einfach klar werden, was ich jetzt mit meinem Leben anstellen möchte, aber ich bin auf einem guten Weg. Echt jetzt.«

Lea und Svea griffen nach Farinas Händen.

»Okay. Du weißt, dass du immer zu uns kommen kannst, oder? Ehrlich gesagt warst du … keine Ahnung … du warst einfach nicht mehr du selbst in letzter Zeit.«

Das stimmte. Eigentlich sagte man Farina Pragmatismus nach, kaum jemand in ihrem Umfeld ging so kompetent an die eigenen Probleme ran wie sie. Als es ihr vor ein paar Jahren nicht gut gegangen war, sie ständig traurig gewesen war, hatte es nur wenige Wochen gedauert, bis sie diese Trauer als depressive Verstimmung erkannte und sich in Verhaltenstherapie begab. Ihre Therapeutin bescheinigte ihr eine steile Lernkurve, mit harter Disziplin strukturierte Farina ihren Alltag um, machte Sport, reduzierte den Alkohol, tat sich Gutes. Sie machte das, ohne verbissen zu werden, sie wusste um ihre Grenzen. Wenn es ihr an einem Tag besonders schlecht ging und sie das Gefühl hatte, es nicht aus dem Bett zu schaffen, dann blieb sie liegen, ohne ein schlechtes Gewissen zu haben. Sie leerte dann auch halbe Liter Eiscreme, ohne ein schlechtes Gewissen zu haben. Sie war sanft zu sich, aber entschlossen. Sie perfektionierte das Einfädeln ihrer Trauer in geordnete Bahnen. Sie war immer die Konstante in einer Umgebung fallender Menschen gewesen, gefallen an Drogen, an Liebeskummer, an Zukunftsangst, und sie wäre stolz darauf gewesen, diese Konstante zu sein, hätte da nicht immer ein eigentümlicher Ton des Belächelns in dem Satz »Du bist stark« oder, noch schlimmer, »Du bist pragmatisch« mitgeschwungen, ein Ton, der neben ehrlicher Bewunderung eben auch sagte: Du bist unromantisch, du bist leidenschaftslos, du hast keine Fantasie. Vielleicht war das auch ein Grund dafür, dass Farina sich in den letzten Monaten einfach hat fallen lassen, in die Trauer und die Trägheit, weil sie keine Lust mehr hatte, die Konstante zu sein. Dass Lea und Svea davon irritiert waren und in Panik gerieten, konnte sie ihnen nicht verübeln. Sie liebten sich.

Am Abend ließ sich Farina von den beiden überreden, mit auf eine Hausparty im Graefekiez zu kommen. Farina sagte, sie wolle eigentlich nicht und komme mit, damit Lea und Svea sich beruhigten, was nur anfangs stimmte – irgendwann musste sie sich eingestehen, tatsächlich Lust zu haben, doch das gab sie nicht offen zu. Sie schaute gelangweilt auf das Nachrichtenfenster in der U-Bahn.

»Tu nicht so«, sagte Lea.

»In Wahrheit freust du dich«, sagte Svea.

Farina unterdrückte erfolglos ein Lächeln. Dann fragte sie, was den beiden eigentlich einfalle, keinen Sekt für den Weg mitzunehmen, es seien volle elf Stationen bis zur Schönleinstraße. Lea und Svea stießen Jubelschreie aus. Am Rosenthaler Platz stiegen sie aus, kauften eine Flasche Rotkäppchen im Späti und fuhren mit der nächsten Bahn weiter.

Die Wohnung hatte wirklich schöne Dielen. Als die Gastgeberin Farinas schweifenden Blick über den Boden, die hohen Wände, den Stuck bemerkte, führte sie ein Kommunikationsstück auf, das aus dem Satz »Ja, ich habe echt Glück gehabt« sowie einem gesprächsversiegelnden Lächeln bestand, wodurch Nachfragen als unerwünscht markiert und das besagte *Glück* als ein erbschaftsbezogenes Glück codiert wurden. Farina hatte dieses Lächeln vor einigen Jahren kennengelernt und begegnete ihm seither immer häufiger. Normalerweise machte sie sich einen Spaß daraus, dann doch nach Details des Glücks zu fragen, weil sie noch nie jemandem begegnet war, dem ein großes Erbe nicht mindestens ein bisschen peinlich war, aber an diesem Abend wollte sie einfach nur eine unbeschwerte Zeit haben. Sie lächelte zurück und ließ sich den Kühlschrank mit dem Crémant zeigen. Svea öffnete eine Flasche, das Knallen erschreckte Lea, Farina hielt die Gläser hin, alle freuten sich.

Die Party fand hauptsächlich in zwei Räumen statt, in der Küche, wo gekokst wurde, und im Wohnzimmer, wo gekokst wurde und Musik lief. Teller und Karten sowie ein Stapel Notizzettel zur Anfertigung frischer Röhrchen lagen auf den Tischen, man durfte sich bedienen. Etwa die Hälfte der gut dreißig Gäste nahm dieses Angebot wahr. Die Gastgeberin selbst konsumierte nichts, sie meinte, sie habe den Reiz von Kokain nie verstanden. Aber man sei ja keine Anfang zwanzig mehr, sagte sie, wenn man einen berufstätigen Freundeskreis habe, dann müsse man entweder den offenen Konsum fördern oder damit leben, dass sich die halbe Feier in der Schlange zum Badezimmer abspielte. Sie habe Partys erlebt, wo Leute aus dem Bad gekommen waren und sich direkt hinten angestellt hätten, damit sie rechtzeitig wieder dran wären. »Das war am Ecstasy früher natürlich besser«, sagte sie. »Eine Halbe nehmen, und dann ist erst mal gut. Und man hat getanzt. Großes Plus.«

Das fand Farina auch. Sie reichte den Teller mit dem Koks direkt an Svea weiter, die eine Line zog, woraufhin Lea in einen Laberflash geriet und ihren Sitznachbarn zutextete. Farina war dem Kokain nicht grundsätzlich abgeneigt, sie hatte auch schon nette Abende damit verbracht, war aber der Meinung, dass das Ausmaß des allgemeinen Konsums den daraus real entstehenden Spaß bei Weitem überschritt. Auf dieser Party erschien es ihr besonders reizlos: Die Koksenden redeten über Aufstiegschancen im Beruf, Familiengründung und das Abbezahlen von Krediten. Farina schloss sich lieber einer kleinen Gruppe Mittdreißiger an, die im Wohnzimmer zu den Hits ihrer Jugend tanzten.

Guten Morgen, Berlin
du kannst so hässlich sein
so dreckig und grau
du kannst so schön schrecklich sein
deine Nächte fressen mich auf

Schon bald wurde es langweilig. Farina fragte sich, ob die Nächte sich tatsächlich verändert hatten oder ob es das Älterwerden war. Die Dunkelheit hatte einmal Geheimnisse gehütet, unklare Versprechungen gemacht. Sich in sie hinauszubegeben hieß, nicht zu wissen, wo man herauskam, und hinter allem verbarg sich die Möglichkeit, dass das, worauf man traf, der Schrecken war. Heute schien Farina die Nacht errechnet zu sein. Orchestrierte

Gespräche, gezügelter Rausch. Effiziente Nutzung der Stunden, ein Abgleich mit der Uhr, die Sonne so pünktlich wie nie.

Sie setzte sich auf eine Couch bei der Tanzfläche. Neben ihr saß eine Gruppe von drei Frauen, die sich angeregt über etwas unterhielten, das Farina aufgrund der lauten Musik nicht verstand. Sie waren adrett gekleidet mit einzelnen verspielten Elementen, eine von ihnen trug ein Polohemd, dessen Brust mit der lilafarbenen Silhouette eines auf einem Boot stehenden Fährmanns bestickt war. Die anderen beiden waren in schlichte weiße Blusen gekleidet, die sie mit bunten Accessoires im Haar oder um den Hals aufzulockern versuchten. Alle drei hatten eine Beißschiene im Mund, die sie jedes Mal herausnahmen, wenn sie etwas sagen wollten, und wieder einsetzten, sobald sie fertig waren. Meistens behielten sie sie nur für wenige Sekunden drin. Dann fiel ihnen etwas ein, sie nahmen die Schiene raus, sagten etwas, steckten sie zurück. So ging das den ganzen Abend. Farina war betrunken genug, um sich rüberzulehnen und zu fragen, was es damit auf sich habe. Die erste Frau nahm ihre Schiene raus, sagte: »Kokain ist schlecht für die Zähne«, und steckte sie wieder rein, woraufhin die zweite Frau ihre Schiene rausnahm.

»Der Kiefer verspannt«, sagte sie. »Man fängt an zu knirschen. Gar nicht gut für die Zähne.« Sie überlegte kurz und steckte die Schiene zurück. Weil sie nur einen kurzen Satz sagen wollte, machte die dritte sich nicht die Mühe und behielt sie gleich drin. »Wir sind Zahnärztinnen«, sagte sie, dreimal und immer lauter werdend, am

Ende beinahe schreiend, weil Farina das Genuschel nicht verstand, und hackte mit einem Bibliotheksausweis auf ein Häufchen Kokain ein. Sie zogen reihum, boten Farina etwas an, sie lehnte ab.

Farina wusste nicht, wohin. Lea und Svea saßen in der Küche, doch da wollte sie nicht hin. Sie hatte die Atmosphäre in Küchen auf Partys nie gut leiden können, das gedrängte Beieinanderstehen und gleichzeitige Reden zu vieler Leute. Die Zahnärztinnen diskutierten mittlerweile so hochgepeitscht, dass sie ihre Beißschienen nur noch in der Hand behielten, über irgendetwas, das sie als »nächsten Schritt« verklausulierten, aber das Farina nicht interessant genug erschien, um sich ins Gespräch zu klinken. Sie hörte trotzdem zu, denn die Zahnärztinnen strahlten ein Verhältnis zum Leben aus, das konträr zu Farinas stand: Seit sie ein gesellschaftliches Bewusstsein hat, ist Farinas Lebensgefühl durch die diffuse Ahnung geprägt, sich in Zeiten eines vergangenen Goldrausches zu befinden, auf einem gigantisch großen, kollektiv absteigenden Ast. In Farinas Welt nahm man nicht mit, was die Gegenwart zu bieten hatte, man erkämpfte es sich ihr zum Trotz. Diese Zahnärztinnen jedoch, und das mochte am Kokain liegen, machte im Grunde aber keinen Unterschied, schienen ihrer Zukunft mit einem Enthusiasmus zu begegnen, dessen Sorglosigkeit auf sehr reizvolle Weise altmodisch war.

Früher hätte sie nun alles gegeben, um irgendwie einen Anschluss an die Party zu finden, aber diese Zeiten waren, wie sie auf der Couch sitzend in ihr Inneres verkündete, vorbei. Es hatte keinen Sinn, und sie beschloss zu gehen. Sie verabschiedete sich von den Zahnärztinnen, die von ihrem Gehen auf einmal ernsthaft bestürzt wirkten.

7

Unter den Ginkgobäumen riecht es mal wieder nach Kotze. Man wünscht sich Regen, um die Früchte vom Asphalt zu spülen, den Urin der Blattläuse, den Kleber der Linden. Am Himmel jedoch keine Wolke, jemand sagt: Das erinnert mich an Dubai. Die Nacht ist warm wie der verglühte Staub zwischen den Heizungsrohren, von keinem Wind getragen stehen Flöße auf der Spree. In den Straßen ist es laut, aber dunkel, leere Schlafzimmer, kein einziges Licht an der Hauswand. Jemand steht an einer Schwelle und beschließt, nicht rauszugehen. Er dreht sich um und sagt: Dann lieber noch ein Bier. Karaoke läuft, *All that she wants*, und alles, was sie will, ist das Brennen im Rachen. Gelbe Finger, Seelenfrieden. Ein Gespräch am Stehtisch, Erderwärmung schön und gut, Schnee haben wir das ganze Jahr. Sklaverei im Regenwald. Menschenhandel, Kopfschuss, Blut bis nach Berlin. Ein Blick in den Kalender, morgen keine Termine, lass uns noch ein bisschen feiern. Der Handel floriert. Ausgesprochen fühlen sich Sätze immer falsch an, man muss schweigen, schweigen muss man. Wer hat diesen Käfer hier reingelassen, der macht mir schon wieder schlechte Laune mit seiner Depression. Der Käfer dreht sich um und sagt: Du sollst schweigen, hab ich gesagt. Er fuchtelt mit den Armen, er lässt sich nieder, er bestellt noch einen Cocktail.

komm
wir sagen beide
das war Zufall
alles klar

Am Sonntagmorgen scheppern Teerklumpen in der Lunge wie die Kirchenglocken. Über den Punkt der Reue sind sie hinaus, Ameisen graben sich Schächte durch die Lippen, senden dem Hirn eine Notiz: Ohne einen Menschen, der es beschreibt, existiert das Universum nicht. Der Kranich weiß es besser, denn Antworten der Sterne spiegeln sich im Mittelmeer. Rastplatz Rügen, Wurstbrot in Mecklenburg. Senf auf der Zunge, Wodka für die Seele, Alarm im Sperrbezirk. Machst du mir noch einen Kaffee, sagt der Waschbär zur Mülltonne. Er richtet sich den Hut und atmet die Dämpfe der Nacht.

8

In der Nacht des Meteoritenfundes lag Meikel stundenlang wach, von Erinnerungen geflutet, die er nicht eindeutig als seine eigenen identifizieren konnte, obwohl er in diesen Erinnerungen nicht viel jünger war als sein gegenwärtiges Ich, Mitte zwanzig vielleicht, allerhöchstens Anfang dreißig. Wenn es wirklich er war, der da in diesen Bildern auf dem Bürgersteig lag und der Morgensonne entgegen nach einem Kuss fragte oder der nach einer in dicker Baumwolle gehüllten Hand griff, während um ihn herum ein nächtlicher Schneesturm die Straßen Berlins vollständig verdeckte und nur noch Laternenköpfe und die Augenpaare vorbeifahrender Xenonlichter sichtbar ließ, wo waren dann die Gegenstücke dieser Erinnerungen, wo war der Mensch, dem diese Hand gehörte, wo war die Person, die er nach einem Kuss fragte, und wieso, wenn es sie gegeben hatte, wieso konnte er sich nicht erinnern, um sie getrauert zu haben? So rollte er sich hin und her, genervt vom Wachsein, aber nicht verzweifelt, und als er dann endlich einschlief, fiel er in ein Koma voller Träume, in denen er sich Drogen nehmen sah, er zog gigantische Lines Kokain von der Klospülung einer Kneipe, er taumelte aus der Kabine heraus, bestellte Biere, rauchte und redete schlimmes Zeug auf Menschen ein.

Nach dem Aufwachen beleidigte er sich volle zehn Minuten lang. Du dummes, dummes Schwein, sagte er. Er sprach es aus, der Zimmerdecke entgegen. Er presste sein Gesicht ins Kissen und schrie. Er schämte sich nicht einmal, es war blanker Hass, den er empfand, auf sich, den Schwächling, die jämmerliche Kreatur. Du hättest es verdient zu sterben, sprach deutlich etwas in seinem Kopf, und: Jeder, der dich verlassen hat, hatte recht. Erst als der Schmerz kaum noch auszuhalten war, wurde es ihm plötzlich klar. Es hatte gar keinen Rückfall gegeben, es war nur ein Traum gewesen. Die Erleichterung darüber hielt ihn weitere zwanzig Minuten im Bett. Er fing sofort an zu weinen. Erleichternd war dabei nicht der Gedanke, kein Gift im Blut zu haben, erleichternd war die Fähigkeit, sich ans Herz zu fassen und zu sagen: Du bist ein Mensch, und es ist gut, dass du am Leben bist.

Die Tage darauf sprach er mit niemandem. Eddi versuchte, ihn ein paarmal anzurufen, und schrieb einige Nachrichten, die Meikel nicht vollständig ignorieren konnte, weil Eddi sich sonst Sorgen gemacht hätte. Er tippte sie also an, damit Eddi einen zweiten Haken in seinem Messenger bekam. Sie haben sich schon vor Jahren auf dieses Mindestmaß an Kommunikation geeinigt, und es gab Meikel ein angenehmes Gefühl von Vertrautheit, dass Eddi ab dem Moment, in dem Meikel die Nachrichten als gelesen markierte, nicht weiter schrieb oder anrief. Die Verantwortung lag nun bei Meikel, sich zu melden, sobald er so weit war, und das würde er auch tun, bloß war er noch eine ganze Weile nicht so weit.

Tage wie diese, an denen Meikel nichts zu tun hatte, waren am schwersten. Tage, an denen es zu heiß war, um rauszugehen, und die Wohnung geputzt war, der Ofen sogar und die Regalböden. Die Sucht hatte sich um diese Art von Tagen gekümmert. In der Langeweile hatte sie sich zum Dienst gemeldet und auf die ihr eigene Option des Zeitvertreibs und der Entlastung verwiesen. Manchmal hatte Meikel dann seinen Kopf in eine Schraubzwinge aus Händen pressen und *nein, nein, nein* durch die Räume rufen müssen. Man riet ihm, sich mit Büchern abzulenken, Filme zu schauen, Serien. Zu bestimmten Zeitpunkten konnte das helfen, doch wenn der Suchtdruck zu weit fortgeschritten war, dann gab es nichts, was ihn nicht an den Konsum erinnerte, da reichte dann eine fiktive Figur, die viel redet oder gar nicht redet, oder der Anblick eines Stücks Papier, das sich theoretisch zusammenrollen ließ. Einem anderen Ratschlag zufolge sollte er seine lebenslange Suchtkrankheit akzeptieren, die Sucht aber auf eine weniger körperzersetzende Tätigkeit auslagern. Ein Süchtiger aus einer von seinen Gruppen beispielsweise schwor auf das kompetitive Spielen von *Magic: The Gathering*. Er redete von nichts anderem mehr. Als Meikel sich jedoch nach seinen Ausgaben für dieses Spiel erkundigte, bildete er mysteriöse Halbsätze, die in ihrer Schleierhaftigkeit nicht von heroinbezogenen Lügen zu unterscheiden waren. Meikel hatte nach wie vor kein Geld.

Das mit dem Arbeiten hatte er probiert. Es gab ja kaum jemanden, der eine Integration in den Arbeitsmarkt nicht für eine sensationelle Idee hielt. In der aktuellen wirtschaftlichen Lage Deutschlands sei das zudem ein Kinderspiel, Mangel überall, die Jobs fänden sich von selbst. Und so war es auch, Meikel ließ sich als Aushilfskraft in ein Schreibwarengeschäft vermitteln, arbeitete ein paar Monate, kündigte, versuchte es in einem Drogeriemarkt, später als Medikamentenfahrer und in der Gastro. Seit seiner letzten Kündigung war fast ein halbes Jahr vergangen, nun hatte er sein Recht verwirkt, über Armut zu klagen. Wie willst du auch jemandem begreiflich machen, dass es nicht *geht*? Von außen ist ja gar nicht nachvollziehbar, wie ein winziges Stück Verantwortung solch eine immense Last sein kann. Wie die Sorge davor, einen Fehler zu machen, einen im Bett halten kann. Wie es besser sein kann, allein zu sein, anstatt in Betracht ziehen zu müssen, dass jemand schlecht über einen denkt. Das ist nicht nachvollziehbar, also hatte man ihn gebeten, sich nicht so anzustellen.

Aber es war tatsächlich so. Meikels Welt war eine Zusammensetzung unterschiedlich starker Problemquellen. Alles, was er sah, setzte ihn auf irgendeine Weise unter Druck. In erster Linie natürlich alle Menschen, die Handlungen von ihm erwarteten, einen Anruf, ein nüchternes Erscheinen, das Ausfüllen eines Formulars. Doch der Druck ging auch von Menschen aus, mit denen Meikel nichts zu tun hatte, im Vorbeigehen auf der Straße, wenn sie sich über einen Film unterhielten oder lachend für ein Konzert anstanden, wenn sie Gemüse kauften oder saubere Kleidung trugen. Sie alle gaben Meikel das Gefühl, mit seinem Leben falsch umzugehen. Sollte er sich nicht auch für Kultur interessieren? Sollte er nicht darauf achten, woher die Produkte kamen, die er kaufte? Sollte er nicht etwas für die Gesellschaft tun? Selbst von den positivsten Ereignissen ging dieser Druck aus, weil Meikel feststellte, sich grundsätzlich weniger über Dinge zu freuen als andere, auch weniger verliebt zu sein als andere. Es passierte einfach nicht. Wenn er eine gute Arbeit erledigte oder etwas gewann, wenn ein Mensch, den er mochte, mit ihm schlafen wollte, dann würde er aufrichtig sagen können: Ich freue mich darüber, doch wenn er diese Freude mit der der anderen Menschen abglich, dann sah er, dass ihre Freude sich viel intensiver zeigte, und auch, dass die Menschen sich über das Kümmerliche von dem, was Meikel Freude nannte, wunderten. Dafür schämte er sich. Es brachte ihn auch zum Grübeln. Wenn alle anderen so viel mehr aus dem Leben zogen, so viel gedankenvoller damit umgingen, genüsslicher – was war dann seine Motivation, am Leben zu bleiben? Er konnte nichts benennen. Aber dass er leben wollte, daran bestand kein Zweifel. Ich habe ihm immer versucht zu vermitteln, dass dies auch der Grund ist, warum wir, er und ich, Freunde sein müssen, aber ich bin mir bis heute nicht sicher, ob er das verstanden hat.

9

Die meisten Frauen, die Meikel attraktiv fand, hatten, wenn überhaupt, ein anthropologisches Interesse an ihm. Er erkannte es an der Körperlosigkeit, mit der sie Gespräche mit ihm führten, an der Abwesenheit von Höflichkeitslachen. Sie strahlten eine Kühle aus, die Meikel selbst in seinen tiefsten Delirien davon abhielt, auch nur eine Berührung zu wagen. Wenn es in den Jahren der fortgeschrittenen Sucht und deren Behandlung doch mal zu Intimitäten kam, dann lag es entweder daran, dass die Frau genauso kaputt war wie er oder dass sie – das kam wohl tatsächlich einmal vor – Mitleid mit ihm hatte. Der gesamte Prozess der Suchtbewältigung ist von Scham zersetzt, doch das Aufarbeiten dieser Verhältnisse ist nochmals in einem besonderen Ausmaß erniedrigend. Meikel hatte sich lange Zeit nicht davon befreien können, er hielt seinen Blick gesenkt und trug keine kurzen Hosen. Er versteckte sich hinter Sonnenbrillen, er lächelte niemanden an. Er sah sich durch die Augen der anderen, und durch diese Augen sah er sich als Tier. Sechzehn, achtzehn, zwanzig Monate nach der Entgiftung jedoch überwog die Sehnsucht nach Liebe allmählich das Bewusstsein um die eigene Hässlichkeit. Er installierte sich eine Dating-App.

Sein Match, Celina, lehnte den Vorschlag, sich nachmittags auf einen Kaffee zu treffen, ab. Sie finde das »ein bissl langweilig« und schlug stattdessen eine Bar im Schillerkiez vor, am Abend. Meikel wusste, dass ihm dieser Enthusiasmus Probleme bereiten würde, sagte aber trotzdem zu, weil er Celina süß fand und ihr recht gab. Er hatte nicht viel übrig für Cafés. Treffen dort hatten etwas Geschäftliches, außerdem sah das Halten dieser kleinen Kaffeetassen immer bieder aus. Erschwerend hinzu kam, dass Meikel geschockt davon war, wie viele Menschen sich eine Variation von *coffee lover* ins Datingprofil schrieben. Es war wirklich schlimm – zumindest ein Stück weit aber auch beruhigend, weil sich damit eine Seite der Gesellschaft zeigte, die nichts mit Heroin zu tun hatte, den Bildern zu urteilen sogar das genaue Gegenteil von Heroin war, die sich aber auf dieselbe Weise wahnhaft mit ihrem Konsum überidentifizierte. Der Junkie in Meikel fühlte sich dadurch weniger allein, und der neue, saubere Meikel wusste für einen kurzen Moment, wie sich die Leute fühlten, die an der Leinestraße angewidert auf ihn und Eddi herabgesehen hatten.

Meikels Motivation, sich in einem Café zu treffen, rührte ausschließlich aus der Angst, sich in der Nähe von Rauschmitteln zu befinden. Schrecklich waren zudem die Blicke, wie sie ihm auch Celina zuwarf, als sie einen Aperol Spritz bestellte und er ein alkoholfreies Bier.

»Du trinkst nicht?«, sagte sie.

»Nein, ich …«, begann er, im Gefühl, eine Rechtfertigung liefern zu müssen, die er nicht geben konnte, weil er es für unklug hielt, bei einem ersten Date von seiner Drogensucht zu erzählen. Ihm fiel nichts anderes ein, er brach den Satz ab, sagte noch mal »Nein« und hasste sich.

»Stört es dich, wenn ich trinke?«

»Nein, überhaupt nicht. Aber nett, dass du fragst.«

Die Bar war voll, sie fanden die zwei letzten Plätze am Tresen. Meikel meinte, in Celinas Gesicht eine Erleichterung darüber zu erkennen, dass er sich nach zehn Minuten die dritte Zigarette ansteckte. Vielleicht hatte sie befürchtet, seine Ablehnung des Alkohols habe mit Selbstoptimierung oder eines außer Kontrolle geratenen Gesundheitsbewusstseins zu tun.

Celina hatte auf ihrem Profil angegeben, politische Übereinstimmungen mit ihrem Date seien ihr enorm wichtig. Sie strahlte diese abgeklärte Müdigkeit aus, die man bekommt, wenn man mit Mitte dreißig aktiv in Berlin datet, diese Müdigkeit, die sagt: Ich habe alles gesehen, was es zu sehen gibt – die fanatisch Sporttreibenden, die fürs erste Date Fitnessstudio mit anschließender Sauna vorschlagen, aus wohlhabenden Familien stammende Kunststudenten, die nicht akzeptieren wollen, dass ihre Bilder einmal als Deko in Möbelhäusern enden werden, Familienväter in offenen Beziehungen, über deren Offenheit ihre Frauen nicht in Kenntnis gesetzt wurden, in ihrer Freizeit dem Schamanismus nachgehende Heilpraktiker, versprengte Linke, Start-up-Hähne, die von ihrer Arbeit am Theater Schwergestörten, zugekokste Restaurantbesitzer, zugekokste Hotelportiers, zugekokste Mitarbeiter des Auswärtigen Amts, zugekokste Rettungssanitäter, dieser eine zugekokste Typ, der einen Kumpel hat, der Rapper ist, und der überlegt, sein Manager zu werden. Diese Begegnungen machten Celinas Umgangston nicht weniger herzlich, nur souveräner, sie hatte die Themen für den anfänglichen Small Talk parat sowie geschickt eingebaute Nebensätze zur Abtastung von Meikels politischen Standpunkten, auf die Meikel nicht einging, weil er sie nicht verstand. Er hatte kein Gefühl für das Politische, ahnte aber zumindest, dass Celina das Unpolitische noch abstoßender finden würde als eine ihr entgegengesetzte Meinung.

»Es ist so ein schlechter Scherz, dass ich meinen Aperol durch eine Makkaroni trinken muss«, sagte Celina mit einem abschätzigen Blick auf die Nudel, die sie soeben aus ihrem Getränk gezogen hatte und die am unteren Ende bereits weich geworden war. Sie erwartete nun offensichtlich Meikels Gedanken zu der Frage, ob der Verzicht auf Plastikstrohhalme – und allgemein nachhaltiger Konsum – die Welt besser mache oder nicht. Meikel antwortete aber nur mit: »Ja, ganz schön eklig«, sodass Celina sich gezwungen sah zu erklären, dass der sogenannte CO_2-Fußabdruck eine Erfindung der Öl-Lobby sei. Als Meikel auch dazu bloß nickte, entschuldigte sie sich auf die Toilette. Dort überlegte sie, ob Meikel tatsächlich so stumpf war oder ob er speziell Überlegungen zur Konsumethik zu doof fand, um näher darauf einzugehen, was ihn ein bisschen sexy machen würde. An dem Wohlwollen dieses Gedankens erkannte sie, dass sie gern Zuneigung für ihn empfände. Zurück am Tresen, fragte sie ihn, ob er immer so viel schwieg.

»Ich glaube schon«, sagte er, nach einer Fortführung dieses Satzes suchend, weil er sich nicht traute zuzugeben, dass er aktuell vor allem damit beschäftigt war, nicht mit dem Trinken anzufangen. In Celinas Abwesenheit war ihm seine Schweigsamkeit bewusst geworden, er hatte sich dafür geschämt und ernsthaft in Betracht gezogen, zur Auflockerung zwei Shots zu trinken. In der Therapie nannte man einen solchen Einfall *den erlaubnisgebenden Gedanken*, es war die Sucht, die sich wie verkleidet zu Wort meldete und auf einmal die rationalsten Argumente auf ihrer Seite hatte: Du findest diese Frau sympathisch, wenn du nicht bald anfängst zu reden, wird sie gehen, von zwei Shots wirst du nicht besoffen, Alkohol war doch eh nie das Problem, genau genommen wäre das also nicht einmal ein Rückfall, du darfst dann einfach nur kein Koks ziehen, aber warum solltest du bitte nach zwei lächerlichen Shots anfangen, Koks zu ziehen, und mehr als zwei Shots werden es auf gar keinen Fall. So hämmerten die Stimmen auf Meikel ein. Ihnen nicht nachzugeben, fühlte sich an, als würde er einem ins Gleisbett gestürzten Menschen nicht hinaushelfen. Er streckt seine Hand nach dir aus. Warum um Himmels willen greifst du nicht danach?

»Ich bin suchtkrank«, hörte Meikel sich sagen. »Ich muss mich darauf konzentrieren, nicht zu konsumieren.« Er erschrak ein bisschen, einerseits über das Aussprechen an sich, andererseits darüber, dass er das therapeutische Vokabular nun vollends adaptiert zu haben schien, das war ihm vorher nicht so bewusst gewesen. Celina hatte allen Ernstes den Mund offen stehen.

»Oh, ach so, äh.« Sie rutschte auf dem Barhocker hin und her, setzte an, am Aperol zu nippen, ließ es dann aber bleiben. »Und ich quatsch dich damit voll, hier in die Bar zu gehen. Tut mir leid«, sagte sie und, etwas später: »Lass uns doch spazieren gehen, es ist so schön warm draußen.«

Im Späti kauften sie sich zwei Apfelschorlen und gingen von Straße zu Straße. Aus Nervosität schaute Meikel alle paar Meter in den Himmel. »Ich habe ständig das Bedürfnis, nach dem Mond zu sehen«, sagte er.

»Wusstest du, dass das eine ausgelagerte Narbe der Erde ist?«, sagte Celina.

»Was?«

»Der Mond.«

»Nein, das wusste ich nicht. Was soll das denn heißen?«

»Vor x Milliarden Jahren, da hat hier noch nichts gelebt, ist ein riesiger Asteroid auf die Erde geknallt. Hätte beinahe den ganzen Planeten zerstört, aber er hat ihn nicht mittig getroffen und deshalb nur ein Drittel oder so von ihm mitgerissen. Ein Teil von diesem rausgebrochenen Stück ist kleben geblieben, wegen der Gravität. Das ist dann der Mond geworden. Als Erinnerung sozusagen, dass hier beinahe alles komplett vorbei war, bevor es überhaupt richtig angefangen hatte.«

»Krass.«

»Ja. Ich war letztens im Planetarium.«

»Und ich habe letztens, ohne Scheiß, einen Meteoriten gefunden.«

»Ist nicht wahr.«

»Doch.«

Celina ließ sich die Geschichte von der Meteoritensuche erzählen, wurde dabei allerdings zunehmend stiller. Anfangs hatte sie gelacht und nachgefragt, doch mit jedem weiteren Detail, das Meikel plötzlich zur Ausschmückung der Vorgeschichte bereit war preiszugeben, er kam richtig ins Plappern, über seine Vergangenheit mit Eddi, dem Koks, dem Heroin, der Kriminalität, geriet sie in einen Zustand der Trauer. Meikel war ihr sehr sympathisch. Sie mochte, wie er seine Lautstärke absenkte, wenn ihnen Menschen entgegenkamen, wie er seine an der Schuhsohle ausgedrückten Kippen in der Hand behielt, bis sie an einem Mülleimer vorbeikamen, sein gelegentliches, allein durch rasche Blicke getätigtes Überprüfen ihrer Aufmerksamkeit, um sicherzugehen, dass sie seine Geschichte noch interessant fand. Dieses Verhalten, das Meikel selbst paranoid und verängstigt vorkam, weil es durch das Gefühl motiviert war, der Menschheit eine Last zu sein, empfand sie als Rücksichtnahme, das, was Meikel Selbstschutz nennen würde, egoistischen, geschundenen, feigen Selbstschutz, war für sie eine durch Weichheit bestimmte Wechselbeziehung zur Welt. Allerdings, und dafür konnte niemand was, war Celina Sozialarbeiterin in einer Kiezbetreuung, in der sie auch mit Süchtigen zu tun hatte. Sie wusste viel zu gut über die Mechanismen Bescheid, die einen Süchtigen niemals wirklich gesund werden lassen und die jederzeit wieder ausbrechen und charakterdeformierende Handlungen hervorrufen können, sie hatte sofort die Lügen vor Augen, aber auch das Wort *Co-Abhängigkeit* und den Schmerz, den man beim Anblick eines nach und nach verkümmernden Nahestehenden empfindet. In einer anderen Zeit hätte sie in einer Nacht wie dieser vielleicht nach Meikels Hand gegriffen, doch in dieser Phase ihres Lebens ist ihr die Kraft ausgegangen. Sie sehnte sich nach etwas anderem, einem Menschen, um den man nicht besorgt sein muss. Der alleinstehen kann. Bei diesen Überlegungen bekam sie ein schlechtes Gewissen, womöglich unterstellte sie Meikel zu Unrecht, auf Hilfe angewiesen zu sein. Sie sah ihn an. Er gestikulierte, redete sich in Rage, erzählte von Eddi, der einmal sein bester Freund gewesen sei und mit dem er aktuell nicht umzugehen wisse. Die Vorstellung vom Kuss: angenehm. Da war eine Sehnsucht, doch es fiel Celina immer schwerer, ihren Sehnsüchten zu vertrauen.

Als die Apfelschorlen geleert waren, bestand Gewissheit darüber, dass es keinen Kuss mehr geben würde, kein Wiedersehen, nur ein aufmunterndes Wort. Der Mond leuchtete am Himmel, doch das Licht, in dem sie standen, kam von der Laterne. Ein Lächeln, eine Umarmung, ein Gruß, die Augen. Warme Luft, die Sterne, volle Bäume, vertrocknete Böden. Am Horizont eine Wolke und auf beiden Heimwegen die leise Ahnung, etwas falsch gemacht zu haben.

10

Wie Eddi versuchte auch Heinrich, Meikel zu erreichen, und auch ihm antwortete er nicht. Meikel ging ihm zu diesem Zeitpunkt schon seit Wochen aus dem Weg. Heinrich war sein einzig verbliebener Kindheitsfreund, sie waren zusammen eingeschult worden. Die ersten Jahre waren sie noch verfeindet gewesen, weil Meikel Heinrich ein Ausländerschwein genannt hatte, eine Beleidigung, die er gern konkretisiert hätte, aber nicht konnte, weil niemand wusste, woher Heinrichs Eltern migriert waren. Die Eltern achteten sehr darauf, ihre Herkunft unter keinen Umständen preiszugeben, sie schwiegen im Beisein von Deutschen und nannten ihren Sohn sicherheitshalber Heinrich, was nur bedingt funktionierte, weil Heinrich trotzdem gehänselt wurde, unter anderem eben von Meikel. Der wurde von Heinrich im Gegenzug eine fette Kartoffel genannt, und dann prügelten sie sich. Meikel weiß nicht mehr genau, wie sie von diesem Punkt aus zu einer Freundschaft gelangt sind, auf jeden Fall waren sie ein paar Jahre später unzertrennlich. Vor allem ein Sommer ist ihm in Erinnerung geblieben, als Heinrichs Eltern sich ihr eigenes Haus außerhalb von Berlin bauten. Dort im Rohbau spielten sie jeden Abend, sobald die Arbeiter gegangen waren, und sprachen mit den Wänden, weil sie zwischen den Mörtelflecken, Einkerbungen und Löchern in den porosierten Ziegeln Gesichter erkennen konnten. Anfangs bildeten sie sich ein, die Wände würden antworten. Später taten sie es wirklich, sie flüsterten ihnen Wettervorhersagen ins Ohr und huldigten Helmut Kohl, sie prophezeiten die Insolvenz der Lehman Brothers und die Morde in Hanau. Heinrich und Meikel verstanden nichts und fragten nach einer Playstation. Heute kann Meikel nachvollziehen, warum sie darauf nicht reagierten, damals verletzte es ihn.

Von Heinrichs Eltern erzählte man sich Geschichten. Sie wurden in den großen Pausen von Ohr zu Ohr geflüstert oder schriftlich überliefert. Es kam nicht selten vor, dass man im Unterricht von einem Papierschnipsel am Hinterkopf getroffen wurde, ihn aufsammelte, auffaltete und eine mehr oder weniger abwegige Behauptung las, das reichte von »Heinrichs Eltern haben Atlantis gesehen« oder »Heinrichs Vater ist erst seit Kurzem ein Mensch. Vorher war er ein Bär« bis hin zu »Heinrichs Mutter verreckt, wenn sie nicht säuft« oder »Heinrich wird von seinem Vater geschlagen«. Das meiste ließ sich schwer überprüfen, auch für Meikel als guten Freund, weil Heinrich und er sich telepathisch darauf verständigt hatten, kein Wort zu viel über ihre Eltern zu verlieren.

Nach der Schule verloren Heinrich und Meikel sich eine Weile aus den Augen. Es gab zwischen ihnen einfach ein zu großes Ambitionsdefizit. Heinrich hatte Meikel schon am Tag ihrer Abiturprüfung ein Ohr gekaut, was er jetzt alles vorhabe, zuerst ein betriebswirtschaftliches Studium abschließen, danach Investitionen tätigen, Geschäfte machen, Geld verdienen. Bei Meikel jedoch verfestigte sich zu dieser Zeit immer mehr die Ahnung, dass das Leben keine Bedeutung hatte, dass die gesamte menschliche Existenz, aber seine ganz besonders, nichts weiter als das Ergebnis eines kosmischen Zufalls war, durch das der

Mensch perverserweise an ein Bewusstsein gelangt war, das ihn über den Tod in Kenntnis setzte, aber keine Hilfestellung bei dessen Bewältigung bot, ihm im Gegenteil sogar weismachte, dass er nicht bloß eine zusammengewürfelte Verkettung von Neuronen war, sondern eine körperlose *Seele* hatte und ihn nach dem Tod folglich vielleicht noch etwas erwarten könnte, und am Ende würde es nichts als Stille geben und Leid und ewige, ewige Einsamkeit. Im Angesicht dieser Tatsachen erschien es Meikel nicht sinnvoll, sich auf Jobsuche zu begeben, also meldete er sich arbeitslos und fing an zu rauchen. Bald darauf ging das mit den Drogen los. Es folgten die Jahre, über die er nicht sprechen möchte, und am Ende stand Heinrich vor seiner Tür, sagte: »Du Vollidiot«, und schleppte ihn in die Klinik. Seitdem hat Meikel das Gefühl, ihm etwas schuldig zu sein, vor allem, weil er die ganze Zeit probiert, ihn in seine Projekte miteinzubeziehen, was Meikel lieb gemeint, aber einfach nur schrecklich findet. Er will mit Unternehmensgründung nichts zu tun haben. Der freie Markt ist sein Erzfeind. In diesen Tagen nach dem Meteoritenfund, an denen Heinrichs Name ständig auf seinem Handydisplay aufleuchtete, wusste er ganz genau, dass es um dieses beschissene Fitnessstudio ging, das Heinrich eröffnen und bei dem er Meikel irgendeinen sinnlosen Job andrehen wollte, weil er glaubte, ihm damit einen Gefallen zu tun. Deshalb ging er nicht ran. Nach sechs oder sieben Tagen jedoch, als Heinrich, Meikel hat es hinterher nachgeguckt, vierundfünfzigmal hintereinander anrief, bekam er ein schlechtes Gewissen. Beim fünfundfünfzigsten Mal ging er ran.

»Du willst mich doch verarschen«, sagte Heinrich.

»Sorry, ich war bisschen beschäftigt.«

»Bisschen beschäftigt, ja?«

»Ja.«

»…«

»Sorry.«

»Ist schon okay. Ich weiß doch, Bruder. Gehts dir gut?«

»Ja, ist okay.«

»Gut, gut.«

»Und bei dir?«

»Geht so, ehrlich gesagt, deshalb ruf ich an. Es geht um das Fitnessstudio, ich hab da ein Problem, und zwar ein richtiges. Ein richtiges *Problem*, Bruder. Ich brauch deine Hilfe.«

»Äh –«

»Neinnein, ist nicht so, wie du denkst, du denkst, *Boah, jetzt will dieser Hund mir schon wieder einen sinnlosen Job andrehen*, aber ist nicht so, ich habs gecheckt, du willst nicht arbeiten, alles gut, ist dein Ding. Das hier ist was anderes. Ich habe, ganz im Ernst, ein verfickt großes Problem.«

»Okay, aber wie soll ich –«

»Ist bisschen kompliziert. Sind üble Dinge passiert hier. Kann ich dir so schnell am Telefon nicht erklären, aber *komisches Zeug*, Bruder, richtig komisches Zeug. Ich würde dich nicht anrufen, wenn ich es nicht ernst meinen würde. Ich brauch dich, kannst du mal bitte hier vorbeikommen?«

»Wo bist du denn? Zu Hause?«

»Nee, im Office. Komm mal bitte sofort rum.«

»Ja, okay, ich mach mich los.«

»Danke dir. Bis gleich. Beeil dich.«

Meikel erreichte Heinrich keuchend. Sein Büro mit vier Arbeitsräumen, einem Aufenthaltsraum mit Couch, einer Kochnische und einer Dachterrasse lag im obersten Stock eines sanierten Altbaus in Berlin-Mitte. Wie alle Sachen, die Heinrich nicht brauchte und sich nicht leisten konnte, aber trotzdem haben wollte und für die er teilweise bereit war, sich immens zu verschulden, nannte er dieses Büro eine »Investition in die Zukunft«. Meikel hat ihn schon Anzüge so nennen hören und Handys, Möbel, Computer, Armbanduhren, Spielekonsolen, Restaurantbesuche, Autos, Gemälde, Sammelkarten, Füller und Käse. Er fand ihn an seinem Schreibtisch sitzend, den Kopf in die Hände gelegt, vor sich eine Tasse Kaffee. Wie immer war er übertrieben gepflegt, sein Bart frisch getrimmt und mit klaren Kanten, die Chino gebügelt, die Lackschuhe poliert. Er sah ziemlich gestresst aus, aber auf seinem hellblauen Polyesterhemd waren trotzdem keine Schweißflecken zu sehen. Irgendwann hatte er mal erzählt, dass er sich die Ohren zugehalten hat, wenn seine damalige Freundin im Nebenraum auf Toilette war, und immer wenn Meikel ihn so zugeknöpft sah, musste er daran denken.

»Was ist los?«, sagte Meikel.

»Mein Praktikant ist durchgedreht«, sagte Heinrich im Aufstehen. Er machte eine paar Schritte auf und ab, steckte sich die Hände in die Taschen, blieb stehen, sah kurz Meikel an und dann gedankenverloren zur verschlossenen Tür, die in einen Nebenraum führte. »Einfach durchgedreht.«

»Wie, durchgedreht?«

Heinrich zog sich die Kaffeetasse heran und starrte in sie hinein. Im Milchschaum war das manische Augenpaar eines halb aufgelösten Teddybären zu sehen.

»Heinrich. Was ist passiert?«

»Scheiße, Mann. Er hat sich umgebracht, einfach so. Vor ein paar Tagen. Hier im Büro.«

Heinrich ging zur verschlossenen Tür und legte die Hand auf den Griff. Er atmete schwer, während er sich zu Meikel drehte. Dann öffnete er die Tür, ohne selbst in den Raum zu schauen. Dort, über der Spalte zwischen zwei aneinandergeschobenen Bürotischen, war ein Stofffetzen an die Lampenhalterung geknotet. Das Ende, das einmal der Strick gewesen war, war von der Polizei bereits abgeschnitten worden. Als Meikel »ach du Scheiße« sagte, zog Heinrich die Tür wieder zu. »Ich bin ge*fickt*, Bruder«, sagte er.

»Wieso, hast du was damit zu tun?«

»Nicht direkt.«

»Wie, nicht direkt? Was soll das heißen?«

»Das ist nicht so leicht zu erklären, Bruder, ich …«

Meikel unterdrückte den Impuls, Heinrich ins Wort zu fallen und eine Erklärung zu verlangen. Verloren geglaubte Bilder hämmerten ihm durchs Hirn, ein weinendes Gesicht, ein schreiendes, *was hast du getan*, eine flache Hand, die gegen seinen Brustkorb schlägt, *ich hasse dich*, ein Sturz auf den Boden, der Nebel, der Rausch, die

Gleichgültigkeit. Meikel legte Heinrich eine Hand auf die Schulter, und dann, als Heinrich vor der Berührung nicht zurückschreckte, umarmten sie sich.

Heinrich schnaufte. »Also, es fing damit an, dass ich letzte Woche einen Besichtigungstermin für Räume bekommen hab, die man in ein Fitnessstudio umbauen kann. War bisschen shady ehrlich gesagt, es lag einfach ein unfrankierter Brief hier vor meiner Bürotür auf dem Boden. *Sie können sich die Räume heute ansehen*, stand da drauf und eine Handynummer, kein Absender, nix. Aber du weißt ja, ich bin verzweifelt, sauverzweifelt, Bruder, also hab ich da angerufen. Geht 'ne Frau ans Telefon, weiß von nichts, wir waren beide nur so, hä, was geht, quatschen bisschen, stellt sich raus: Sie hat bis vor Kurzem das April betrieben. Nähe Sonnenallee. Musste schließen wegen der Pandemie oder so. Seitdem stehen die Räume leer. Ich war so, aha, interessant, wahrscheinlich sind dann ja diese Räume gemeint? Wem gehören die denn?, sag ich. Da sagt sie, keine Ahnung, weiß man nicht, wenn man wen erreichen will, dann landet man nur bei Vertretern von Vertretern von Vertretern von Vertretern von 'nem Briefkasten. Kommunikation läuft über unfrankierte Briefe ohne Absender, sagt sie, manchmal hat man einen vor der Tür liegen, und da steht dann drin MIETERHÖHUNG oder KÜNDIGUNG, und dann kannst du versuchen, was dagegen zu machen, aber am Ende ficken sie dich. Hat sie so gesagt, keine Ahnung. Ich sag so, hm, ja, keine Ahnung, hast du die Schlüssel dafür? Kann ich mir das mal angucken? Sagt sie, ja, okay, können wir machen. Ich hol meinen Praktikanten, den ich eigentlich ja nur eingestellt hab, weil er meinte, er hätte mal einen Baristakurs gemacht, und sag: Pablo, lass da in den Club fahren, vielleicht haben wir Räume für das Fitnessstudio gefunden. Pablo sagt, alles klar, wir steigen ein, fahren los. Kommen da an, lernen die Frau kennen, Farina heißt sie, total nett, bisschen traurig noch wegen dem Club, aber nett. Und dann gehen wir halt in die Räume rein. Wir gehen da rein, und …«

Für einen Moment rang Heinrich nach Worten, dann drückte er seine Zunge gegen die Wange und schüttelte den Kopf.

»Was war denn da?«, sagte Meikel.

Heinrich schnaufte wieder. »Es war einfach *komisch*, Bruder. Ich hatte ein richtig mulmiges Gefühl, aber redete mir ein, es wäre Einbildung oder einfach – keine Ahnung, die *Atmosphäre* halt. Dadrin wurden was weiß ich, wie viele Jahre lang, die heftigsten Raves abgehalten, na klar hat man da das Gefühl, dass der Bass noch immer auf die Brust drückt, oder nicht? Ich stand da in der leeren Halle und spürte so eine leichte Vibration am ganzen Körper, bamm, bamm, bamm, eigentlich gar nicht so unangenehm. Und im Badezimmer hab ich's dann aus den Klokabinen schniefen gehört. Hab die Türen aufgemacht, niemand da natürlich. *Boah, was schiebst du denn für Filme*, hab ich gedacht und bin reingehauen. Nächsten Tag liegt hier der Vertrag vor der Tür. Hab ihn unterschrieben und zurück vor die Tür gelegt. Da ist ja 'ne Überwachungskamera im Flur, also hab ich mich vor den Bildschirm gesetzt und gewartet, bis jemand den Vertrag abholt, stundenlang nix passiert. Dann geh ich für 'ne halbe Minute pissen, komm wieder, Vertrag ist weg. Nur ein Zettel, wo draufsteht, dass ich mir den Schlüssel für den Club bei Farina abholen kann.«

»Hm.«

»Ja. Du sagst es.«

»Und was hat das mit Pablo zu tun?«

»Ja, Pablo, keine Ahnung, Pablo ist … Seitdem er in dem Club war, ist er jeden Tag ein bisschen komischer geworden, eigentlich hat er immer nonstop palavert, richtig lustiger Typ eigentlich, aber da, Bruder, da ist er still geworden, jeden Tag ein bisschen stiller, bis er vor ein paar Tagen dann durchgedreht ist. Ich meinte halt zu ihm, Pablo, machst du mir 'n Kaffee? Machst du mir bitte Teddybär drauf? Er sagt nix, geht nach nebenan, ist ewig weg, kommt irgendwann mit dem Kaffee wieder, aber guckt mich nicht an, guckt nur in die Tasse, direkt in die Augen von dem Teddybären. Ich sag, Pablo, was ist los?, da stellt er die Tasse ab, nimmt sich einen Locher und zieht mir ein Ding damit, *so ein Ding*, Bruder, er haut mir echt den scheißverfickten Locher in die Schnauze. Normalerweise hätte ich ihm da sofort eine zurückgescheppert, kennst mich ja, aber so, wie er geguckt hat, da dachte ich, nee, auf keinsten, der war wo *ganz* anders unterwegs. Also bin ich aus dem Büro raus und hab die Tür hinter mir abgeschlossen. Ich hab versucht, ihn irgendwie zu be–«

»Und woher kommt der Teddy auf diesem Kaffee?« Meikel deutete in Richtung der Tasse, die auf dem Tisch stand.

»Ja, das ist auch so ein Ding. Er hat hier überall volle Kaffeetassen verteilt. Ich habe schon acht oder neun Stück gefunden und ausgekippt, aber finde immer wieder irgendwo eine neue. Alle mit Teddybärgesicht. Die hier habe ich erst heute Morgen entdeckt. Da war der Teddy noch fast frisch. Ich sag doch, Bruder, es ist *creepy*. Auf jeden Fall meinte ich dann irgendwann zu Pablo durch die Tür, dass ich jetzt rausgehen werde auf einen Spaziergang und eine rauchen, und wenn er sich dann nicht beruhigt hat, ruf ich die Bullen. Dann komm ich wieder, hängt er da.«

»Fuck.«

»Ja, Mann.«

Meikel fiel jetzt erst auf, dass seine Stirn klatschnass war, sein Rücken, seine Achselhöhlen, eigentlich alles. Draußen waren es wieder annähernd vierzig Grad. Heinrich hatte keine Klimaanlage im Büro, nicht einmal die Dachfenster waren abgehangen, alles war erleuchtet und erhitzt. Die Luft fühlte sich an, als könnte man ihr mit der bloßen Hand Stücke aus dem Leib reißen. Umso eigenartiger war es, dass Heinrichs Hemd immer noch keine Flecken hatte, seine Haut schien auch trocken zu sein. Meikel musste an die Elben denken, die auf Schnee spazieren können, ohne in ihm zu versinken.

»Und womit soll ich dir jetzt helfen?«, sagte er.

Heinrich war die Frage unangenehm, er wiegte seinen Kopf und fuhr sich mit der Hand über den Kiefer, als wollte er die Gründlichkeit seiner Rasur prüfen. »Ich bin ehrlich, Bruder. Mit dem Club stimmt was nicht. Hundert Prozent. Ich habs ja gemerkt, als ich da war, und dann diese Augen von Pablo, solche Augen kriegst du nicht einfach so. Da ist noch was anderes im Spiel. Was *anderes.*«

»Was anderes? Du meinst …?«

»Ja. Geister. Spuk. Eine Aura, keine Ahnung. Gespenster, die deinen Kopf ficken.«

Meikel war sich nicht sicher, ob Heinrich wirklich glaubte, was er da sagte. In der Vergangenheit hatte er unter allen möglichen Vorwänden versucht, Meikel in seiner Nähe zu halten, um ihn vom Konsumieren abzuhalten. Sollte das hier eine Kontrollmaßnahme werden? Heinrich sah ernsthaft verschreckt aus.

»Okay«, sagte Meikel, »sagen wir mal, das könnte sein. Was hab ich damit zu tun?«

Heinrichs Blick bat Meikel darum, es nicht aussprechen zu müssen. Meikel jedoch verstand nicht, was es war, das man nicht aussprechen musste, und mit diesem Unverständnis schaute er zurück.

»Du bist doch paarmal wahnsinnig geworden«, sagte Heinrich. »Du hast mir doch aufgezählt, was du schon alles für komplett gestörte Paranoia gehabt hast, Panikanfälle, Stimmen im Kopf, was weiß ich nicht alles. Du hast da doch so eine Verbindung. So allgemein, zum Horror, meine ich.«

»Seit ich clean bin aber nicht mehr.«

»Genau deswegen. Wenn was nicht stimmt, dann merkst du das doch sofort. Dafür bist du doch in Therapie gegangen. Ich sag dir, Bruder, dieser Club ist eine Psychose. Aber was soll ich machen? Find mal eine freie Immobilie in Berlin, schaffst du nicht. Das Gym *muss* da rein. Ich würde einfach gerne vorher checken, was da los ist. Nicht dass ich es bin, der hier schon durchdreht. Fahr da bitte mit mir hin. Ich brauch dich, Bruder.«

11

In der Nacht ihres Falls kletterte der westdeutsche DJ Westbam gemeinsam mit Hunderten anderen über die Berliner Mauer. Oben angekommen, drehte er sich um, um der Person hinter sich hochzuhelfen, und da stellte sich heraus, dass es sich bei dieser Person um den lettischen DJ Eastbam handelte. Auf der Mauer stehend, reichte Westbam Eastbam die Hand. Ein Triumph, der Jubel, die Freiheit. Menschen zogen ihre Warnwesten über und begaben sich hinter schweres Gemäuer. Wummernde Gravität. Liebe in der Dunkelheit, die Pupille ein See. Das Jahrzehnt des Raves war angebrochen.

Weißt du noch, der Wind?
Das Rauschen kehrt nie wieder
wollt ich dich noch fragen
wenn du wieder bei mir bist

Milliarden Jahre zuvor warf Gott ein Kaninchen in den Himmel und erschuf den Mond. Die Nächte waren klarer damals, Tausende Sterne so hell, dass Religiosität nahelag. Ellipsen, Eklipsen, ein Steinbock. John F. Kennedy sagt, wer Demokratie wirklich liebt, der erobert auch den Weltraum. Nur unter der Erde Neuköllns gibt es kein

Mitspracherecht, am U-Bahnhof baumeln offene Beine. Crack rauchen und hoffen, dass das Fentanyl noch nicht in Deutschland ist. Manche Menschen haben Sehnsucht, sich kaputt zu machen, andere sind es schon und gehen zur Arbeit. Obwohl es so viele sind, ist es still in der U-Bahn, die sich kraftlos durch die Schächte schiebt und keine Luft zum Atmen hat.

ganzen Waggon hab ich für mich
Brandfleck im Sitz, Abend erlischt
andere sehen Geister
ich seh nur dich

Straßenmagazine und klimpernde Kaffeebecher. Kein Lächeln, ein Klimmzug. Touchscreens reagieren nicht auf schweißige Hände. Eine Sängerin steigt ein und bekommt für *My Heart Will Go On* keinen einzigen Cent. Niedriglohnsektor: kosmische Gerechtigkeit. Zwei Männer, die sich zuvor angeschwiegen haben, verabschieden sich am nächsten Halt, sie rufen, Na ja!, Machs gut!, Bis bald!, Ciao!, und als der eine ausgestiegen ist, seufzt der andere ein einzelnes Mal, ganz laut, als hauchte er der U-Bahn wieder Ruhe ein.

12

Leif hatte Farina schon wieder zu seiner HNO-Ärztin bestellt, damit er nicht allein sein musste. Am Morgen wollte er sich ein Rührei zubereiten, doch von der sich erhitzenden Herdplatte hatte sich ein Stück Rost gelöst und war aus irgendeinem Grund in den Raum geschleudert worden, wo Leif sich gerade mit den gequirlten Eiern und halben Cherrytomaten zum Herd drehte und sich zufällig im perfekten Winkel befand, um das glühende Roststück durchs linke Nasenloch in den Rachen geschossen zu bekommen. Er schrie auf, ließ die Schüssel mit den Eiern fallen, rutschte darauf aus, fiel zu Boden und riss beim Sturz die letzte Banane von der Küchenplatte, die auf ihrem Weg nach unten zwei Umdrehungen machte und sich dann mit dem spitz abgerissenen Stiel vorweg in Leifs linkes Ohr grub. Obwohl er aufgrund solcher Vorfälle beinahe wöchentlich in irgendeiner Praxis saß, hatte er sich kein routiniertes Gefühl aneignen können, in jedem Wartezimmer war ihm flau. Mit Farina an seiner Seite war es besser. Zur Begrüßung lachte er wie ein Delfin.

»Ich finde es heute richtig schön draußen«, sagte Leif. »Bin total gerne hierherspaziert. Man darf das wahrscheinlich gar nicht sagen, aber dieses Gelb von trockenen Wiesen finde ich richtig toll.«

»Kann ich voll verstehen. Der Regen ist auch schöner als früher.« Farina nahm eine Illustrierte vom Tisch, blätterte ein paar Sekunden und legte sie wieder weg. In der Ecke, auf einem bunten Teppich, saß ein Mädchen und hörte nicht auf, mit einer Barbie auf eine zweite, am Boden liegende Barbie einzuschlagen. Der Vater saß daneben und schaute nachdenklich zu. Irgendwann streckte das Mädchen ihm die Barbie vom Boden entgegen und fragte, wann die endlich zu bluten anfange. »Sie lebt nicht«, sagte der Vater. Das Mädchen überlegte einen Moment und prügelte dann weiter.

»Rebecca hat sich bei mir gemeldet«, sagte Leif. »Vielleicht war ich deswegen ein bisschen durcheinander in der Küche.«

Farina schaute ihn an und versuchte, sich nicht anmerken zu lassen, dass sie gerade in eine Dissoziation rutschte. In letzter Zeit passierte ihr das häufiger, sie glitt dann in die Welt ihres aufgefächerten Körpers, dessen Gedanken, Gefühle und Bewegungen plötzlich parallel voneinander arbeiteten. In diesen Momenten fiel es ihr schwer, Verbindungen zur Welt herzustellen, sie war sich zwar der Umgangsnormen bewusst, musste aber für deren Einhaltung jede einzelne Handlung durch einen inneren Befehl steuern. Mach einen Schritt. Noch einen. Sag einen Satz. Sie beobachtete sich bei der Ausführung dieser Befehle. Sie konnte sich bestätigen, ein funktionierender Mensch zu sein, wenn auch aus einer Position der Entmenschlichung heraus: Farina kam sich maschinell vor, sie war eine einzige Verkabelung. Ihr Körper tat, was er tun sollte, die dazugehörigen Gefühle jedoch hielt er wie Murmeln in der Hand.

Einige Tage zuvor hatte sie in diesem Zustand jemanden vom Fahrrad fallen gesehen. Es waren warme Abendstunden gewesen, die Menschen hatten sich auf das weite Feld des ehemaligen Flughafens Tempelhof begeben und joggten, skateten, saßen, tranken, rauchten. Der Mann trat im Stehen in die Pedale seines Mountainbikes, weil er von der Landebahn auf eine Erhöhung am Rande des Geländes zusteuerte, für deren Bewältigung er Schwung brauchte. Er unterschätzte jedoch, wie viel Halt ihm auf dem nun erdigen Boden der Erhöhung verloren gehen würde, und so rutschte er mit der ersten Lenkung ab und stürzte durch eine Staubwolke. Seine Sonnenbrille flog über mehrere Meter vor Farinas Füße. Sie half ihm hoch, reichte ihm die Brille und fragte, ob alles okay sei. »Ja, alles okay«, sagte er, lächelte, »danke«, stieg auf und fuhr weiter.

Beim Anblick seines Sturzes fühlte sie eine Schockverbundenheit. Dasselbe Gefühl hatte sie ein paar Wochen zuvor überkommen, als sie nach einem Platzregen durchnässt im Bus saß und an jeder Station die genauso nassen Menschen einsteigen sah. Da weitete sich ihr Gefühl sogar auf das Innenleben der anderen aus, sie meinte, im Bus, in dem alle nass waren, ein ganzes Netz gegenseitiger Verbundenheit zu sehen. Erst nachdem der Mann auf dem Fahrrad davongefahren war, stellte sie fest, dass sie die Verbundenheit zu ihm tatsächlich *fühlte.* Sie fragte sich, ob es folglich Qualitätsunterschiede gebe zwischen den Empfindungen von Menschen, die vom Fahrrad fallen oder in den Regen geraten, und denjenigen, die Liebeskummer haben. All diese Dinge mögen zu den Basiserfahrungen zählen, doch Farina glaubte, im Fahrradsturz eine besondere Reinheit zu erkennen. Es brauchte keinen Kontext für dieses Gefühl, keinen Text, keine Sprache, ein einziges Bild reichte aus, um im Inneren des Anderen alles zu verstehen. Gegenüber Leif jedoch musste sie sich auf ihre pragmatischen Kommunikationskenntnisse verlassen. Sie fühlte nichts, als sie sagte:

»Oh, echt? Was wollte sie?«

»Nichts, einfach hören, wie es mir geht. Haben ja kein Wort gewechselt die letzten drei Monate. Hatte auch schon überlegt, ihr zu schreiben, aber hab mich nicht getraut.«

»Und … wie war das?«

»Keine Ahnung. Es ist noch schlimm für mich, ehrlich gesagt.«

Die Frau von der Rezeption kam ins Wartezimmer und rief jemanden auf.

»Letztens ist mir aufgefallen, dass sie in unserer gemeinsamen Zeit nie von ihren vorherigen Beziehungen gesprochen hat. Im Gegensatz zu mir hatte sie ja ein paar. Das ist verrückt, oder? Wenn man länger zusammen ist, dann erfährt man doch normalerweise auch etwas über die Ex-Freunde, oder nicht? Ich weiß aber gar nichts. Und da ist mir dann plötzlich klar geworden, dass sie in ihrer nächsten Beziehung auch nicht von mir sprechen wird. Das zu fühlen war ein ganz besonderer Schmerz irgendwie. Ich habe mich in einer Welt, in der ich sonst ja zu Hause war, ausgelöscht gesehen. Nichts von uns wird übrig bleiben. Sobald ich aufhöre, darüber zu sprechen, da bin ich mir ganz sicher, wird es unsere Liebe nie gegeben haben. Keine einzige Erzählung darüber, auf der ganzen Welt. Ich will sie aber irgendwie beweisen, für immer. Oh, fuck, es geht schon wieder los, ich heul gleich. Sorry. Ignorier mich.«

Farina griff nach seiner Hand.

»Hartnack, Leif?« Die Rezeptionistin stand wieder im Wartezimmer. Leif und Farina gingen ins Behandlungszimmer, wo die wie üblich etwas zu aufgedreht auf und ab laufende Dr. Ohnesorg mit ausgestreckter Hand auf sie zukam.

»Herr Hartnack«, sagte sie, »Frau Yildirim.«

»Frau Dr. Ohnesorg.«

»Frau Dr. Ohnesorg.«

»Was ist Ihnen denn heute passiert, Herr Hartnack?«

Leif schilderte das Geschehnis in der Küche. Dr. Ohnesorg schüttelte betrübt den Kopf und bedeutete ihm, auf dem Untersuchungsstuhl Platz zu nehmen und den Mund zu öffnen. Farina setzte sich daneben auf einen Hocker. Als Dr. Ohnesorg die Stiftlampe aus Leifs Mund zurückzog und sich zu ihrem Schreibtisch drehte, sagte er:

»Ich hätte Lust, heute Abend tanzen zu gehen.«

»Ich weiß nicht«, sagte Farina. Sie kam langsam wieder zu sich. »Ich habe seit der Schließung nicht mehr getanzt.«

»Ja, dann wird es aber allerhöchste Zeit.«

»Ich weiß nicht, ob ich das kann. Nicht nur weil ich das April vermisse. Ich kann an einer Hand abzählen, wie oft ich ohne Alva feiern war, ich würde die ganze Zeit an sie denken. Das pack ich nicht.«

»Ja … ja, das kann ich verstehen. Andererseits: Alva würde das nicht wollen. Sie hat tanzen ja geliebt. Fändest du es nicht traurig, wenn du stirbst, und deine Friends hören auf damit, Dinge zu tun, die dir Spaß gemacht haben?«

»Ich weiß nicht. Ich fühl mich nicht gut damit.« Farina wusste, was Leif jetzt sagen würde. Sie sah, wie er sich zusammenreißen musste, nicht mit den Augen zu rollen. Er konnte sehr verletzend sein, wenn er nicht bekam, was er wollte. Und dann sagte er es:

»Sorry, aber manchmal kann man bei dir echt das Gefühl bekommen, du *willst* gar nicht, dass es dir besser geht. Ich verstehe, dass es schwer für dich ist. Das verstehe ich wirklich. Wir vermissen Alva alle, und wir haben alle diesen Club geliebt. Aber, und ich weiß, du hörst das nicht gerne, ich glaube … wir müssen weitermachen. Und ich bin mir sicher, dass wir einen anderen Ort finden werden. Wo es Musik gibt, wo wir Spaß haben können.«

»Es geht mir aber nicht darum, *Spaß zu haben*, Leif.«

»Jetzt spricht sie mich mit meinem Vornamen an. Dann erklär mir doch, worum es dir sonst geht, *Farina*.«

»Sorry.«

»Ich mein ja nur«, sagte Leif, während Dr. Ohnesorg ihm ein kleines Rohr in das von der Banane penetrierte Ohr steckte. »Ich sag dir das als Freund. Du musst dich vielleicht langsam mal nach anderen Wegen umschauen, glücklich zu werden. So kann es nicht weitergehen.«

Farina verzog das Gesicht.

»Warum verziehst du das Gesicht?«

»Keine Ahnung, *glücklich werden*. Irgendwie fühle ich mich davon abgestoßen.«

»Du fühlst dich davon abgestoßen, glücklich zu werden?«

»Ehrlich gesagt schon, ja. Ich würde sogar sagen, Glücklichwerden hat uns kollektiv in die Scheiße geritten. Stell dir acht Milliarden Menschen vor oder selbst achtzig Millionen, stell dir achtzig Millionen Menschen vor, die alle den Auftrag bekommen, glücklich zu werden. Kannst du dir vorstellen, dass das ohne Gewalt abläuft?«

»…«

»Ist doch so. Diese Idee, glücklich sein zu müssen und das erst erreicht zu haben, wenn man irgendwelche Träume verwirklicht hat, oder was weiß ich – wenn man alle seine Bedürfnisse berücksichtigt hat. Da macht man sich doch wieder zum Zentrum des Universums.«

»Weil man das meiste aus seinem Leben rausholen will, macht man sich zum Zentrum des Universums …?«

»*Das meiste aus seinem Leben rausholen.* Allein dieser Satz. Ich will nichts aus meinem Leben *rausholen.* Ich will einfach nur leben, meine Ruhe haben, nicht geknechtet werden.«

»Ich verstehe, worauf du hinauswillst, aber ich meine damit ja nicht, dass man Karriere machen muss oder sonst was. Das meiste aus dem Leben rausholen kann ja auch heißen, durch Gemeinschaft glücklich werden, halt genau dadurch, *nicht* mit den anderen in einen Wettbewerb zu treten. Das ist ja genauso ein Bedürfnis.«

Dr. Ohnesorg wechselte die Seite und schaute in das andere Ohr, obwohl das nicht beschädigt war.

»Ja, klar«, sagte Farina, »aber ich weiß nicht, ob das so anders ist. Ich glaube, allein diese Fragen: Bin ich glücklich?, Was brauche ich, um glücklich zu werden?, darin steckt schon die ganze Seuche, weil man sich in der Realität doch immer denkt: Hm, ich glaube, ich könnte noch ein *bisschen* glücklicher sein. Was fehlt? Und so geht das immer weiter. Und am Ende läuft es *doch* darauf hinaus, dass du in diesem, wie nennen wir das, *Streben nach Glück* –«

»Auf keinen Fall nennen wir das *Streben nach Glück.*«

»Ist ja auch egal, du weißt, was ich meine. Ich will nur sagen, am Ende richtet man Gewalt an, an anderen Menschen, an der Natur, was weiß ich. Ich sag dir, warum auch immer ich das April verloren habe, letzten Endes wird es sich darauf runterbrechen lassen, dass irgendwer sein *Glück* finden wollte. Weißt du, das habe ich ja noch gar nicht erzählt, weißt du, was sie aus meinem Club machen wollen?«

»Nein.«

»Ein Fitnessstudio.«

»Nicht dein Ernst.«

»Doch. Hab schon so einen ekligen Typen getroffen. Nachher sehe ich den schon wieder, weil er die Räume noch mal besichtigen will.«

»Okay, das ist scheiße, klar … Aber was willst du mir damit sagen? Dass man unglücklich sein soll? Aus Rücksicht?« Dr. Ohnesorg wechselte zu einem schlauchartigen Rohr und steckte es Leif in die Nase. Als sie hineinschaute, schreckte sie schockhaft zurück, sog hörbar Luft durch die Zähne ein und sprang auf, um ein kleines Döschen mit Balsam aus dem Schrank zu holen. Damit beschmierte sie Leifs Naseninneres.

»Nein«, sagte Farina. »Keine Ahnung. Ich finde einfach, man sollte sich diese Frage nicht stellen. Oder ihr zumindest nicht so viel Bedeutung geben.«

»Kommt mir absolut insane vor. Was denken Sie, Frau Dr. Ohnesorg?«

»Schwieriges Thema«, sagte Dr. Ohnesorg im Aufstehen. Sie ging zu ihrem Schreibtisch und tippte irgendwas in den Rechner. »Es ist auch ein bisschen eine Generationenfrage, denke ich. Meine Vorgeneration kam aus Zeiten des Mangels, natürlicherweise wuchsen wir in der Überzeugung auf, dass das glückliche Leben in der Erfüllung materieller Bedürfnisse liegt. Kleidung, Auto, Haus. Die Generation meiner Kinder, Ihre Generation also, hat dann an uns gesehen, dass darin kein wirkliches Glück liegt, also traten diese Konzepte von *Selbstverwirklichung* und *Work-Life-Balance* in den Vordergrund. Aus Ihrem Gespräch nun kann ich vor allem entnehmen, dass die Ideen Ihrer Generation ebenfalls dabei sind auszudienen. Ich schließe daraus – und vielleicht liegt es nur daran, dass ich alt und unkreativ geworden bin, daran, dass mein Weg zur Arbeit allmorgendlich eine Überwindung schrecklich tiefer, innerer Leere voraussetzt, daran, dass ich nicht mehr sicher sagen kann, wer ich bin und ob ich meinen Mann je geliebt habe –, ich schließe daraus, dass innerhalb der menschlichen Existenz keine Glückserfüllung vorgesehen ist, dass wir dazu verdammt sind, vor uns hin zu trotten, bis wir sterben.«

»Na also«, sagte Farina. »Da haben wir es doch.«

»Nein«, sagte Leif. »Ich weigere mich, das zu glauben. Ich glaube, dass sich Glück finden lässt. In der Zwischenmenschlichkeit, im Zusammenhalt. In der Liebe.«

»Wissen Sie, Herr Hartnack«, Dr. Ohnesorg füllte einen Rezeptzettel aus, riss ihn aus dem Block und hielt ihn Leif entgegen, »am Ende des Tages begegnet das Universum auch Ihrem Glauben mit vollumfänglicher Gleichgültigkeit. Ich kann Ihnen nur raten, darin einen Trost zu finden. Alles ist egal. Holen Sie sich diese Creme hier ab und schmieren Sie ein Mal täglich ihr Nasenloch damit ein.«

»Danke, Frau Dr. Ohnesorg.«

»Ich wünsche Ihnen alles Gute.«

13

Heinrich hatte die Klimaanlage aufgedreht und das Fenster runtergefahren. Sein rechter Arm lag schlaff auf dem Lenkrad. Auf dem anderen, der halb aus dem Fenster hing, stützte er seinen Kopf ab. Der Verkehr war wieder mal die Hölle, brachte Heinrich allerdings nicht aus der Fassung, im Gegenteil, er nahm das nur meterweise Vorankommen und das Gehupe und Gefluche auf, als wäre er beim Yoga. Meikel war von dieser Fahrweise immer wieder verblüfft, weil sie gleichzeitig von einer kühlen Brutalität durchzogen war. Heinrich drängelte und raste, wo er nur konnte, bloß tat er das mit einem Ruhepuls, der seinen Fahrten einen gewissen Grusel verlieh. Dahinter verbarg sich ein auf Effizienz getrimmter Energiehaushalt, bei dessen Beschreibung Heinrich wahrscheinlich mehrmals das Wort »Mindset« in den Mund nehmen würde, wenn auch nicht vor Meikel, der darauf allergisch reagierte, seitdem Heinrich ihm seinen Entzug zu beratschlagen probierte. Die Heftigkeit, mit der Meikel damals diese und andere Vokabeln, »Change-Management« zum Beispiel, abblockte, war für Heinrich der Beweis, hier eindeutig ein Mindset-Problem vorliegen zu haben, was er auch so äußerte. Die Freundschaft ging an diesem Tag beinahe zugrunde. Heinrich war nun sehr vorsichtig, was seine Wortwahl anging, insgeheim jedoch davon überzeugt, dass Meikel seine Richtigkeit schon noch einsehen würde, sobald sich die Drogen endgültig aus seinem Körper gewaschen und seine Emotionen sich wieder auf einem gesunden Level eingependelt haben.

»Warum werden wir überhaupt von der Clubbetreiberin rumgeführt?«, sagte Meikel. »Warum macht die da noch mit? Ich dachte, die wurde quasi rausgeworfen. Sie hat doch mit den Räumen nichts mehr zu tun.«

»Ja, aber sie hängt halt an dem Club. Kann nicht loslassen. Außerdem weiß man ja auch nicht so richtig, wer überhaupt der Besitzer ist.«

»Das kommt mir eh suspekt vor.«

»Mir doch auch. Hab das ja sofort bei der Landesverwaltung gemeldet. Denen kommt das aber gar nicht suspekt vor. *Dit is Berlin*, sagen die.«

»Hm.«

»Ja.«

Am Mehringdamm stellte sich jemand vor die an der roten Ampel wartenden Autos und jonglierte mit Kegeln. Als er losging, um Kleingeld einzusammeln, fuhr Heinrich sein Fenster hoch. Nachdem der Jongleur vorübergegangen war, fuhr er es wieder runter.

»Auf jeden Fall hängt die halt an dem Club«, sagte er. »Glaube, die ist froh, Gründe zu haben, immer mal wieder vorbeischauen zu können. Sie kann einem schon ein bisschen leidtun.«

»...«

Die Ampel schaltete auf Grün. Heinrich beschleunigte

mit durchgetretenem Gaspedal auf 60 km/h und überholte zwei Autos. Nach wenigen Hundert Metern kam er vor der roten Ampel mit einer Vollbremsung zum Stehen.

»Ich meins ernst. Sie tut mir leid«, sagte er.

»Ja, ich glaub dir.«

Der Himmel war wolkenlos, die Bürgersteige verlassen. Nicht einmal dort, wo sich normalerweise Trauben und Schlangen von Touristen um Currywürste und Gemüsedöner versammelten, war irgendwer zu sehen. *Der Boden ist Lava*, dachte Meikel, während er zur Sonne hinaufschaute, die fett und hässlich in ihrem Zenit rumhing und alles unerträglich machte. Die Straße war geflutet mit Autos, Dutzende einsame Köpfe in geräuschlosen Boxen, kein Mensch auf dem Beifahrersitz, kein Radio, nur die Lüftung und das Warten auf den Farbwechsel. Heinrich ging schon seit einer ganzen Weile davon aus, dass es jeden Moment grün würde, und seitdem drückte er den Fuß stoßweise auf das Gaspedal. Er musste den Kopf bereits sehr weit nach links drehen, um die Ampel überhaupt noch zu sehen, das Auto befand sich fast vollständig vor der Haltelinie. Als es so weit war, drückte er durch und bog ab auf die Gneisenaustraße, wo lange geschwiegen wurde. Irgendwann sagte Heinrich:

»Ich bin nicht so ein Business-Hundesohn, wie du denkst.«

Meikel erschien es angemessen, nach diesem Satz Augenkontakt herzustellen. Heinrich sah das anders, er rückte nicht von seinem Blick auf die Straße ab.

»Tut mir leid, wenn das so rüberkommt«, sagte Meikel. »Das denke ich wirklich nicht von dir.«

»Ist gut. Wollts nur noch mal gesagt haben. Dass du Bescheid weißt.«

Zwei mit Fahrradschlössern zusammengekettete Bauzäune versperrten den Weg auf das Clubgelände, das am Ende einer gut hundert Meter langen, von der Sonnenallee abführenden Einfahrt lag. Die Einfahrt war auf der einen Seite von Bürogebäuden und industriell genutzten Räumen begrenzt, auf der anderen von der Ringbahn. Heinrich und Meikel waren als Erste da und gingen nutzlos auf und ab. Meikel versuchte, durch den Zaun, am Kassenhäuschen vorbei, die Spree zu sehen. Sie befand sich hinter dem Außenbereich, wo es ein paar Stufen hinunter ging und wo immer noch verwahrloste Bänke und Couches standen, doch sie war nicht zu erkennen. Wahrscheinlich stand sie nicht hoch genug.

Meikel bereute, keine Kopfbedeckung mitgenommen zu haben. Sein Gesicht glühte. Ein Schweißtropfen rann seinen Rücken herunter und kitzelte ihn. Weit und breit keine Clubbetreiberin zu sehen, also setzte er sich vor das Gebüsch auf den Boden. Dort bekam man zumindest einen Fetzen Schatten ab. Heinrich hatte die Arme in die Hüfte gestemmt und schaute die Einfahrt runter. Wenn sie zu zweit sind, hält er Schweigen nicht aus. Meikel wusste das, und weil er nicht wollte, dass Heinrich sich unwohl fühlte, erzählte er ihm von dem Abend mit Eddi, von Anfang bis Ende, wie er plötzlich an der Tür geklingelt und von der Kündigung berichtet hatte, die Reise nach Brandenburg, der Meteorit. Heinrich schwieg. Erst als Meikel auserzählt hatte, sagte er: »Du machst Witze, oder? Du triffst dich nicht wirklich wieder mit –«

»Da ist sie.«

Farina war anzusehen, dass sie sich für die Verspätung nicht entschuldigen würde. Sie schlenderte in ihren Latschen auf Meikel und Heinrich zu, kurze Hose, labbriges Tanktop, Sonnenbrille. Ihr linker Arm, und nur der, war mit geometrischen Figuren volltätowiert, hauptsächlich gerade Linien und rechte Winkel, die auf eine solch ebenso undurchsichtige wie logische Art miteinander verschachtelt waren, dass sie an einen codierten Gebäudeplan erinnerten.

»Hi, ich bin Farina«, sagte sie, ohne jemandem die Hand zu geben. »Lasst uns reingehen.«

Der Ort war seit seiner Schließung unangetastet geblieben. Teilweise fanden sich noch verwitterte Sitzkissen auf den aus Sperrholz zusammengenagelten Bänken, die um ein paar Bäume und am Spreeufer entlang platziert worden waren. Hier, wo man sich vor einem halben Jahr noch mit dem gedämpften Bass im Rücken einen Joint bauen und sich gemeinsam mit seiner ebenso vom MDMA runterkommenden Begleitung darüber freuen konnte, gerade den schönsten Sonnenaufgang aller Zeiten bezeugen zu dürfen, sollte bald eine Parkfläche hinbetoniert sein. Meikel ging davon aus, dass Heinrich gleich auf ein DJ-Pult oder einen Hocker zeigen und sagen würde: Hier machen wir die Beinpresse hin. Heinrich aber hielt sich auffallend zurück, mit den Händen in seiner Chinohose schlenderte er von hier nach da, schaute mal zum Wasser, mal gespielt fachmännisch auf eine Auffälligkeit am Baumaterial. Als Meikel gerade zu einer Frage ansetzen wollte, schüttelte er mit dem Kopf und deutete auf Farina, die ihre Anwesenheit anscheinend direkt nach Betreten des Geländes vergessen hatte und verloren in der Gegend rumstand, den Blick ins Nichts gerichtet.

»Wir sind nicht hier, um zu besprechen, was wir alles neu machen werden«, flüsterte Heinrich. »Das wäre einfach nur respektlos ihr gegenüber. Wir sind hier, um zu klären, ob es Geister gibt oder nicht.«

Meikel sah keine Geister. Er wusste auch nicht, wo er nach ihnen schauen könnte. Nicht einmal der Holzfußboden der Veranda knarzte, obwohl er jahrelang als Tanzfläche für den Außenbereich gedient hatte und entsprechend an vielen Stellen durchgebogen oder angekokelt war. Überhaupt sah es hier ziemlich ramponiert aus. Die Bretter der Sitzecken hinter der Tanzfläche waren nicht nur auf übliche Weise runtergerockt und vollgekritzelt, sondern teilweise so zerstört, dass man sich an ihnen verletzen konnte. Übler Geruch ging von dort aus, es roch nach Fäkalien, vielleicht auch Tierkadavern oder Kompostmüll.

»Ging schnell mit dem Vandalismus«, sagte Meikel zu niemandem bestimmten. Er wischte sich den Schweiß von der Stirn und glaubte, eine Ente quaken zu hören. Es quakte nichts, es dröhnte nur. Jetzt erst fiel ihm auf, dass dieses Geräusch, das er sein ganzes Leben intuitiv für das Knistern der Hitze gehalten hatte, Grillenzirpen war. Dieser ohrenbetäubende Krach ist nicht einfach nur da, es sitzt ein Lebewesen irgendwo im Gebüsch und erzeugt ihn. Dies zu tun, aktiv den Ursprung von Geräuschen bestimmen zu können, war eine vollkommen neue Angelegenheit für Meikel. Früher hatte ihn das entweder nicht interessiert, oder sein Gehirn war zu solch einer auf die Außenwelt gerichtete Denkbewegung nicht in der Lage gewesen.

»Das ist alles noch vor der Schließung passiert«, sagte Farina, die hinter Meikel aufgetaucht war und seinem Blick in die Sitzecke folgte. »Das waren unsere letzten Tage. Rückblickend konnte man da wahrscheinlich schon sehen, wohin die Reise gehen würde.« Sie sah niemanden an, kaute bloß auf ihrer Zunge rum. »Im zweiten Pandemiejahr ging das los, da durften wir seitens des Gesundheitsamtes unter Auflagen wieder öffnen, aber es kamen nicht genug Leute. Im Jahr davor hatte ich gehört, dass die richtig Harten aus der Szene nach Mexico City abgehauen sind, als das Berghain zugemacht hat, weil da die Clubs noch offen hatten. Kann mir vorstellen, dass die einfach nicht zurückgekommen sind. Auf jeden Fall waren die nicht bei uns. Wir hatten also überhaupt keine Kohle mehr, alle waren unzufrieden. Der Eigentümer hat Stress gemacht und dann sogar die Miete erhöht. Wir waren verzweifelt. Und da haben wir halt –« Farina schluckte und sah zu Boden. »Fuck«, sagte sie. »Fuck.« Sie hielt sich eine Hand vor den Mund und schloss die Augen. Ein paar Sekunden vergingen, dann fing sie sich wieder und sagte: »Da haben wir halt beschlossen, Betriebsfeiern zu hosten.«

Heinrich gab sich größte Mühe, aufmerksames Zuhören zu signalisieren. Er schob seine Augenbrauen zu einem Ausdruck schwerster Besorgnis zusammen, während er den Blick nicht von Farina abwendete und bedächtig nickte. Weil er aber vergessen hatte, in welcher Position sich die Hände üblicherweise beim aufmerksamen Zuhören befanden, rotierten sie um seinen Körper herum, zuerst in den Hosentaschen, dann seitlich hinabhängend, dann vor der Brust verschränkt, dann hinter dem Rücken, dann wieder von vorn, in unzähligen Durchläufen.

»Erst war es richtig geil«, fuhr Farina fort. »Haben die Räume für Partys von so Energiewende-Start-ups bereitgestellt, die absurd viel Geld ausgegeben haben. Hatte immer das Gefühl, dass die da alle einen Eid oder so drauf schwören müssen, für den Rest ihres Lebens das Geld aus dem Fenster zu werfen. Das war wirklich heftig, was da abging. Und es war auch noch okay, irgendwie vertretbar. Aber dann hat sich das langsam rumgesprochen und nur noch in eine Richtung entwickelt. Große Firmen. Wir waren da alle nicht happy mit, die Ersten aus dem Team sind da auch schon abgesprungen. Und der Rest von uns hatte einfach zu viel Angst vor der Armut oder zu wenig Perspektive außerhalb vom Club. Also haben wir sie rangeholt. Und sie kamen echt alle. Jung von Matt, Daimler, Siemens, Telekom, scheiße, wir hatten eine Edeka-Party hier. Und diese Partys sind einfach noch mal anders aus dem Ruder gelaufen, da fanden sich dann hinterher die zerstörten und vollgepissten Bänke, wirklich fernab von allem, was ihr euch vorstellen könnt. Einmal habe ich meinen Haustürschlüssel hier vergessen und musste ihn in der Nacht abholen, da hab ich einen Zirkel von vermummten Jägermeister-Mitarbeitenden dabei erwischt, wie sie im Kerzenlicht hockten und einem geknebelten, noch rumzuckenden Hirsch die Halsschlagader durchschnitten, um zur Feier der Weihnacht in seinem Blut zu baden. Da hab ich gesagt: Okay, es reicht.«

»Ja, das ist sehr verständlich«, sagte Heinrich, weiterhin nickend und aktuell mit vor der Brust verschränkten Armen, »das muss wirklich sehr schwer für dich gewesen sein.«

»Es war vor allem schwer für den Club. Wir dachten, wir könnten kurz gutes Geld verdienen und danach mit dem alten Programm weitermachen. Aber es ging nicht, es war völlig unmöglich. Irgendwas ist da in uns gestorben, und dann blieb halt nur noch das hier übrig.«

Meikel schaute sich den Boden an. Feiner Sandstaub wurde aus den Rillen und in sie hineingeweht, er wirbelte umher und legte sich wieder. Wenn man lange genug hinsah, erkannte man, dass sich der Sand für Sekundenbruchteile zu Sneakerabdrücken zusammenschob, einen Wimpernschlag lang machte Meikel ganz eindeutig die Umrisse einer Reebok-Classic-Sohle in Größe 39 aus, dann die eines Air Max in 45, dann irgendein New-Balance-Modell zwischen 41 und 43. Konnte es etwa sein, dass an diesem Ort etwas übrig geblieben war, ein Tanz, der sich nicht beenden ließ, oder eine nicht fertig geliebte Liebe, ein Gefühl vielleicht, das sich auch nach dem Tod im Widerstand gegen die Realitäten des Marktes befand, ein Protest gegen die Vereinzelung, ein Hilfeschrei an das Universum, nicht allein gelassen zu werden? Meikel hatte nicht die geringste Ahnung, und wenn er ehrlich war, interessierte es ihn auch gar nicht.

Die Innenräume waren vollständig in Schwarz gestrichen. Der Fußboden, der Tresen, die Wände, die Decke. Licht kam nur durch die Eingangstür herein, ansonsten war alles abgedichtet. Farina ging an der Theke, die sich im Eingangsbereich befand, vorbei in Richtung einer der drei separierten Räume.

»Hier links ist die –« Sie stockte und blieb stehen. Heinrich fror ebenfalls ein, nur Meikel verstand nicht und folgte Farinas irritiertem Blick in Richtung des fensterlosen Raumes. »Tanzhalle?«, sagte er, während er bereits ein paar Schritte darauf zu machte. Erst als er an der Schwelle angekommen war, fiel ihm auf, dass etwas nicht stimmte. In der Tanzhalle schwankten, grell und kräftig, Hunderte Lichtflecken auf dem Boden und an den Wänden, sie schunkelten wie von leichten Windstößen bespielt von links nach rechts. Abgesehen davon war es vollkommen duster. Wenn man weiter ins Innere ging, konnte man nicht mehr sicher sagen, ob es das Licht war, das sich bewegte, oder der Raum selbst. Meikel überlegte, ob ihm schwindelig wurde. Er hatte nicht das Gefühl, dass der Boden unter seinen Füßen zu einem Haus gehörte. Auf ihm zu stehen fühlte sich weich an, wenn auch nicht ohne Widerstand – als würde man den Daumen in das Plastik einer Tüte graben, bis es sich dehnt und schließlich reißt. Meikel kniete sich hin. Seine Hand fühlte nur Beton, nichts gab hier nach. Doch sobald er stand, war da wieder diese Gewissheit der sich verschiebenden Grenzen. Einsturz, Rauschen, Bällebad. Tauchgang im Morast, an einem Ast im Nebel hängen Spinnweben wie Seile von Zuckerwatte. Es dampft in den Kronen, und das Motoröl malt Gesichter auf die Straße, regenbogenfarben und voller Sehnsucht, Münder, die sich aufreißen auf ihrem Weg zur Kanalisation. Hoch oben im Himmel schwebt eine gigantische Discokugel und funkelt ihre Reflexionen durch die Gegend.

»Kein Grund zur Panik«, hörte Meikel sich sagen, »jemand hat vergessen, die Discokugel auszuschalten.«

»Der Strom ist schon lange abgestellt«, sagte Farina, die sich jetzt ebenfalls im Raum befand und den Kopf in den Nacken gelegt hatte. »Die Kugel wird gar nicht angeleuchtet.« Sie deutete auf eine Aushöhlung in der Wand, wo sich ein Scheinwerfer oder LED-Strahler befinden müsste, es aber eindeutig nicht tat. Sie umrundeten die Kugel auf der Suche nach der Lichtquelle, aber fanden nichts.

»Ich werde mich dieser Discokugel nicht nähern«, rief Heinrich aus der Distanz.

»Musst du auch nicht. Ich habe ehrlich gesagt selbst keine Lust, länger hierzubleiben«, sagte Farina, während ihr Blick weiter die Wände entlangfuhr. Meikel beteiligte sich an der Suche, ahnte jedoch, dass sie keinen Erfolg mehr haben würden. Zu abgedichtet war dieser Raum mit seinen in tiefer Dunkelheit liegenden Rändern, als dass sich ein derartig kräftiger Lichtstrahl unbemerkt einschleichen könnte. Und wenn man erst mal akzeptiert hatte, dass die Kugel ganz ohne Außenkräfte arbeitete, dass sie Lichter spiegelte, die sie nicht sehen konnten, die in ihrer Welt vielleicht auch gar nicht da waren, dann konnte man die schönen kleinen Punkte auch einfach genießen, wie sie auf dem Boden tanzten und auf der Haut.

14

Die ersten Dinge, die man lernt, sobald man sich endlich Hilfe gesucht hat: Sucht ist erstens eine Krankheit, und zweitens wirst du sie nicht mehr los. Das Einzige, was du tun kannst, ist, deinen Alltag so einzurichten, dass du nicht ständig mit ihr konfrontiert bist. Vor allem solltest du also einen zumindest vagen Sinn im Leben finden, aber auch auf ganz pragmatische Dinge achten, wie den Kontakt zu Immernochsüchtigen meiden und alte Freundschaften, oder das, was man für Freundschaften gehalten hat, begraben. Es wird trotzdem immer und immer wieder Tage geben, an denen der Suchtdruck kaum auszuhalten ist, an denen man sich zu einhundert Prozent sicher ist, dass es diesen Turn jetzt zum Überleben braucht. Diese Momente sind so schwer, weil man – da man ja gleichzeitig auf einer anderen, einer abstrakten, übergeordneten Ebene *weiß*, dass man nicht zurück zu den Drogen will – vollständig gegen den eigenen Willen handeln und eine wahnsinnige Anstrengung auf sich nehmen muss, um mit dem Finger am Handy nicht die Nummer eines Dealers rauszusuchen, sondern eine Vertrauensperson anzurufen und sich von ihr halten zu lassen. In diesen Momenten des Suchtdrucks darf man nicht allein sein, denn man wird es nicht schaffen – sagen zumindest die Leute in der Selbsthilfegruppe. Eddi sieht das anders. Ihm gehen die Leute in der Selbsthilfegruppe auf den Sack.

Primär auf den Sack geht ihm das wehleidige Geheule, das sich im Grunde nicht von dem wehleidigen Geheule eines aktiv Süchtigen unterscheidet, bloß dass es um die Komponenten der Sinnlichkeit, Selbstreflexion und eingebildeten Klarheit erweitert wurde. Hat der aktiv Süchtige noch die Welt und jeden anderen Menschen für sein Leid verantwortlich gemacht, so hat der therapierte Süchtige in Eddis Selbsthilfegruppe erkannt, dass er der Auslöser für das Leid war, und nun schämt er sich für seine Taten und reut und büßt. Die Aufgabe der anderen Anwesenden, so sieht es Eddi, ist es, ihm zu versichern, dass er zwar Fehler gemacht hat, aber dennoch ein Mensch ist, der geliebt wird oder zumindest theoretisch geliebt werden könnte. Diese Dynamik des Ausheulens und der gegenseitigen Erbauung führt zu einer Heimeligkeit, die sich warm anfühlt, so wie sich der schweißige Händedruck eines fremden Greises warm anfühlt. Eddi findet das zum Kotzen, und aus diesem Grund ruft er auch keine Vertrauensperson an, wenn er Suchtdruck hat, sondern kocht sich einen Topf Nudeln mit extrascharfer Tomatensoße, weil er Scharfes nicht verträgt und sich folglich mehrere Stunden lang von Magenkrämpfen auf andere Gedanken bringen lassen kann. Ironischerweise führen diese Gedanken gelegentlich zu der Überlegung, ob die miefige Geselligkeit seiner Selbsthilfegruppe nicht doch besser gewesen wäre als das hier, aber diesem Gedanken lässt Eddi keinen Raum, und wenn die Magenkrämpfe vergangen sind und er in Ruhe im Bett liegen kann, ohne sich den Bauch zu halten, dann weiß er wieder, dass es sich gelohnt hat. Auf seinem Nachttisch lag der Meteorit und erinnerte an die Möglichkeit eines besseren, wenigstens anderen Lebens.

In den schmerzfreien Momenten überlegte Eddi, wie er Meikel beibringen sollte, dass er einen zweiten Meteoriten brauchte. Er hatte sich fest vorgenommen, ihm die ganze Wahrheit zu sagen, doch als sie da in Brandenburg standen, kam ihm das dumm vor. Das musste er jetzt ausbaden. Nachdem die Sonne untergegangen war, hatte Eddi das Gröbste überstanden, sowohl was die Krämpfe anging als auch den Suchtdruck. Er nahm den Meteoriten und verließ die Wohnung.

Vor dem Hauseingang warteten zwei Männer. Sie hatten durchtrainierte Oberkörper, waren glattrasiert und strahlend blond. Klare Kieferkonturen, unwahrscheinlich reine Haut, extrem gut polierte Brillengläser. Wo sie hinsahen, wurde es kühl. Einer von ihnen saß im Rollstuhl, über den Hals des anderen verlief quer eine riesige Narbe. Eigentlich war es bereits unmissverständlich genug, dass sie Zahnarztkittel trugen, doch der Mann mit der Narbe trat zusätzlich an Eddi heran, und der im Rollstuhl sagte: »Wir sind Zahnärzte.« Dabei schlossen sie genüsslich die Augen, als würden sie den Frischeduft von Bettwäsche bewerben. Sekunden vergingen. Eddi wich zurück.

»Jammerschade, das mit Ihrer Wohnung«, sagte der Zahnarzt im Rollstuhl.

»Findest du, ja?«

»Ja. Finde ich wirklich. Mir ist schon klar, dass Menschen von Ihrem Schlag alle verteufeln, die ihren Lebensabend finanziell absichern wollen, aber –«

»Tue ich nicht. Ich will einfach nur hier wohnen bleiben.«

»Unterbrechen Sie mich bitte nicht. Ich war gerade

dabei zu sagen, dass wir keine schlechten Menschen sind.«

»Okay.«

»Also, wie gesagt, wir sind keine schlechten Menschen. Wir haben Familie.«

»…«

»Sagt Ihnen Erich Fromm was?«

»Nein.«

»Toller Mann. Findet meine Frau auch. Er redet zwar schlecht über Leute, die Dinge besitzen wollen, aber er hat richtig erkannt, dass man als Kapitaleigner unsterblich bist. Die Häuser, die ich kaufe, werden mich überdauern. Was wird von Ihnen übrig bleiben?«

»…«

»Wahrscheinlich nichts. Das ist ja exakt der Unterschied zwischen den Existenzweisen *Sein* und *Haben*, den Fromm so kriminell runterspielt. Er sagt, der Mensch, der am Besitzen Freude hat, muss immer gieriger werden, weil er in der Existenzweise des Habens umso mehr *ist*, je mehr er *hat* – aber er sagt es in einem Ton, als wäre das etwas Lächerliches. Das Universum expandiert die ganze Zeit. Da macht sich auch keiner drüber lustig. Wenn wir davon ausgehen, und das müssen wir, dass das Universum in uns drin ist, dass wir aus den gleichen Materialien bestehen … warum sollte dann nicht auch der Mensch immerzu expandieren? Und Expansion heißt, zumindest in der Realität, wie wir sie vorfinden: kaufen, kaufen, kaufen.«

»Ich muss jetzt langsam mal los.«

»Ich will Ihnen nur begreiflich machen, warum wir

dazu gezwungen sind, Ihre Wohnung zu übernehmen, sie zu sanieren und für sehr viel mehr Geld weiterzuverkaufen. Es liegt in der Natur des Menschen, sich auszubreiten.«

»Ich muss jetzt echt gehen.« Eddi machte einen Schritt, doch der Zahnarzt mit der Narbe stellte sich ihm in den Weg.

»Gleich können Sie gehen«, sagte der im Rollstuhl. »Eine Sache nur noch.« Der Mann mit der Narbe zeigte auf den Meteoriten in Eddis Arm.

»Ist er das?«, sagte der andere.

»Ist wer was?«, sagte Eddi und machte einen Schritt zurück.

»Der Meteorit. Ist das unserer?«

»Wir kennen uns nicht.«

»Stimmt«, sagte der Mann im Rollstuhl, während der mit der Narbe nickte, als hätte Eddi ein beeindruckendes Argument vorgetragen. Eddi begann zu vermuten, dass dem Zahnarzt vor ihm die Stimmbänder durchgetrennt worden waren. Vielleicht teilten sie sich die Arbeit aber auch nur auf, einer für die Sprache, der andere für die Bewegung, denn der Zahnarzt im Rollstuhl hatte abgesehen von den Lippen bislang noch keinen seiner Körperteile auch nur einen Millimeter gerührt, auch nicht die Lider.

»Soweit ich weiß, haben Sie aber mit unserem Kollegen gesprochen. Sie hatten eine Vereinbarung, und wir sind hier, um den Stein einzusammeln.«

»Die Vereinbarung war, dass ich ihm einen Meteoriten nach Usedom bringe. Das werde ich auch tun. Dieser hier ist aber nicht für ihn.«

»Die Vereinbarung hat sich geändert. Wir nehmen ihn jetzt mit.« Der Mann mit der Narbe kam Eddi wieder näher.

»Das geht leider nicht.«

Der Zahnarzt mit der Narbe zog einen offenbar akkubetriebenen, eigentlich zur Kariesentfernung gedachten Rosenbohrer aus der Tasche. Wenige Momente später ertönte das einmalig grässliche Summen. Die paar Menschen, die sich in der Nähe aufhielten, ergriffen sofort die Flucht. Nur ein älterer Mann am Ende der Straße blieb sitzen, nachdem er sich hektisch Ohropax in die Gehörgänge gestopft hatte. Die letzten Lichter in den Wohnungen erloschen. Der Mond rotierte sich zur anderen Erdhalbkugel davon. Eddi machte kehrt und rannte, so schnell er konnte.

Nachdem er zweimal abgebogen war, landete er auf der Sonnenallee, wo die Menschen beim Anblick der Verfolgung eines Mannes mit Meteoriten unterm Arm durch einen Zahnarzt, der mit der linken Hand einen Rollstuhl mitsamt zweitem Zahnarzt vor sich herpeitschte und mit der rechten einen laufenden Rosenbohrer dem Himmel entgegenstreckte, mit den Augen rollten und beiseitetraten. Jeder hier hatte eigene Probleme. Der Polizeitrupp, durch den Eddi sich quetschen musste, war mit Applaus für die zwölf Kolleginnen und Kollegen beschäftigt, die gerade aus einer Shishabar kamen und ihre Razzia dank der Konfiszierung eines eventuell unverzollten Tabakpäckchens für erfolgreich erklärten, und so beschloss man auch hier, nach einem kurzen Blick auf Eddis vernarbte Unterarme, von einem Eingreifen abzusehen. Wirklich verwundert war Eddi allerdings nur darüber, dass die Zahnärzte trotz ihres Handicaps das Tempo halten konnten und sich immer noch direkt hinter ihm befanden. Irgendwann erreichten sie den Weichselplatz. Abgesehen von einer Akkulampe, die ein paar Bekifften Licht für ihre Tischtennispartie spendete, war es stockduster. Da waren eine Wiese und ein Spielplatz, doch niemand hielt sich dort auf. Eddi stützte sich mit seinen Händen auf den Knien ab und ließ die Lunge rasseln. Es tat weh.

Es gab eine kurze Phase, in der Eddi und Meikel bereits mit dem Rauchen von Heroin begonnen hatten, aber noch nicht so süchtig waren, dass sie bei Nichtkonsum komplett den Verstand verloren. In dieser Zeit hatte es einen Abend gegeben, an dem sie am Weichselplatz auf einen Dealer warteten. Sie hatten ihm vierzig Euro gegeben und waren angewiesen worden, dort zu bleiben. Sie beobachteten mit fortschreitender Dunkelheit das Ausdünnen des Spielplatzes und wie immer weniger Jogger und Hundebesitzerinnen vorbeikamen. Irgendwann dämmerte ihnen, dass sie abgezogen wurden. Sie sahen nun einem Abend ohne Stoff und ohne Geld entgegen, und diese Aussicht machte ihnen schlechte Laune. Zuerst fluchte jeder für sich ein bisschen rum, dann begannen die Schuldzuweisungen. Auf einmal erschien es ihnen wahnsinnig wichtig zu klären, wer diesen Dealer angeschleppt hatte und wer von Anfang an lieber woanders holen wollte. Vielleicht empfanden sie irgendwann eine Trauer darüber, sich als Freunde wegen Drogen zu streiten, vielleicht fiel ihnen auch auf, dass sie exakt das Verhalten an den Tag legten, das sie in ihrer Anfangsphase bei anderen Süchtigen so verachtet hatten, auf jeden Fall schafften sie es schließlich, einvernehmlich in ein Schweigen überzugehen und einfach nur friedlich dazusitzen.

Nach einer Weile fragte Meikel, ob Eddi dieses Vogelgezwitscher über ihnen auch so eigenartig fand. Ob Vögel in der Nacht nicht normalerweise ruhig seien. Ob man diesen Gesang nicht mit Sonnenschein verbinde und der jetzt hier, in der Dunkelheit, nicht vollkommen fehlplatziert wirke. Eddi überlegte einen Moment und sagte: Stimmt. Da sie jetzt eh nichts anderes zu tun hatten, beschlossen sie, der Sache nachzugehen. In einer Bar nebenan fragten sie nach dem WLAN-Passwort, um sich eine Ornithologie-App aufs Handy zu laden, mit der sich Vögel am Gesang bestimmen ließen. Zurück im Park, stellte sich heraus, dass es sich um ein Rotkehlchen handelte, das dort sang und das tatsächlich eigentlich nur bei Tag aktiv sein sollte. Sie lasen einen Artikel, laut dem Rotkehlchen in Großstädten aufgrund der Kunstlichter zunehmend verwirrt seien und Probleme hätten, klare Unterscheidungen zwischen Tag und Nacht vorzunehmen. Eddi machte einen Witz darüber, dass es dem Rotkehlchen damit genauso gehe wie ihnen. Meikel fand einen Reiter in der App, unter dem sich Vogelgesänge anhören ließen, also drehten sie die Lautstärke des Handys auf, spielten Reviergesänge von in Regenwäldern beheimateten Paradiesvögeln ab und malten sich aus, dass das Rotkehlchen da oben im Baum jetzt endgültig paranoide Filme schieben würde. Zwischendurch lachten sie so sehr, dass sie sich aneinander festhalten mussten. Nach einer Stunde oder länger tauchte dann plötzlich der Dealer auf, entschuldigte sich einsilbig für seine Verspätung und drückte Meikel das Heroin in die Hand. Es gab einen Moment des Zögerns. Dann hielten sie eine Feuerzeugflamme unter Alufolie, und schon bald wurde die Welt wieder still.

Die Zahnärzte waren hinter Eddi zum Stehen gekommen. Er drehte sich zu ihnen und sagte: »Was soll das?«

»Das frage ich Sie«, sagte der Zahnarzt im Rollstuhl, während der andere die Bremse am Reifen runterdrückte und mit ausgestrecktem Bohrer auf Eddi zuging.

»Geben Sie uns doch einfach diesen verdammten Meteoriten.«

»Ich sag euch doch: Ihr werdet schon noch einen bekommen. Diesen hier aber nicht.«

»Dann haben Sie es nicht anders verdient.«

Der Zahnarzt mit der Narbe rannte los. Den Bohrer hielt er auf der Höhe von Eddis Hals, unterschätzte aber, wie schon damals die Jungs auf dem Schulhof, *wie* lang und schlaksig Eddi war und dass er selbst für seine Größe unwahrscheinlich lange Arme hatte, und so schwang Eddi die Hand mit dem Meteoriten geradewegs ins Gesicht des Zahnarztes, der nach einem gut hörbaren Knacken zu Boden ging. Eddi hätte jetzt ausreichend Zeit für eine Flucht gehabt, doch er war ernsthaft sauer. Der Zahnarzt hielt sich das Gesicht, durch seine Finger floss Blut, und wand sich im Dreck. Eddi stellte sich über ihn, trat den Bohrer beiseite.

»Tun Sie jetzt nichts Unüberlegtes«, sagte der Zahnarzt

im Rollstuhl. »Ich bitte Sie. Nicht nur um unseretwillen. Das kann auch für Sie zum Problem werden.«

»Tue ich nicht«, sagte Eddi. Er fühlte jetzt jedes einzelne der Milliarden Jahre in seiner Hand. Er hat es immer tragisch gefunden, dass Meteoriten nach all der Zeit auf Reisen einfach niederprallen und rumliegen, er fand, es entsprach nicht ihrer Natur. Warum ihn also nicht, um der alten Zeiten willen, ein zweites Mal hinunterrasen lassen, ein drittes und viertes, dachte er, das würde dem Meteoriten doch sicher gefallen.

»Wenn ich nur nicht auf Bewährung wäre«, sagte Eddi, schmiegte den Meteoriten an sich und verschwand in der Stadt.

15

»Ich dachte, du bist gesund.«

»Das habe ich nie gesagt.«

»Na ja, also nicht *gesund* gesund, aber halt gesund genug, um dich nicht von deinem hängen gebliebenen Junkiekumpel zu einer verfickten Meteoritensuche überreden zu lassen.«

»Eddi ist kein Junkie mehr.«

»Bruder … das glaubst du doch wohl selber –«

»Eddi ist kein Junkie mehr. Wenn du das noch ein Mal sagst, steh ich auf und gehe. Vielleicht knall ich dir vorher noch eine.«

»Ist gut. Ist gut.«

»…«

»Ich verstehe es halt nicht.«

»…«

»Erklär mir das, Bruder. Wie lange habt ihr euch nicht gesehen?«

»Drei Jahre oder so. Bisschen mehr.«

»Und da klingelt er an der Tür, sagt, lass mal Meteoriten suchen gehen, sonst schmeißt mich der Zahnarzt von Usedom aus meiner Wohnung. Und du sagst, alles klar, lass losgehen.«

»…«

»Lief das letztes Mal nicht genauso ab? Als du deinen Rückfall hattest? Ist er da nicht einfach aufgetaucht und wollte jemanden vergiften? Einen Waffelverkäufer oder so?«

»Nee, es ging um Crêpes, er –«

»Komm, ich will das nicht hören. Das ist mir echt zu gestört.«

»Dann frag doch nicht.«

»Ich will ja nur darauf hinaus, dass du *selber* meintest, du willst ihn nie wieder sehen. Du bist durch mit ihm, hast du gesagt.«

»Du verstehst das nicht.«

»Ja, eben. Deshalb frage ich. Ich würde es gerne verstehen.«

»Eddi und ich haben krasse Zeiten zusammen durchgemacht. Wir haben uns in Zuständen gesehen, in denen niemand anderes uns je gesehen hat. Also, so richtig *tief* in der Scheiße.«

»Mhm …«

»Und ich finde einfach … keine Ahnung, ich finde,

wenn man sich jemandem mal so gezeigt hat, also wirklich, so kurz vor Ende, völlig zerbrechlich, eigentlich gar nicht mehr menschlich, dann … dann hat man eine Verantwortung füreinander. Ich bin stabil clean, und ich denke, ich werde es auch bleiben. Das heißt, im Idealfall wird mich niemand mehr so sehen, wie Eddi mich mal gesehen hat, und andersrum genauso. Klar kann man jetzt sagen: Genau deswegen muss man Abstand nehmen, damit diese Bilder verschwinden. Aber ich will nicht, dass sie verschwinden. Ich will, dass man sich jemandem anvertrauen kann.«

»Ich weiß nicht, Bruder.«

»Ja, ich weiß, dass du nicht weißt. Ist für mich auch nicht so einfach, wie es vielleicht klingt. Ich denke auch oft, dass es falsch ist, oder fühle mich schlecht. Aber irgendwie komm ich immer wieder darauf zurück, dass es doch richtig ist.«

»…«

»…«

»…«

»Bist du jetzt sauer? Weil ich Eddi nicht aus meinem Leben streichen will?«

»Nein.«

»Warum guckst du dann so?«

»Ach.«

»…«

»…«

»Jetzt sag, was los ist.«

»Es ist nur … Ich finds irgendwie hart, Bruder.«

»Was findest du hart?«

»Na ja, dass du ihn so hochhältst, obwohl du wegen ihm fast draufgegangen wärst. Was der alles für Scheiße gelabert hat über die Jahre, was der sich alles erlaubt hat … und du bist Vollgas auf Freundschaft. Clean zu sein, ist das weniger wert? Ist Stärke weniger wert? Muss man zusammen kaputtgehen, um so eng befreundet zu sein?«

»Nein, wieso sollte man … Was redest du? Warum sagst du das?«

»Ach, ist egal.«

»…«

»…«

»Bist du eifersüchtig?«

»Bruder, was laberst du. So ein Quatsch.«

»Sicher?«

»Ja, sicher. Eifersüchtig. Was du redest.«

»Okay.«

»Ja, okay.«

»Okay.«

»…«

»…«

16

Vor etwa anderthalb Stunden hatte Farina den Punkt überschritten, an dem sie sich vom Handy hätte trennen können. Bis dahin hatte das Scrollen durch Nachrichtenfeeds und Kommentarspalten in sozialen Medien noch etwas mit ihr gemacht, sie hatte etwas empfunden, als sie von Wassermangel in Brandenburg las, von Angriffen auf Geflüchtetenheime, von Zahlen zur Vermögensverteilung, die die Existenz einer deutschen Adelsklasse nahelegten. Nun aber war ihre Wahrnehmung dumpf geworden, ihr Daumen schob die Meldungen voll automatisiert über den Bildschirm und ließ sich nicht mehr aufhalten. Kurzes Lächeln bei einem Video, in dem ein tollpatschiger Panda einen Hang hinunterrollt. Ansonsten weitestgehend Gleichgültigkeit, nicht einmal der Schachroboter, der seinem minderjährigen Gegner den Finger bricht, weil der seinen Läufer zu schnell gezogen hat, aktivierte Farinas Urangst gegenüber einer zunehmend außer Kontrolle geratenen künstlichen Intelligenz. Zur selben Zeit herrschte diffuse Gewissheit darüber, dass, sollte sie das Handy weglegen, ihr etwas fehlen würde.

Ein Bild huschte über den Screen, verschwand nach oben hinaus. Der Daumen stoppte, zog das Bild zurück nach unten. Farina hatte diesen Mann schon mal gesehen, dessen Porträtfoto hier gepostet wurde, oder eher: diesen Jungen, er war höchstens zwanzig. Dunkles Haar, dunkle Haut, Flaum auf der Oberlippe. Farina konnte ihn nicht zuordnen, sie öffnete den Thread, las die Texte durch. Offenbar hatte sich der Junge umgebracht, eine Angehörige, die den Post abgesetzt hatte, äußerte jedoch Zweifel. Ihr Pablo sei nicht depressiv gewesen, niemals würde er sich umbringen. Jetzt erkannte Farina ihn wieder. Er war bei der ersten Besichtigung ihres Clubs dabei gewesen. Er hatte die Räume gesehen, die auch Alva gesehen hatte, bevor sie sich das Leben nahm. Farina legte das Handy nicht weg.

Zuallererst rief sie Leif an, der gerade in einem Zoom-Meeting saß und sich anhörte, was der weltweite Aufstieg von Despoten und der Umbau ihrer Länder zu Autokratien eigentlich für die Absatzmärkte deutscher Klebestifthersteller bedeutete. Man zeichnete ihm ein desolates Bild, das er sofort wieder vergaß, weil ihn seine Arbeit, die er niemandem schlüssig erklären konnte, nicht interessierte. Er schaltete sein Mikrofon auf stumm, lehnte sich aus dem Bild, nahm Farinas Anruf entgegen, erklärte ihr, dass er in zwanzig Minuten Zeit für ein Eis habe, vorher nur noch das Gespräch mit diesen Vollidioten abwickeln müsse, die wohl tatsächlich glaubten, er würde sich für ihre dummen Bullshitjobs Mühe geben, legte auf und stellte fest, das Mikrofon doch nicht auf stumm gestellt zu haben. Er verließ den Call sofort und ging zur Eisdiele. Kurz darauf spazierten er und Farina die Panke entlang, in den Händen jeweils eine Kugel in der Waffel. Farina aß Heidelbeere, Leif Gurke-Minze. Weil Farina wusste, dass Leif von ihrer Geschichte nicht begeistert sein würde, tat sie entspannter, als sie war, und ließ ihn reden. Würde sie den Verdacht, den sie hatte, aussprechen und dabei ihre Angst und ihre Sorge offen zeigen, dann würde Leif sie sicher für verrückt erklären.

»Ich bin letztens die Badstraße runtergegangen«, sagte Leif, »und da kam es mir so absurd vor, dass es so etwas wie eine Gesellschaft überhaupt *gibt*. Obwohl sich Menschen die ganze Zeit trennen, bricht nicht alles in sich zusammen. Seit Rebecca weg ist, sehe ich das noch viel klarer, die ganze Welt steht auf einmal nackt vor mir, ich denke: *Das* wird hier die ganze Zeit erlebt? Dieser

Schmerz, der mich fast umbringt, der ist überall? Hinter jeder Wand könnte jemand sitzen und um einen Menschen trauern? Wie kann das sein, wie können diese Erfahrungen in uns eingewoben sein, ohne dass es zum totalen Kollaps kommt? Beziehungsweise, das habe ich mich dann in einem nächsten Schritt gefragt: Angenommen – und man muss es ja annehmen, alles andere wäre bananas –, angenommen, die Liebenden, die wirklich *Liebenden*, die zart sind und empfindsam, müssen vorsichtig mit der Welt sein, weil sie sonst an ihr kaputtgehen würden. Sie müssen sich zurücknehmen und beobachten und auf sich achtgeben, weil sie ja eben von Liebe bestimmt sind, und in der Liebe ist man verletzlich. Wenn das so ist – welche Art von Mensch muss man dann sein, um in Regierungsverantwortung zu kommen? Kann ein wirklich liebender Mensch sich auf so vielen politischen Ebenen überhaupt durchsetzen, oder muss man dafür eben *nicht* liebend sein? Wer zum Fick regiert uns eigentlich?«

»Leif, ich muss dir was sagen.«

»Ja?«

»Ich glaube, es spukt im April.«

»Bitte?«

»Ich habe einen Post gesehen, dass der Junge, der sich mit dem Fitnessstudio-Typen meinen Club angesehen hat, sich auch umgebracht hat, und ich hatte doch schon bei Alva das Gefühl, dass der Club was mit ihr gemacht hat, das kann ja kein –«

»Stoppstoppstopp. Hör auf. Neinneinnein. Das höre ich mir jetzt nicht an.«

»Aber guck dir doch mal an, was *passiert.*«

Leif warf sich den Zipfel seiner Waffel in den Mund und schaute ostentativ zu einer Ente, die die Panke entlangschwamm. Er richtete sein Cap, eine olivgrüne Strapback mit einer minimalistisch gestickten Aufschrift, SÜSS, und zupfte für kühle Windstöße an seinem T-Shirt. Er konnte unmöglich noch weniger tragen, die kurze Hose bedeckte kaum die Hälfte seiner Oberschenkel. Er und Farina waren an einer Grünfläche mit Bänken zum Stehen gekommen, wo er sogar seine Flip-Flops ausziehen konnte. Trotzdem machte ihm die Hitze zu schaffen. Sobald man aus dem Schatten trat, brannte die Sonne auf der Haut.

»Ich muss rausfinden, was da los ist«, sagte Farina, die sich auf eine Bank setzte und Arme und Beine von sich warf. Sie zog die Sonnenbrille aus, weil sich unter ihr so viel Schweiß ansammelte. »Wahrscheinlich muss ich zuerst diesen Heinrich kontaktieren und hören, was er denkt. Vielleicht ist ihm auch was aufgefallen.«

»Es tut mir wirklich leid, aber ich werde dir dabei nicht helfen. Ich kann das nicht unterstützen. Du steigerst dich da in was rein.« Leif setzte seine Sonnenbrille auf, damit er Farina nicht direkt anschauen musste. Weil sie nichts sagte, tat er es doch. »Wir machen uns alle Sorgen um dich«, sagte er. »Schon länger, aber das weißt du ja. Ich sag dir ganz ehrlich: Du machst keinen guten Eindruck auf mich.«

»Mhm. Okay.«

»Ich will dir das nur spiegeln. Wir sind und bleiben Friends, das weißt du hoffentlich, aber du musst auch wissen, dass ich das, was du hier redest, für verrückt halte.«

Farina nickte, dann setzte sie ihre Sonnenbrille auf und zeigte Leif ihr übertriebenstes Lächeln. »Ist gut«, sagte sie, Leif sagte: »Ich bin immer für dich da«, und Farina sagte noch einmal: »Ist gut.« Sie wäre gern aufgestanden und gegangen, doch sie wollte nicht dramatisch wirken. Stattdessen schaute sie sich nach der Ente um. In der schlammig trüben Panke schwamm bloß Müll. Entlang des Ufers lagen leere Bier- und Wodkaflaschen, Kippenstummel, Chipstüten. Bei Nacht würden die Menschen wieder angekrochen kommen, bis dahin taten sie das einzig Richtige und versteckten sich hinter zugezogenen Vorhängen. Durch glühende Luft sollte man sich nicht bewegen müssen.

Farina wunderte sich, wie gefasst Heinrich auf ihre Beobachtung reagierte. Er schritt die Wände seines Büros ab, rieb sich die Stirn und sagte ab und zu *hm*. Irgendwann drehte er sich zu Farina, die apathisch an einem Tisch saß, als würde sie hier arbeiten, und sagte: »Du willst mir jetzt also sagen, dass es in deinem Club spukt.«

»Irgendwie schon, ja.«

»Ich hab es ehrlich gesagt selbst schon gedacht.«

»Es könnte immer noch ein Zufall sein.«

Heinrich hob die Augenbrauen.

»*Willst* du, dass es da spukt?«, sagte sie.

»Ich hatte einfach Schiss, dass ich Pablo als Chef wahnsinnig gemacht habe, weißt du, was ich meine? Wenn du jetzt aber sagst, es gibt Gespenster, dann würde mich das ehrlich gesagt erleichtern. Was kann ich für Gespenster in deinem Club?«

»Na ja. Ohne dich wäre er ja niemals im Club gelandet.«

»Du willst, dass es mir schlecht geht.«

»Nein, ich will nur –«

»Ist gut, du hast doch recht.« Heinrich zog weiter seine Kreise im Büro. Farinas Blick ruhte auf dem Chaos loser Blätter, das sich über dem Tisch verteilt hatte. Eines sprang ihr ins Auge. Sie zog es hervor und überflog es. Es schien ein leeres Formular zu sein, das man zwecks Eintritts in einen Verein auszufüllen hatte, aber es war nicht zu erkennen, um was für einen Verein es sich handelte. Es hieß lediglich, man solle den Bogen in dem beiliegenden, vorfrankierten Umschlag zurück an die Geschäftsstelle senden. Der Umschlag war nicht zu sehen.

»Was ist das hier?«, sagte sie, den Zettel zu Heinrich haltend.

»Keine Ahnung, irgendwas von Pablo«, sagte er, und dann, als er sah, dass sie die Stirn runzelte und das Blatt mit den Augen absuchte: »Wieso, was ist damit?«

»Das Zeichen hier habe ich schon mal gesehen.« Sie zeigte auf ein Logo in der oberen rechten Ecke. Die purpurfarbene Silhouette eines Fährmanns, der mit seinem Paddel auf einem Boot stand. »Aber mir fällt grad nicht ein, wo.«

»Hm«, sagte Heinrich und nahm das Papier an sich, las es durch, wendete es hin und her. »Steht nix.«

Es rauschte in Farinas Ohren. Der Geschmack von Metall unter der Zunge, ein Schaukeln. Ihr war, als säße sie bereits in einem Boot, hundert Kraniche über ihr. Ein Küken, die Brut. Stimmen am Strand, das Wasser pechschwarz. Wellen schlagen an die Klippen. Gibt es eine Möglichkeit, nicht allein zu sein? Der Trost erscheint im Federkleid, Flügelschlag, letzter Windstoß, eine Spur im Sandboden. Hände, Hände, Hände ragen aus dem Meer, sie greifen nach dem Boot.

»Glaubst du, es ist etwas Wichtiges?« Heinrich hielt das Papier immer noch in den Händen und starrte das Logo an. »Wie nennt man den noch mal? Da gibt es doch so ein altes Wort für.«

»Fährmann.«

»Genau, Fährmann. Man denkt direkt an Mittelalter. Gibt es die jetzt wieder, Fährmänner? So auf Retrobasis?«

»Nicht dass ich wüsste. Aber ich könnte schwören, dass ich dieses Logo ständig sehe.«

»Hm, nee, kommt mir gar nicht bekannt vor.« Heinrich ging davon aus, dass das Thema beendet sei, es war halt irgendein Logo, was sollte damit schon sein, doch Farina kam nicht aus dem Grübeln. Jetzt erst, über eine halbe Stunde nachdem Farina von Alvas Tod erzählt hatte, wurde Heinrich klar, was für eine schreckliche Zeit sie durchgemacht haben musste, und es würde ganz sicher nicht dadurch leichter, dass er ihren Club zu einem Fitnessstudio umbauen wollte. Heinrich konnte sich noch so oft versichern, sich an die Regeln des Marktes zu halten, ein schlechtes Gewissen bekam er trotzdem. »Weißt du, was«, sagte er, »in einem meiner Lieblingsrestaurants hier um die Ecke hängen so Gemälde, und ich glaub, auf einem von denen ist auch ein Fährmann drauf. Komm, ich lad dich ein.«

17

Eigentlich wollte Meikel nicht bei Eddi anrufen. Das letzte Mal, als er das freiwillig getan hatte, wurde er in etwas verwickelt, das Eddi Freundschaftsdienst nannte, in Wahrheit aber ein Komplott gegen einen Crêpes-Verkäufer war, der sich tags zuvor geweigert hatte, Eddi den vollständigen Inhalt einer Toffifee-Packung in den Crêpe zu backen. Es ist nicht mehr möglich, die einzelnen Eskalationsstufen nachzuvollziehen, fest steht, dass Eddi nach einem langen Streit mit Verweis auf die Würde des Bäckerhandwerks aus dem Laden geschmissen wurde und Rache schwor. Hätte Meikel ihn nicht angerufen, wäre Eddi wahrscheinlich im Gefängnis gelandet, weil sein erster und einziger Plan darin bestand, den Ruf des Verkäufers zu ruinieren, indem er dessen Crêpeteig mithilfe von giftigen Chemikalien ungenießbar machte. Ihm war zwar bewusst gewesen, dass er auch einfach eine große Menge irgendeines völlig unpassenden, weniger lebensgefährlichen Gewürzes hätte nehmen können, Thymian, Nelken, Kümmel, allerdings war ihm hier das Risiko zu groß, am Ende versehentlich eine hippe Crêpesorte zu erfinden, von der der Verkäufer hätte profitieren können, also entschied er sich für Putzmittel, diese aber dafür in geringer Dosis. Mit Meikels Anruf jedoch kamen ihm frische Gedanken, und so fand Meikel sich, weil er einfach nicht Nein sagen konnte, wenige Stunden später mit einem Hut verkleidet in dem Laden wieder, wo er sich als Restaurantkritiker ausgeben und den Verkäufer aus dieser Machtposition heraus erniedrigen sollte, indem er ihn zum Beispiel bat, den vollständigen Inhalt einer Toffifee-Packung in einen Crêpe zu backen. Meikel gab zu bedenken, dass Eddi die Machtposition von Restaurantkritikern überschätze, doch Eddi ließ nicht mit sich reden. Der Plan ging nicht auf, es wurde sehr hässlich und endete sowohl für Meikel als auch für Eddi noch am selben Abend über unwahrscheinliche Umwege mit einem Heroinrückfall.

Meikel dachte nicht gern an diesen Tag zurück, aber musste es immer tun, wenn Eddis Kontakt auf seinem Handydisplay leuchtete wie an jenem Tag. Er rief ihn trotzdem zurück. Er vermisste ihn. Dann fragte er auch noch, ob sie sich treffen wollten. Es fiel ihm schwer, sich nicht dafür zu hassen.

»Ich dachte, du meldest dich gar nicht mehr«, sagte Eddi, kurz bevor er sich einen Chicken-Gemüse-Dürüm so weit in den Rachen schob, dass Meikel mit einer Aktivierung seines Würgereflexes rechnete.

»Ich habe Zeit zum Nachdenken gebraucht«, sagte Meikel.

»Krass.«

»Was?«

»*Ich habe Zeit zum Nachdenken gebraucht*. Hast Therapie gemacht, wa?«

»…«

»Ich sag ja nur. Siehst blass aus übrigens.«

»Alles gut.«

»Okay. Und? Worüber hast du *nachgedacht*?«

»Wie würdest du es denn sagen?«

»Keine Ahnung, ich glaub, ich würde es nicht ankündigen. Ich würd halt einfach sagen, was Sache ist.«

»Du kannst nicht mal jemanden beleidigen, ohne hinterher ein Blech zu rauchen. Was willst du mir über Wörter erzählen?«

Eddi tat so, als hätte er das nicht gehört. Sie saßen sich an einem Aluminiumtisch gegenüber, die Markise über ihnen spendete Schatten. Es war Mittagszeit, doch es befand sich kaum jemand auf den Straßen, zumindest niemand in Bewegung. Eddi war der einzige Mensch, der diese seit Wochen anhaltende, unerträgliche Hitze geflissentlich ignorierte, er schien sie nicht einmal zur Kenntnis zu nehmen, er beschwerte sich nicht, keuchte nicht, stöhnte nicht, war wie für einen angenehmen Frühlingstag gekleidet – geschlossene Schuhe, lange Hose, T-Shirt (Aufschrift: ALL YOU NEED IS SMACK) – und aß problemlos schwere, fettige Gerichte wie ebendiesen Chicken-Gemüse-Dürüm, der jetzt schon wieder fast vollständig in seinem Mund verschwand. Meikel fragte sich, ob Eddis Mundraum schon immer dieses irrsinnige Fassungsvermögen gehabt hatte und es ihm einfach nicht aufgefallen war, weil sie früher nie zusammen gegessen hatten.

»Jetzt sag schon«, sagte Eddi.

Meikel presste die Kiefer zusammen und starrte auf die Tischplatte. »Kannst du bitte aufhören, so zu tun, als wäre nichts passiert«, sagte er und dann, mit Blick zu Eddi: »Als wäre es völlig normal, dass du mitten in der Nacht vor meiner Haustür stehst und Meteoriten suchen willst, um irgendeinen verfickten Zahnarzt an der Ostsee glücklich zu machen? Das –«

»Ja, ich –«

»Das ist nicht normal, verstehst du das nicht, wir hätten uns beinahe umgebracht, normale Menschen gehen dann wenigstens erst mal einen scheiß Kaffee trinken, bevor sie mit so einer hängengebliebenen Anfrage um die Ecke kommen, und du –«

»Sorry, ich –«

»Nein, nicht sorry, du hältst jetzt mal dein Maul, bevor ich dir deinen Dürüm durchs Arschloch presse, ich bin es leid, echt, ich fass es einfach nicht, dass du mich immer und immer und immer wieder in irgendeine Scheiße reinziehst und ich dir sage: Ich will dich nicht wiedersehen, und du kommst dann trotzdem, Jahre später, einfach so, angetanzt und ziehst mich *wieder* irgendwo mit rein, mit irgendwelchen Storys, von denen die Hälfte wahrscheinlich ausgedacht ist, und dann hast du echt die Nerven, dich hier hinzusetzen und dich über mich lustig zu machen, haha, hast Therapie gemacht, wa, haha. Checkst du eigentlich gar nichts mehr? Ich habe wieder mit Heroin angefangen, weil du Hurensohn *mehr Toffifees* in deinem Crêpe haben wolltest. Du hast dich nicht mal entschuldigt. Merkst du echt nicht, wie räudig du bist?«

Eddi kaute nicht mehr. Er schob den Dürüm beiseite, zerknüllte eine Serviette und wischte sich die Soße aus den Mundwinkeln. Er sah nicht zu Meikel.

»Doch, das merke ich«, sagte er.

Meikel wollte weinen. Das Drücken im Hals, der Herzschlag. Es zu unterdrücken war keine Geste des Stolzes, das war es vielleicht einmal gewesen, als Junge, als das Nichtweinen noch ein Beweis für irgendwas war. Über die Jahre ist es in sein natürliches Verhalten übergegangen. Er nahm es als gegeben an, dass die Offenlegung einer

Verletzung falsch ist, so, wie es falsch ist, Steine zu essen, weil die Welt Gesetzmäßigkeiten unterliegt, nach denen du solch eine Entscheidung bereuen wirst. Je öfter Meikel die Erfahrung machen musste, dass es sich tatsächlich regelmäßig so verhält in dieser Welt, desto mehr dämmerte ihm, dass es schlichtweg nicht menschlich ist, Schmerz zu verstecken, diese Handlung, sich anzuschauen und zu sagen: Es tut mir weh, kannst du mich trösten – letztlich ist das alles, was wir tun können, und weil Meikel unbedingt Mensch sein wollte, beugte er sich über den Chicken-Gemüse-Dürüm und fing an zu heulen.

»Ich will nicht mehr allein sein«, sagte er.

Die Sucht hatte in ihrer Anfangsphase Spaß gemacht. Eddi und Meikel hatten Speed genommen, um mehr trinken zu können, sie hatten es in geselligen Runden und in Kneipen genommen, so viel, dass sie noch drei Nächte später Benzos brauchten, um ans Einschlafen überhaupt nur denken zu können. In dieser Zeit hatte der Freundeskreis angefangen, sich auszudünnen. Diejenigen, die mit Drogen nichts zu tun haben wollten, erschienen im Wissen um den weiteren Verlauf des Abends auch nicht mehr zum Biertrinken. Mit der restlichen Gruppe stiegen Eddi und Meikel nach und nach auf Kokain um, weil sie damit besser schlafen konnten und am Tag danach nicht ganz so schlechte Laune hatten. Kokain war natürlich teurer, aber sobald man feststellte, dass man eigentlich nie wieder neue Kleidung brauchte und auch immer mal auf eine Mahlzeit verzichten konnte, war es, zumindest fürs Erste, finanzierbar, und als auch das schwierig wurde, fuhren sie nach Prenzlauer Berg oder nach Charlottenburg und hielten den Söhnen der Wohlhabenden Klappmesser entgegen, bis sie ihnen ihr Bargeld und ihre AirPods gaben. So ging das eine Weile. Immer häufiger jedoch hörten sie von Freunden aus ihrer Gruppe Sätze wie »Schon wieder? Hast du nicht grade?« oder »Die Line ist ja riesig« oder irgendeinen anderen pädagogischen Schwachsinn, der zunehmend unerträglich wurde und Eddi und Meikel zum Rückzug zwang, in die eigenen Wohnungen, wo man sich von niemandem den Scheiß anhören musste und einfach nur in aller Ruhe ballern konnte. Von da war es kein weiter Weg zum Heroin, sie dachten, warum nicht auch mal Shore ausprobieren, und so kam eins zum anderen. Allerspätestens ab diesem Moment war ihre Sucht zur Vollzeitstelle geworden. Ein Junkie in Neukölln arbeite mehr als jeder Manager, meint Meikel noch heute, den ganzen Tag musst du Besorgungen machen, Geld auftreiben, Leute treffen, kurz den Turn genießen, aufstehen, weiter. Mit Spaß hat das sehr bald nichts mehr zu tun. Mit Erholung schon gar nicht. Eddi und Meikel waren beispielsweise nie zusammen im Park spazieren.

Das holten sie jetzt nach, wie ganz normale Menschen gingen sie über die schattigen Wege der Hasenheide, oder schlichen eher, von der Hitze gelähmt. Die anderen Menschen, schimmernd angeschwitzt und rotgesichtig, tranken Apfel- und Rhabarberschorlen, Sprudelwasser und Bier, Aperol Spritz, Wein. Gefrorene Himbeeren im Glas, es floss Prosecco. Sie saßen auf Picknickdecken und dippten Karottenstäbchen in grad noch verschweißte Guacamolepackungen oder löffelten Quinoasalat aus

Tupperware, sie gossen sich Orangensaft in die Sektbecher und tanzten zu Downtempo-Sets aus ihren Boomboxen. Manche feierten Kindergeburtstag, mit zwischen den Bäumen gespannten Girlanden und Kuchen auf Pappteller. Abgesehen von ein paar ledrig gebräunten Typen, die eine Frisbee hin- und herwarfen, war jeder einzelne Mensch im Park am Essen, Trinken oder Rauchen. Der patrouillierenden Polizei schenkte niemand Beachtung. Der Bürgermeister von Neukölln würde hier gern Überwachungskameras installieren.

Eddi hatte Meikel nicht trösten können, er hatte ihn angestarrt, bis er zu weinen aufhörte, und fragte dann, ob sie spazieren wollten. Meikel nahm ihm das nicht übel, andersrum hätte er vermutlich genauso gehandelt. Er erinnerte sich dunkel an irgendeine Kokainnacht, in der sie dieses Problem besprochen hatten, das Nichttröstenkönnen, das sie gemeinsam hatten und dessen Ursache sie beim jeweils anderen klar und deutlich im Fehlverhalten der Eltern erkannten, bevor sie die nächste Line zogen und die Vorteile von Sandboden gegenüber einer Wiese diskutierten sowie die ungelüfteten Geheimnisse der Pyramiden von Gizeh und wer eigentlich ein Interesse daran hatte, dass diese Geheimnisse auch ungelüftet *blieben*.

»Tut mir leid«, sagte Meikel, »ich war zu hart.«

»Nein, warst du nicht. Du hast völlig recht. Ich weiß nicht, was ich mir dabei gedacht habe. Wahrscheinlich nichts.« Eddi gestikulierte ablehnend in Richtung eines halb im Gebüsch stehenden Mannes, der irgendwas von Marihuana murmelte. »Es war egoistisch. Weißt du, ehrlich gesagt … Seitdem du weg warst, fühlte es sich so an, als hätte ich mein Zuhause verloren, und dieses Gefühl hörte einfach nicht auf, die ganzen Jahre nicht. Ich wollte das nicht mehr. Ich wollte mich gut fühlen.«

»Und du willst mir sagen, du hast keine Therapie gemacht, ja?«

Eddi sah zu Meikel herüber, um zu prüfen, ob es sich um einen Satz der Liebe oder des Angriffs handelte. Weil Meikel lächelte, lachte Eddi, und weil Eddi lachte, lachte auch Meikel, und damit waren sie sich einig. Sie holten sich alkoholfreie Biere, zu denen Eddi wieder den Witz mit dem Tiefpunkt ihres Lebens machte. Er musste diesen Witz machen, viele darauffolgende ebenso. Es war seine Art, sich der Versöhnung zu vergewissern. Wenn sein Gegenüber in dieser Phase nur über einen einzigen Witz nicht lachte, würde Eddi die Harmonie anzweifeln. Mittelfristig würde aus der Uneindeutigkeit in der Friedensfrage ein neuer Streit ausbrechen. Meikel wusste das, also lachte er fleißig, obwohl er nichts lustig fand.

»Wie hast du die letzten Jahre eigentlich verbracht?«, sagte Meikel, als er sicher war, dass Eddi sich beruhigt hatte und mit den Witzen fertig war. Sie hatten sich in den Schatten eines großen Baumes gesetzt. Von weiter hinten war das Rauschen eines Skateparks zu hören. »Fühlt sich zwar an, als hätten wir uns nie getrennt, aber es ist ja doch echt viel Zeit vergangen.«

»Ja.« Eddi war einer der zwei, drei Menschen auf dem Planeten, die nicht das Bedürfnis hatten, Halme aus der Wiese zu rupfen, wenn er auf ihr saß. Er stützte sich mit durchgestreckten Armen auf dem Boden ab und schaute schamlos Leute an. »Nach der Nummer mit den Crêpes bin ich direkt wieder in die Entgiftung gegangen. Hat sich anders angefühlt als bei den Malen davor. Ich wusste, ich will das nie wieder machen. Sonst war ich mir da nicht so sicher gewesen. Gefühlt war es deswegen auch ein bisschen leichter als sonst. Ich hab mir einen Job gesucht, mach jetzt Tischler, und halt einfach probiert, mein Leben zusammenzuhalten. Heftig, wie anstrengend das ist, oder? Ich hab das Gefühl, alles steht immer kurz vor dem Zusammenbruch. Ich muss meine Wohnung sauber halten, staubsaugen, jeden Tag, abwaschen, weil ich sonst das Gefühl habe, dass ich keine Kontrolle mehr habe. Und dann wirds gefährlich, weißt du ja. Dieses Gefühl von: Ach jetzt hab ich es eh versaut, jetzt kann ich mich auch gehen lassen. So gehen Leute drauf.«

»Ja … Gehst du noch zu den Gruppen?«

»Ja, muss ja. Sonst würde es gar nicht gehen.«

»Lass mich raten: Du findest die Leute scheiße.«

»Ohne Ende.« Sie lachten. »Ich finde es echt schwer auszuhalten, dieses, keine Ahnung, dieses *Gemütliche*. Sich die ganze Zeit auf die Schulter klopfen, dass man noch einen Tag geschafft hat, stark geblieben ist, wieder Freude am Leben gefunden hat, bla, bla, bla. Macht ja alles Sinn, ich versteh das. Ohne würde ich es ja auch nicht schaffen. Nervt mich trotzdem. Ein-, zweimal hab ich auch Leute angefahren, dass sie nicht so rumheulen sollen. Hat mir auch leidgetan hinterher, aber manchmal kann ich mich einfach nicht zusammenreißen. Du findest das wahrscheinlich richtig geil, wa? Endlich volle Kanne soft sein.«

»Ehrlich gesagt schon, ja.«

»Weichei.« Eddi lachte ein bisschen zu laut, um zu

markieren, dass es sich um einen lieb gemeinten Spruch handelte. Er schaute dreimal zu Meikel rüber, um sicherzugehen, dass er es nicht in den falschen Hals bekommen hatte. Glücklicherweise grinste der vor sich hin. Dann, nach einer Weile des Schweigens, sagte Eddi: »Wie sieht es mit den Frauen aus bei dir? Verliebst du dich?«

»Nicht wirklich.« Meikel rupfte jetzt ganze Büschel aus dem Rasen. Er haderte weiterzureden. »Letztes Jahr hab ich mal jemanden geküsst. Ich hatte mich sehr danach gesehnt. Irgendwie glaubt man ja, dass eine Beziehung einen zurück ins richtige Leben holt. Aber es war … Keine Ahnung. Ich … Das klingt so gestört. Aber es hat mich zu froh gemacht, weißt du? Dieser Kuss hat mir so einen Kick gegeben, dass mein Hirn sofort geschaltet hat: Ganz geil, aber weißt du, was dir den Turn noch mal aufdrehen würde? Nach dem Kuss musste ich jeden Tag mit jemandem aus meiner Gruppe telefonieren, weil ich es nicht ausgehalten habe. Ich wollte *mehr.* Hab das Verhältnis zu der Frau dann auch abgebrochen, weil ich wusste, ich würde sonst vor Glück zu konsumieren anfangen. Langsam versuche ich es wieder, mit Dating und so, aber keine Ahnung. Ich glaube, bei all dem Scheiß, der mit dieser scheiß Krankheit passiert, war das das Allerschlimmste. Ich habe Angst, dass mir das Schöne, also das echte Schöne, niemals genug sein wird. Dass es nie mehr als eine Erinnerung an die Droge sein wird. Ich will nicht sterben, Mann.«

»Du wirst nicht sterben. Nicht an der Droge. Ich pass auf dich auf.«

Sie sahen sich nicht an, wie sie diese Sätze zueinander sagten. Eine Wolke schob sich vor die Sonne, und wie sich ein Schatten über den Park legte, schauten die Menschen hinauf, um zu sehen, ob es nicht doch endlich regnen würde. Die Wolke jedoch brachte nichts, sie zog weiter und legte die Strahlen wieder frei.

»Hast du den Meteoriten schon zum Zahnarzt gebracht?«, fragte Meikel. Als Reaktion auf diese Frage rieb sich Eddi volle zwei Minuten die Oberlippe. Dann klemmte er sich für weitere zwei Minuten den Zeigefingernagel zwischen die Vorderzähne und schob seinen Unterkiefer rauf und runter.

»Ja, also, weißt du, ich …«

In Erwartung einer wahnwitzigen Ausrede massierte Meikel sich die Schläfen. Er war sich nicht sicher, ob er bereits die Nerven für eine weitere von Eddis Geschichten hatte.

»Ist alles bisschen kompliziert gewesen«, sagte Eddi schließlich. »Ich müsste jetzt ausholen dafür.«

»Dann hol aus.«

»Okay … Also, ich habe wochenlang probiert, den Meteoriten auf eigene Faust zu finden. War völlig unmöglich. Geh mal raus und finde einen. Schaffst du nicht. Ich war schon am Verzweifeln, als ich zufällig auf einen Verein gestoßen bin, Meteoritenfreunde e.V., der sich mit dem Thema beschäftigt und regelmäßig Sitzungen abhält. Ich hab echt nach jedem Strohhalm gegriffen. Bin also hin. Die waren da alle total nett, paar Nerds, paar normale Menschen, alle hatten Probleme. Die haben sozusagen eine Selbsthilfegruppe gegründet. Aber dort habe ich mich total wohlgefühlt, irgendwie einfach *akzeptiert*, weißt du? Also bin ich öfter hin, bin selbst ins Reden gekommen. Irgendwann habe ich dann halt von meinem Problem erzählt und dass ich einen Meteoriten finden muss. Erst mal haben die nichts gesagt, aber am Ende der Sitzung kam ein Mitglied zu mir und meinte, dass es so was wie eine Unterseite dieses Vereins gibt, und diese Unterseite kann mir bestimmt helfen. Ich hab mir nichts groß dabei gedacht, bin zu diesem anderen, geheimen Treffen gegangen. Da waren ein paar, die ich kannte, aber auch viele Fremde. Und na ja, diese Leute waren ein bisschen anders drauf. Eher wie eine Sekte, ehrlich gesagt. Und da hieß es dann, sie hätten Wege, die Aufenthaltsorte von Meteoriten zu bestimmen, Wege, die sie mir als Neuling nicht erklären könnten, aber sie könnten die Daten rausgeben, wenn ich ihrem Club Treue schwöre. Das hab ich sofort gemacht, und hinterher hab ich erst gezweifelt. Die Leute da sind echt unheimlich. Als sie mir dann die Infos für den Meteoriten gegeben haben, hab ich mich einfach nicht getraut, da allein hinzufahren. Ich wusste ja überhaupt nicht, ob das stimmte, also bin ich zu dir. Ich konnte es dir nicht sagen, weil ich dachte, dass du mich dann für komplett bescheuert hältst und dass ich wieder nur lüge. Aber es stimmt wirklich. Ich bin da jetzt in diesem Club drin. Die Bedingung war, dass der erste Meteorit, den ich finde, in den Besitz des Vereins übergeht. Und du kennst mich ja, normalerweise hätte ich kein Problem damit, die abzuziehen, Meteorit finden und tschüss. Aber bei denen hatte ich ein schlechtes Gefühl. Ich wusste: Wenn ich die über den Tisch ziehe, dann passiert was Schlimmes. Das war einfach *klar.* Also hab ich den Meteoriten da abgegeben. Um deine Frage also zu beantworten: Ich muss jetzt noch einen zweiten finden. Diesen dann wirklich für den Zahnarzt.«

Eine Nebelkrähe zog ein Stück Döner aus dem Müll, eine andere las eine Walnuss auf und flog mit ihr zum Columbiadamm, um sie einem Auto unter die Räder zu werfen. Allein und von Zäunen umgeben stand ein trauriges Lama in einem Feld voll Schlamm. Es beobachtete die Dealer, als könnte es etwas von ihnen lernen. Neuerdings befanden sich schicke Häuser an der Hasenheide, ihre Bewohner beschwerten sich über den Gestank. Zwei Kinder sprangen durch eine Bewässerungsanlage, und Meikel sagte:

»Schwörst du, dass du mir keinen Scheiß erzählst?«

Und Eddi sagte:

»Ja. Ich schwöre.«

18

Das Gemälde mit dem Fährmann, das Heinrich meinte, war ein aus einem *Lustigen Taschenbuch* ausgeschnittenes Bild, auf dem Tick, Trick und Track schlecht gelaunt ein kleines Holzboot voranruderten, weil sie dazu verdonnert wurden, ihren Onkel Donald sowie dessen Geliebte Daisy über einen See in Richtung eines romantischen Sonnenuntergangs zu bringen. Dieses Bild hing in einem kitschig opulenten, vergoldeten Rahmen über dem Tisch, an dem Heinrich und Farina gerade die QR-Codes für die Speisekarte scannten. Als Farina Heinrich nach dem Gemälde fragte und er auf das Bild zu ihrer Rechten deutete, brach sie in ein Lachen aus, das sie kurzzeitig vergessen ließ, dass sie sich ja eigentlich tatsächlich Sorgen machte.

»Du hältst mich also für bescheuert«, sagte sie.

»Ich wollte einfach nur was essen gehen.«

»Fair. Ich merk jetzt auch, was für einen Hunger ich habe.«

In anderer Gesellschaft hätte Farina sich darüber ausgelassen, wie schrecklich sie diesen Ort fand. Es war die Art von Berlin-Mitte-Restaurant, das aufgrund seiner immensen Bemühungen, Armut zu imitieren, dermaßen oft karikiert wurde, dass Farina sich gar nicht mehr über die Ästhetik an sich aufregte, sondern darüber, dass man sich so schamlos traute, dem Klischee nichts entgegenzusetzen. Nun war ihr aber nach Frieden, also bestellte sie die Quinoa-Bowl mit Hummus und gegrillter Paprika, garniert mit Sesamdressing und Granatapfelkernen, und gestand ein, dass das Essen wirklich lecker war. Außerdem, auch das musste man ihr lassen, hatte die Inhaberin hier schon im vergangenen Jahr eine Klimaanlage installiert, die einem, sobald das Gewicht der Außenhitze in kitzelnde Luftzüge umschlug, schlagartig das Gefühl gab, am richtigen Ort zu sein.

Als Farina Heinrich fragte, warum er so misstrauisch in seinen Buchweizen-Pancakes herumstocherte, stellte sich heraus, dass dieser Ort ganz und gar nicht sein Lieblingsrestaurant war, er hier bloß einmal geschäftlich eingeladen worden war, wo er das Bild von Tick, Trick und Track gesehen und sich – er gab es selbst zu: irrationalerweise – den halben Tag darüber aufgeregt hatte.

Ihm sei klar, dass nur noch Boomer das Wort Hipster als Beleidigung verwendeten, aber in diesem Fall kenne er keinen anderen Begriff, nur lupenreine Hipster könnten ein Panel aus einem *Lustigen Taschenbuch* schneiden und es als ironisches Kunstwerk in ihr Restaurant hängen. Er sei übrigens der Meinung, dass diese Art der Erhebung von simpler Unterhaltungsmassenware zu Kunst »ein absolutes Warnsignal« dafür sei, dass die Leute es mit ihrer Therapie übertrieben hatten. Man müsse nicht jeden Scheiß, den man gut fand, für wertvoll halten. Man könne auch einfach Scheiß mögen und sich eingestehen, ein dummer, stumpfer Affenmensch zu sein. Das tue er, Heinrich, ja auch.

Warum er sie dann hierher eingeladen habe, wollte Farina wissen, an dem Bild könne es ja nicht liegen. Sie hatte eine Ahnung, wie die Antwort lauten könnte, deshalb sah sie Heinrich nicht an. Sie schob die Quinoa in ihrer Bowl von links nach rechts, und dann hörte sie die Antwort, die sie befürchtet hatte, und zwar, dass Heinrich gedacht hätte, es sei bloß so ein Gefühl gewesen, dass es Farina hier am ehesten gefallen könnte.

Heinrichs Einschätzung war nicht grundsätzlich abwegig. Für ihn mussten alle Leute, die er vage und ohne wirkliche Vorstellung, was genau das überhaupt sein sollte, dem Dunstkreis der Clubszene zurechnete, gleich sein, so, wie für Farina alle Leute gleich waren, die ein Start-up gründeten, geschweige denn eins, das mit Fitness in Verbindung stand. Genau genommen hatte Heinrich zwei Kategorien, in die er Clubmenschen einteilte, beide kultiviert durch Musik, Bilder, Filme und dem, was man so nebenher aus der Presse oder in der Bahn und auf der Straße vom Geschehen Berlins mitbekam: Kategorie eins waren die konsequent Kaputten, die einfach nur Bock auf Drogen und laute Musik hatten und dreißig Stunden am Stück in Clubs verbrachten, mit ihren eingefallenen Gesichtern und fahrigen Bewegungen, deren Existenz selbst in ihrer Alltagskleidung außerhalb von Clubwelten gar nicht vorstellbar war. In der zweiten Kategorie befanden sich diejenigen, die von *Clubkultur* sprachen und darin politisches Potenzial sahen, gesellschaftliche Utopien gar, denen Drogen nicht so wichtig waren, die oft gar keine nahmen, und wenn doch, dann in sehr verantwortungsvollen Dosen. Für diese Menschen hatte Clubkultur auch etwas mit Nachhaltigkeit zu tun und Solidarität und irgendwie auch – hier wurde es selbst Heinrich etwas zu schwammig, doch er hatte keine Lust, mehr als zwei Kategorien aufzumachen – mit gesunder Ernährung und der Bereitschaft, viel Geld für wenig, dafür von weit her importiertes Essen auszugeben, solange es ihnen irgendwie *guttat*. Da Farina ganz offensichtlich nicht der ersten Kategorie angehörte, ordnete Heinrich sie der zweiten zu, und so saßen sie hier. Heinrich hatte Farina nichts von alledem erklärt, doch seine Schlussfolgerungen lagen in der Luft und erschlossen sich ihr aus irgendeinem Grund sofort.

Farina war davon nicht verletzt. Was sie betrübte, war die Erinnerung daran, dass sich zwei Menschen nie wirklich verstehen können. Dass Heinrich sie nicht verstand, war egal, doch Farina hatte auch Alva nicht verstanden, sie hatte die Ernsthaftigkeit ihrer Frustration nie erfassen können. Wie allein musste Alva sich gefühlt haben, als Farina ihr erzählt hatte, was für eine besondere Art von Verbundenheit, ehrlicher Verbundenheit, in einer Zusammenkunft auf der Tanzfläche lag? Der Meinung war sie wirklich: Zu elektronischer Musik zu tanzen ist eine Hypnose, du wirst von einer Masse einverleibt, die sich bassgesteuert zur DJ reckt, als wäre sie die Sonne. Jeder Mensch um dich herum wird zu einer Erweiterung deines Körpers, eine für sich zuckende, doch der Logik des Gesamtorganismus unterliegende Zelle. Diese Art von zwischenmenschlicher Vereinigung könnte ein Gespräch niemals zustande bringen, und aus diesem Grund brauchte es Clubs. Das hatte Farina zu Alva gesagt, um zu verdeutlichen, wie sehr sie das April vermisste, und Alva hatte sich, als wollte sie das Argument unterstreichen, bald darauf umgebracht. Seither schlug Farina sich mit der Frage rum, ob es nicht doch auch ein Gespräch hätte geben können.

»Glaubst du, Pablo war depressiv?«, sagte Farina.

»Keine Ahnung. Nein, wahrscheinlich nicht. Ich weiß es nicht, ich kannte ihn nicht sehr gut. Wieso fragst du?«

»Vielleicht wünschen wir uns einfach nur, dass der Club sie getötet hat, damit wir kein schlechtes Gewissen haben müssen. Vielleicht hätten wir für sie da sein müssen.«

»Kann sein.«

Heinrich war das Gespräch unangenehm. Pablo hatte sich immerhin an seinem Arbeitsplatz erhängt, in einem Raum, in den Heinrich ihn eingesperrt hatte. Es war schwierig, sich nicht mindestens teilverantwortlich zu fühlen. Doch Heinrich war auch ein großer Anhänger der *Was geschehen ist, ist geschehen*-Philosophie, der *Da kann man nichts mehr machen*-Lehre, der *Hätte, hätte, Fahrradkette*-Glaubenssätze. Er betrachtete es als eine seiner größten Stärken, immer nach vorne schauen zu können. Das hieß nicht, dass er keine Verantwortung übernehmen würde. Er bevorzugte es einfach, Lösungen zu finden, anstatt in irgendwelchen Szenarien zu schwelgen. Daher ging er auch nicht weiter auf Farinas Überlegungen ein, sondern sagte:

»Also, Fährmann. Warum glaubst du, dass der was damit zu tun hat?«

»Das habe ich nicht gesagt.«

»Du weißt, was ich meine.«

Farina spießte einen Paprikastreifen auf und zog ihn durch den Hummus. Sie war der Meinung, dass der Mann, der zwei Tische hinter Heinrich allein bei seinem Essen saß, sie ständig anstarrte. Womöglich starrte er sie aber auch nur ständig an, weil Farina *ihn* ständig anstarrte, um zu überprüfen, ob er sie wirklich ständig anstarrte. Das ging schon eine ganze Weile so, und Farina beschloss nun, es gut sein zu lassen. Sie schob sich den Paprikastreifen in den Mund und schaute sich das Bild von Tick, Trick und Track an. Die Komik des Bildes bestand darin, dass man das Gezeter der drei förmlich hören und sich nur schwer vorstellen kann, wie man in dieser Gesellschaft einen romantischen Abend verbringen soll. Donald und Daisy jedoch tun genau das, sie sehen sich verliebt an, und die Farbe der untergehenden Sonne ist wirklich schön. Die schlechte Laune der direkt vor ihnen sitzenden, widerwillig rudernden Kinder interessiert sie nicht, sie haben sich vollständig in ihre Zweisamkeit zurückgezogen und offensichtlich keinerlei Schwierigkeit auszublenden, dass ihr persönliches Glück das direkte Endprodukt von Zwangsarbeit ist. War hier doch eine Botschaft codiert?

»Keine Ahnung«, sagte Farina. »Ich fands einfach weird, dass dieser Fährmann so eine Vertrautheit in mir ausgelöst hat. Kam dir das Logo echt gar nicht bekannt vor?«

»Nee, ich wüsste auch nicht, woher. Fährmann in Berlin macht ja auch gar keinen Sinn, wer soll hier Fährmann sein?«

»Es gibt Fähren auf der Spree.«

Heinrich schob die Augenbrauen zusammen und schüttelte den Kopf, als hätte er keine Zeit für so einen Schwachsinn. Die Geste konnte auch den Pancakes gegolten haben, die er nur halb aufgegessen von sich drückte. Farina wartete, ob er noch ein Argument anbringen wollte, doch für Heinrich schien alles gesagt zu sein.

»Ich weiß es nicht«, sagte Farina. »Es ist schon seltsam, aber ich glaube zum Beispiel, letztens – nee, also der Typ dahinten, der starrt mich doch an?«

Heinrich drehte sich um. Der Mann dort, hager, schütteres Haar, sah freundlich aus, er lächelte mit schmalen Lippen und winkte. Heinrich winkte zurück, dann drehte er sich zu Farina, zog den Teller wieder zu sich und aß weiter. »Ach«, sagte er, »das ist nur mein Zahnarzt.«

»Dein Zahnarzt?«

»Ja, total komisch. In letzter Zeit sitzt er ständig irgendwo hinter mir. Wahrscheinlich wohnt er in der Nähe, weil seine Praxis hat er hier auf jeden Fall nicht.«

»Hm«, sagte Farina. »Verrückt.«

»Ja. Manchmal schon gestört, was für Zufälle es gibt. Ich war mal auf einer Kostümparty als Fred Feuerstein verkleidet und hab mich so räudig aus dem Leben geschossen, dass ich gar nicht mehr wusste, wo oben und unten ist. Bin von der Party weg und dachte, ich schaffe es locker zu Fuß nach Hause. Auf dem Weg bin ich natürlich umgefallen, in einen Hauseingang, und eingepennt. Ich weiß nicht, wie lange ich da gelegen habe, aber irgendwann bin ich davon aufgewacht, dass eine Frau mich angesprochen hat, die, ich schwöre auf alles, als Wilma verkleidet war.«

»Wow.«

»Ja.«

»Und dann?«

»Nichts und dann. Sie hat mir hochgeholfen, und ich bin nach Hause gegangen.«

»Ihr habt nicht darüber geredet?«

»Nee, irgendwie nicht.«

»Okay … Bist du sicher, dass sie als Wilma verkleidet war?«

»Eigentlich schon. Aber jetzt, wo ich es so erzähle, kommts mir auch komisch vor.«

Der Zahnarzt hatte fertiggegessen, legte sein Besteck auf dem Teller zusammen, tupfte sich mit einer Serviette die Mundwinkel ab und verlangte nach der Rechnung. Nachdem er eine Weile in dem hörbar vollen Münzfach seiner Brieftasche gekramt hatte, zahlte er passend und verließ das Restaurant, ohne sich nach Heinrich und Farina umzudrehen. Farina sah ihm hinterher. Schlaksige Gestalt, einem Gecko nachempfunden, lautlos verschwunden zwischen den Spalten einer Mauer aus Blech. Hinter den Windschutzscheiben auf der Torstraße blieben die Gesichter ernst, gelacht wurde draußen, wo Wildberry Lillet durch Abgaswolken wanderte wie der Sonnenstrahl durchs All. Nichts zog Farina in die Trockenheit der Stadt, doch nachdem sie aufgegessen und bezahlt hatten, fand sie sich dort wieder, sofort schwitzend und verzweifelt: Die Anzeige der Tramstation berichtete von Personalmangel und Polizeieinsätzen, von Havarien und brennenden Kabeln, eintausend Gründe, sie nicht nach Hause bringen zu können. Sich einfach niederlassen und warten, worauf auch immer, bloß nicht abtauchen in der Luft, die Bilder wabern ließ. »Komm«, sagte Heinrich, »ich fahre dich nach Hause«, und Farina wusste gar nicht, dass es dieser Satz war, den sie hören wollte, bis sie ihn hörte, und sie nahm dankend an und ließ sich nieder in der maschinellen Kühle.

Erst am Nachmittag fiel Farina ein, dass sie den Fährmann auf dem Polohemd einer Zahnärztin gesehen hatte. Dann erinnerte sie sich an Sticker mit dem Logo, und hatte sie nicht auch mal ein Feuerzeug damit gesehen? Wer verbarg sich dahinter, und was daran hatte Pablo vor seinem Tod angezogen? Farina vermutete etwas, das sie nicht greifen konnte, und darüber erschreckte sie sich so sehr, dass sie einfach rauslief und umherspazierte, denn alles – so stelle ich mir ihre Gedanken vor – war besser, als tatenlos im Bett zu liegen. Irgendwann stand sie unter den Gleisen der U1 auf der Warschauer Brücke und schaute hinaus auf die Spree. Dort fuhren wie üblich die Touristendampfer, auf deren Deck niemand saß, weil die Sonne sie nicht ließ. War der Wille, den ganzen Tag Boote auf der Spree zu beobachten, Grund zur Besorgnis? War es ein Anzeichen, dass ihr der Verstand entglitt? Zog sie Verbindungen, wo keine waren? Ließ sie die Verzweiflung über das Schicksal des Clubs Zusammenhänge fantasieren? Das mochte sein, aber vielleicht war es eben auch das Gegenteil: Vielleicht hatten sie wirklich etwas zu bedeuten, die Fährmänner, die ihr ein bisschen zu oft begegneten, als dass sie gar keine Bedeutung haben konnten. Schlauchboote, linkspolitische Floßkollektive, Wasserpolizei. Im Personal der Spree befand sich kein Fährmann, doch irgendwo musste er sein. Aus dem klimatisierten Innenraum des Schiffes winkten ihr Touristen zu, doch sie winkte nicht zurück.

19

Die beiden großen, vermutlich irgendwann einmal als Schaufenster genutzten Scheiben im Erdgeschoss waren fast vollständig durch Milchfolie getrübt, nur an ihren oberen Rändern blieb je ein Spalt frei, durch den man die Zimmerdecke und Leuchtstoffröhren sehen konnte. Das Licht, eisig grell, war abweisend. Meikel schaute zu Eddi, um sicherzugehen, dass er tatsächlich dieses Gebäude meinte. Der nickte und begab sich hinein.

Sie gerieten mitten in das Treffen. An einem aus Konferenztischen zusammengeschobenen U saßen vierzehn oder fünfzehn Leute, jeweils mit einer Armlänge Abstand zu der nächsten Person. Es schien, als müsste allen eine großzügige Arbeitsfläche zur Verfügung stehen, bloß hatte niemand irgendetwas auf dem Tisch liegen. Weiße Wände, dunkelblauer Teppichboden. Es roch nach ungelüfteter Hose. Vorne, an der Öffnung des U, stand ein separater Tisch, an dem ein zwar angegrauter, aber ziemlich vollhaariger Mann im Rentenalter Meikel und Eddi durch eine randlose Brille anschaute. Er trug einen Norwegerpulli und hatte sich trotz der stickigen Wärme eine Fleecedecke auf den Schoß gelegt. Hinter ihm strahlte eine Powerpoint-Präsentation an der Wand. METEORITEN BEI DEN ALTEN GRIECHEN stand da, in orangerot zerlaufenden, munter hin und her schaukelnden Lettern. Meikel fragte sich, warum sie die Deckenleuchten nicht ausschalteten, dann müssten sie ihre Augen nicht so zusammenkneifen, um die Präsentation zu erkennen, doch das zu fragen schien ihm unangemessen. Niemand im Raum sagte etwas, aber jede einzelne Person nickte, also setzten Meikel und Eddi sich dazu und schauten nach vorne. In der Ecke stand ein Klapptisch mit zwei Thermoskannen Früchtetee und Krapfen.

Der Mann, der vorne saß, war Waldemar Grossmann, und er stellte sich Meikel als Liebhaber des alten Griechenlands vor, das sagte er genau so, *Liebhaber des alten Griechenlands*, mit einer kurz vor der Unhörbarkeit zarten Stimme und sehr, sehr weichen Augen. Schon als Kind habe er die Geschichten des Odysseus verschlungen, und von da an habe es kein Halten gegeben, mit dreizehn Heraklit, Sokrates, Platon, mit sechzehn die Stoiker und Epikureer, im Studium Herodot, Doktortitel, Professur, Griechenland, Griechenland, Griechenland. Ende der Sechzigerjahre, als seine Freunde sich politisierten und Proteste organisierten oder zumindest begannen, sich für Drogen zu interessieren, unterwarf Waldemar sich den Regeln des pythagoreischen Ordens, erklärte das Bohnenessen zur Todsünde und weigerte sich unter anderem, Landstraßen zu betreten sowie Dinge vom Boden aufzuheben, was für unhaltbare Zustände in seinem WG-Zimmer sorgte und letztlich auch den Austritt aus dem Orden, dem niemand außer ihm angehörte, notwendig machte. Als Meikel sich fragte, wieso Waldemar ihm dies alles erzählte, noch bevor er Gelegenheit hatte, sich vorzustellen, verfinsterte sich dessen Gesicht: Das Schicksal treibe aktuell ein perfides Spiel mit seiner Griechenlandliebe. Seit der Pensionierung sei sein Graecum nämlich ausschließlich dazu da, seinem Nichtsnutz von Sohn – Ende dreißig, arbeitslos, nie zu Hause ausgezogen – *Pulp Fiction*-Zitate ins Altgriechische zu übersetzen, damit dieser sie sich auf den Oberschenkel tätowieren lassen und Tinder-Dates beeindrucken könne, was nicht funktioniere und der Grund dafür sei, dass sich der Sohn regelmäßig ganze Wochenenden Chips fressend über die Schlampen dieser Welt aufrege. Es wäre besser, so Waldemar, würde der Sohn sich *gar nicht* für das alte Griechenland interessieren, anstatt dass er ihn zu sich aufs Zimmer bitte, um ihn dabei zuschauen zu lassen, wie er bei *God of War 3* Aphrodite besteigt und Hermes die Flügel ausreißt.

Meikel könne sich folglich denken, dass Waldemars Lebensabend von existenziellen Zweifeln bestimmt sei.

»Ihr wusstet wahrscheinlich nicht«, sagte Waldemar und drückte eine Taste auf seinem Laptop, woraufhin die Schrift hinter ihm in einem Wirbel verflog und das Bild einer Büste eines bärtigen Mannes erschien, »dass Aristoteles geglaubt hat, Meteoriten – genau genommen müsste man hier *Meteore* sagen, aber das ist für unsere Zwecke erst mal egal – würden nicht aus dem Himmel, sondern aus der *Erde* kommen, dass sie sozusagen Erscheinungen der Erdatmosphäre seien. Genau so war es aber, genau das hat Aristoteles gedacht.« Er machte eine andächtige Pause. »Er hatte dafür verschiedene Argumente, von denen ich gerne zwei hervorheben möchte, weil ich sie sehr interessant finde, und weil ich glaube, dass auch ihr sie sehr interessant finden werdet.« Ein Klick auf dem Laptop. Auf einer weißen Folie stand nun ARGUMENT EINS. Und nach einem zweiten Klick, riesig eingeblendet, in Aquarellfarben: VERGÄNGLICHKEIT. »Sein erstes Argument war die Vergänglichkeit. Da diese Meteore, *Sternschnuppen*, würden wir sagen, nur für Sekundenbruchteile aufleuchteten und dann für immer verschwanden, ordnete Aristoteles ihnen einen irdischen Ursprung zu, weil ja auch auf Erden alles vergänglich ist.« Klick, neue Folie: ARGUMENT ZWEI, klick, Einblende: UNKALKULIERBARKEIT. »Sein zweites Argument war die Unkalkulierbarkeit, das Erratische der Meteore. Hier schlussfolgerte er nach demselben Schema: Für Aristoteles war der Himmel und alles darüber hinaus pure Mathematik, eine exakt durchgerechnete Einheit, in der es keinen Platz für Zufälle gab. Die Meteore aber waren für ihn der Zufall schlechthin, sie erscheinen aus dem Nichts und verschwinden genauso, demzufolge haben sie auch in dieser Hinsicht nichthimmlische und damit irdische Eigenschaften.«

Waldemar faltete seine Hände im Schoß und machte eine lange Pause. »Findet ihr nicht, dass in dieser Argumentation eine Verzweiflung liegt?«, sagte er. Er richtete seine Brille und schaute mit zusammengepressten Lippen in die Runde. Niemand sagte etwas. »Vielleicht lehne ich mich zu weit aus dem Fenster«, fuhr er irgendwann fort, während er sich leicht erhob, um die Fleecedecke um seine Oberschenkel zu wickeln, »ich weiß nicht, was Aristoteles gefühlt hat«, er saß wieder, »aber auf mich wirkt es verzweifelt. Aristoteles hat die Meteore charakterisiert: vergänglich, kurzlebig, undurchschaubar, chaotisch, und hat sie der Erde zugeordnet, weil hier dieselben Zustände herrschen. Das Weltall, der Himmel *mussten* für ihn einfach das Gegenteil sein, sie mussten ewig und geordnet sein, denn wenn es nicht so wäre, wenn dort oben alles genauso wie bei uns dem Ende geweiht ist, alles nur ein intransparentes Chaos ist – welche Hoffnung bliebe uns dann noch? Ich glaube, wenn Aristoteles erfahren hätte, dass Meteore aus dem Weltall kommen, dann wäre eine Welt für ihn zusammengebrochen.«

Es war üblich, im Anschluss an den Vortrag zu verweilen und unverfänglich miteinander zu quatschen, was die Entscheidung, sich in solch einem Raum zu treffen, der den Büchern im Regal zufolge normalerweise zu einer Fahrschule gehörte, für Meikel noch unverständlicher machte. Die Krapfen auf dem Klapptisch trösteten ihn, und während er versuchte herauszufinden, ob irgendwer gesehen hatte, dass er bereits einen gegessen hatte, damit er einen zweiten essen konnte, stellten sich zwei Frauen zu ihm. Sie waren Zwillinge, kaum voneinander zu unterscheiden, mit den gleichen braunen Haaren und den gleichen Größenverhältnissen im Gesicht, das jeweils linke Auge etwas kleiner, schmale Lippen, sehr markante Wangenknochen. Beide hatten tiefe Augenringe und waren in einem legeren Bürolook gekleidet. Der einzige Unterschied zwischen ihnen schien zu sein, dass eine von ihnen exzessiv mit Schmuck behangen war, sieben oder acht Ringe an den Fingern, drei Armbänder, mehrere Halsketten und fast vollständig mit Silber bedeckte Ohren, während die andere nur ein einziges Nasenpiercing trug.

»Hey«, sagten sie.

»Hey«, sagte Meikel.

»Was verschlägt dich hierher?«, sagte die mit dem Nasenpiercing.

»Ich begleite einen Freund.« Meikel deutete auf Eddi, der gerade in ein Gespräch mit Waldemar vertieft war. Auf Eddis T-Shirt stand HOID DEI FOTZN WENN DU MIT MIR REDEST.

»Ja, das dachten wir uns schon. Bist ja mit ihm reingekommen. Aber was verschlägt *dich* hierher?«

»Hm?«

»Niemand wird einfach so zum Meteoritenfreund. Waldemar zum Beispiel kommt nicht darüber hinweg, dass sein Sohn den kompletten Tag nur am Wichsen ist und Bongrauchen. Und Jean-Paul da vorne«, die mit dem vielen Schmuck machte eine leichte Kopfbewegung über ihre Schulter, wo ein unfassbar gut aussehender Mann im Anzug, mit Hut, an einem zweiten, Meikel bis dahin verborgenen Klapptisch stand und einen kleinen Berg halber Salamibrötchen mit Petersilienblättern verzierte, »hat ein Wutproblem und ist süchtig nach Zauberwürfeln. Die Kombination aus beidem hat ihn die Familie gekostet, schlimme Geschichte. Anscheinend hat seine kleine Tochter, da war sie sieben oder acht, mal einen Zauberwürfel im Schlafzimmer von Jean-Paul und seiner Frau gefunden und wollte mit ihm spielen, hat ihn aber versehentlich die Treppe runterfallen lassen und zerstört. Beichten konnte sie es nicht, weil sie wusste, dass Jean-Paul vollkommen ausrasten würde, also hat sie es verheimlicht. Wahrscheinlich hat sie gehofft, er würde es nicht bemerken. Als er dann aber mitten in der Nacht in ihr Zimmer gerannt kam, nach dem Zauberwürfel fragte und dann, als sie es ihm nicht sagen konnte, das komplette Haus auf den Kopf stellte, wusste sie, dass sie nicht damit durchkommen würde, also hat sie ihr Sparschwein geknackt und während eines Einkaufstrips mit ihren Eltern heimlich einen neuen Zauberwürfel gekauft. Den hat sie dann auf der Rückfahrt hinten im Auto liegen lassen, damit Jean-Paul ihn finden konnte. Eigentlich genialer Plan, aber was die Kleine nicht wissen konnte: Jean-Paul löste den Zauberwürfel immer nach dem Sex, beziehungsweise er *musste* ihn sofort nach seinem Orgasmus lösen, sonst hätte er eine Psychose oder so bekommen. Ja, und dann passierte es halt. Nicht Jean-Paul fand den Würfel, sondern seine Frau, und da der Würfel, weil er ja neu war, vollständig gelöst war, musste sie natürlich davon ausgehen, dass Jean-Paul jemanden auf der Rückbank gebumst hatte, und weil sie wusste, dass sie es auf jeden Fall nicht war, die er gebumst hatte, reichte sie die Scheidung ein. So ist er dann halt irgendwann bei uns gelandet.«

»Heftig«, sagte Meikel, während er sich beiläufig nach einem Krapfen beugte und hineinbiss. »Und was ist eure Geschichte?«

»Ist das dein zweiter Pfannkuchen?«

»Nein, wieso?«

»Doch, ich hab dich vorhin schon einen essen sehen.«

»Kann eigentlich nicht sein.«

»Echt jetzt?«, sagte die mit dem Schmuck. »Zwei Stück?«

»Können wir bitte über was anderes reden? Ich will eure Geschichte hören.«

»Wir haben keine besondere Geschichte«, sagte die mit dem Nasenpiercing und schwieg. Nach ein paar Sekunden sprach ihre Schwester weiter: »Wir sind ganz normal ausgebrannte Krankenpflegerinnen, also ehemalige Krankenpflegerinnen. Systemrelevant und so, aber wir haben kein schlechtes Gewissen. Nach Pandemiebeginn damals haben wir es keine drei Monate mehr ausgehalten. Als man auf den Balkonen applaudiert hat, war sofort klar: Kündigung oder Gewalt. Jetzt lassen wir uns wie alle anderen hier auch von den Meteoriten trösten.«

»Verstehe.«

»Und? Was ist jetzt mit dir?«

Meikel überlegte. Ihm fiel kein anderer Grund ein

als Eddi, Eddi allein. Er konnte nicht einmal sicher sagen, ob er ihm aus einer intrinsischen Motivation heraus folgte oder ob er bereits von der Angst gelenkt war, ihn zu enttäuschen. Seine Therapeutin hatte ihn einmal gefragt: »Wie ist es Ihnen in der Vergangenheit damit ergangen, niemanden enttäuschen zu wollen?«, und Meikel hatte geantwortet: »Schlecht.« Die Therapeutin hatte verständnisvoll genickt, ausdruckslos, aber unter Garantie davon ausgehend, einen Erkenntnisgewinn generiert zu haben. Meikel hatte das registriert und gesagt: »Ja, Sie haben recht«, weil er Angst hatte, sie zu enttäuschen, und dann versprach er – er formulierte es tatsächlich so, *ich verspreche* –, auf seine eigenen Bedürfnisse achtzugeben, das hatte er sich im Vorfeld sagen lassen, dass es in Therapien letzten Endes immer darauf hinauslief, auf die eigenen Bedürfnisse achtzugeben, also versprach er es einfach sofort. Vielleicht ließe sich die Behandlung dadurch abkürzen. Insgeheim war er sich gar nicht so sicher, ob diese Art von Achtsamkeit tatsächlich der beste Weg war, das Leben zu gestalten. Um sich Klarheit darüber zu verschaffen, stellte er sich die Extreme vor – eine Welt, in der sämtliche Menschen das Beachten ihrer Bedürfnisse perfektioniert haben, und eine, in der sie alle unter gar keinen Umständen jemanden in ihrem Umfeld enttäuschen wollen. Meikel hatte das Gefühl, die letztere Welt wäre die schönere. Im realen Leben war dieser Ansatz natürlich nicht praktikabel, ganz offensichtlich ging Meikel daran zugrunde, aber machte das die Achtsamkeit dann nicht bloß zu einem Akt der Selbstverteidigung? Eine Notwendigkeit in Anbetracht der feindseligen Weltbeschaffenheit? Und sich einer Selbstverteidigung zu verschreiben – liegt darin nicht etwas Trostloses? Meikel hatte darauf keine Antwort. Er wollte einfach nicht mehr verletzt werden.

»Ich weiß es nicht«, sagte er.

Die Schwestern dachten wahrscheinlich, er würde weiterreden. Sie blinzelten ihn an. Als sie merkten, dass er es nicht tat, sagte die mit dem Schmuck: »Warst du auch mal Junkie?«

Meikel schwieg.

»Eddi hat uns alles von sich erzählt. Gegenseitiges Vertrauen ist die Basis für Meteoritenfreundschaften. Das hier ist ein sicherer Ort.«

»Junkie, ich weiß nicht«, sagte Meikel. »Ich war süchtig und arm, nie obdachlos, später aber kriminell. Keine Ahnung, nenn es, wie du willst. Ich habe viele Freunde verloren.«

»Okay.«

Der Raum dünnte sich aus. Meikel wusste nicht, wie er sich verhalten sollte, er steckte seine Hände in die Hosentaschen und stand dumm rum. Als er zu Eddi rübersah, stellte er fest, dass der gerade versuchte, ihm eine Botschaft zu übermitteln, indem er eine komplizierte Verkettung von Kopfbewegungen und hektisch wechselnden Blickrichtungen aufführte. Zu seiner eigenen Verwunderung glaubte Meikel, ganz genau zu verstehen, was Eddi da tat: Er markierte die Menschen im Raum, die über die geheimen Tätigkeiten des Vereins, die »Sektenseite«, wie Eddi es nannte, informiert waren, sowie diejenigen, auf deren Weggang man noch unauffällig warten musste.

Die Krankenpflegerinnen gehörten offenbar nicht zu den Eingeweihten. Sie spekulierten noch einige Minuten darauf, dass Meikel doch noch ein interessantes Gespräch zu ihnen aufnehmen würde, dann verabschiedeten sie sich mit etwas zu innigen Umarmungen und wünschten ihm alles Gute, so, wie man jemandem alles Gute wünscht, der gerade eine Krebsdiagnose bekommen hat.

Am Ende blieben sieben Leute. Neben Meikel und Eddi waren das Waldemar, Jean-Paul sowie eine lose beieinanderstehende Gruppe aus zwei Frauen und einem Mann. Die Frauen waren Meikel bereits aufgefallen. Die ältere hieß Silke Koschwitz, um die fünfzig. Sie trug ein neonpinkfarbenes Sommerkleid und eine eng anliegende Halskette mit kinderfaustgroßen Perlen, die aus Plastik sein konnten oder aus Elfenbein und die etwas Urzeitliches an sich hatten. Während Waldemars Vortrag war Silke alle paar Minuten aus ihrer sehr angestrengt wirkenden Konzentration aufgeschreckt, um sich mit einem Kugelschreiber das Haus vom Nikolaus auf die Handfläche zu malen und dieses dann durch aggressives Draufspucken und Verreiben mit der anderen Handfläche sofort wieder zu entfernen. Die jüngere, Mareike, studierte, den ganzen Abend schon, eine Liste auf ihrem Klemmbrett und machte gelegentlich einen Haken oder eine Notiz. Der Mann hingegen, Aziz, kam Meikel völlig unbekannt vor, was ihn im Hinblick auf die überschaubare Teilnehmerzahl wunderte. Erst nach einer Weile fiel ihm auf, dass Aziz, sobald man ihn für einen Moment aus den Augen ließ, sein vollständiges Outfit wechselte. Meikel sah ihn an: Jeans, Tanktop, Sneaker. Drehte den Kopf zu Eddi, drehte ihn zurück: Shorts, Hawaiihemd, Birkenstocks. Drehte den Kopf zu Eddi, drehte ihn zurück: Stoffhose, Sakko, Lackschuhe. Meikel erschauderte.

»Ich glaube, wir können rübergehen«, sagte Waldemar, nachdem er seine Hände mit einem sanften Klatschen zusammengelegt hatte. Die anderen bildeten stumm eine Reihe, als würden sie in einer Polonaise tanzen wollen, behielten ihre Hände jedoch bei sich. Als Meikel sich neben Eddi stellen wollte, deutete der ihm mit einem strengen Kopfnicken, sich hinten einzureihen. Waldemar flüsterte »Marsch«, und die Gruppe bewegte sich mit gesenkten Köpfen und in Pinguinschritten vorwärts, verließ die Fahrschule, bog sechsmal nach rechts ab und betrat zehn Minuten später denselben Raum. In der Zwischenzeit war das Licht ausgeschaltet worden. Nun brannten hier dreißig, vierzig Altarkerzen, die wir über die Jahre mehreren Konfirmationsgruppen gestohlen hatten. Hinter dem Referentenpult war ein Wandtattoo aufgetaucht, in ausschweifenden Schnörkeln stand dort: *sic itur ad astra*. Die Gruppe verteilte sich an den Konferenztischen. Es kehrte Ruhe ein.

»Hat jemand etwas auf dem Herzen?«, sagte Waldemar.

Aziz, aktuell im schwarzen T-Shirt und mit Anglerhut, ergriff sofort das Wort. »Mein Freund und ich haben uns schon wieder gestritten«, sagte er. Die anderen entspannten sich.

»Was ist passiert?« Waldemar nickte mit routiniertem Verständnis.

»Letzten Sonntag wollten wir an den Müggelsee fahren. Wir sind früh aufgewacht, nackt, und haben im Bett gefrühstückt. Ich hab wieder mein berühmtes Shakshuka gemacht. Danach hab ich den Abwasch erledigt, immer noch nackt. Dann zogen wir uns an, Badehose, Hemd. Wir packten die Kühltruhe, Zitronenlimonade, Erdbeeren, Baguette, Dips. Wir lachten. Ich griff nach dem Autoschlüssel und sagte: ›Los gehts.‹ Mein Freund wollte noch kurz auf die Toilette. Ich wartete an der offenen Wohnungstür. Er kam raus, sah mich an, erstarrte. ›Ist schon wieder was dazwischengekommen?‹, sagte er. ›Musst du doch ins Büro?‹ Ich ahnte, was passiert war. Ich schaute an mir herunter und sah, dass ich Anzug trug. ›Nein‹, sagte ich, ›ich will mit dir an den See.‹ Er sagte, so könne man nicht an den See. Und dann sagte er allen Ernstes: ›Erzähl mir jetzt nicht wieder, dass du dich nicht selbst umgezogen hast.‹ Als er das gesagt hat, hätte ich am liebsten sofort angefangen zu weinen, aber ich wollte es um jeden Preis zurückhalten. Spoiler Alert: Ich hab es nicht geschafft. Fünf Minuten später heulte ich. Er ließ sich davon gar nicht beeindrucken, hielt alles wieder für eine Scharade, einen großen dummen Streich. Ich sagte ihm: ›Du musst mich anschauen, bitte, schau mich an. Ich weiß nicht, was mit mir passiert, wenn du wegsiehst.‹ Ich bin es so leid. Ich will ich selbst sein, mich so präsentieren, wie ich mich fühle, aber ich weiß, mit jedem neuen Blick wird alles anders. Kein Mensch sieht mich jemals so, wie ich es gerne hätte. Bei Freunden und den Menschen auf der Straße habe ich mich daran gewöhnt, was bleibt mir übrig, aber in der Liebe? Ich will ihm gefallen.

Ich will ihm zeigen, dass ich zu ihm passe. Ich gebe mir solche Mühe. Doch mit jedem seiner Blicke werde ich zu einer neuen Fremdheit.«

»Danke, dass du das mit uns teilst, Aziz«, sagte Waldemar. »Sonst noch jemand?«

In diesem Moment kam ich rein. Ich war zu spät, wie so oft in dieser Zeit, und bekam einen entsprechenden Blick von Waldemar, der allmählich die Geduld mit mir verlor. Mein Verhalten erinnerte ihn an seinen Sohn, und dadurch wurde er zum Tyrannen. Er wollte aber vor dem Neuzugang einen guten Eindruck machen, also nickte er mir nur streng zu und deutete auf einen freien Sitzplatz.

Meikel faszinierte mich sofort. Er hatte ein Gesicht, dem man die Lebensgeschichte ablesen wollte. Er musterte mich, latent verängstigt, vielleicht weil er davon ausging, dass ich genau wie die anderen Anwesenden in irgendeiner Weise ein Verrückter sein musste. Ich aber bin vollkommen normal. Das musste ihm auch aufgefallen sein, denn er sah schon bald wieder weg, während ich meinen Blick nicht so leicht von ihm abwenden konnte. Er wirkte schwer beschädigt. Ich wollte unbedingt sein Freund sein.

»Zuallererst musst du verstehen«, sagte Waldemar zu Meikel gewandt, er liebte es, diese Einführungsreden zu halten, »dass es sich bei der Suche nach Meteoriten um die Suche nach der paradiesischen Ursprache handelt. Diese Sprache war nicht, wie unsere Sprachen heute, an die Grammatik gefesselt. Wir vermögen heute nur in Buchstaben jämmerlicher Stellvertreterwörter zu kommunizieren. Die Ursprache aber war das Wesen der Dinge selbst, sie war das reine Verständnis der Welt. Sie wurde uns mit dem Sündenfall genommen. Platon entwickelte daraus einen Weltentwurf, der aus zwei Polen bestand, oben im Himmel die ewigen Ur-Bilder, unten auf der Erde die vergänglichen Ab-Bilder. Für ihn waren diese Welten strikt getrennt, füreinander unerreichbar. Erst die Neuplatoniker erkannten, dass es Brücken zu den Ur-Bildern gibt, und diese Brücken liegen in den Himmelskörpern. Sie reflektieren die Bilder der Urzeit. Die Neuplatoniker meinten zwar vor allem fremde Planeten und Sterne, aber wir gehen davon aus, dass sie es nur taten, weil sie von Meteoriten nichts wussten. Wir hier in dieser Runde sind uns einig, dass Meteoriten aus unserer kollektiven Ur-Seele gebrochene Botschaften sind. Sie sind der Schlüssel, die Welt wirklich *zu verstehen*, nicht bloß rational, sondern visionär. Paracelsus sagt: ›Was nach der Vernunft lebt, lebt gegen den Geist.‹«

Meikel nickte, aber es war recht offensichtlich, dass er erstens nichts verstand und Waldemar zweitens für bekloppt hielt. Waldemar schien zufrieden. Er begab sich zum Schrank und holte den Koffer mit den Talismanen, wobei es sich um Lederbändchen mit kleinen, von Meteoriten abgeflexten Scheiben als Anhänger handelte, die in unterschiedliche Formen gefräst worden waren. Waldemar zog ein Bündel heraus und fragte, wer welches haben wolle. Jean-Paul bestand wie üblich auf den Talisman in Form des deutschen Staatsgebiets, wir anderen probierten uns in der Regel durch, ich nahm einen Nashornschädel. Waldemar freute sich über meine Entscheidung. »Hab ich erst vorgestern gebastelt«, flüsterte er, als ich auf den Anhänger zeigte. Ich glaube, damit hatte er mir meine Verspätung verziehen. Eddis Meteoritenscheibe hatte die Umrisse eines Auspuffs, Meikel entschied sich nach langem Überlegen interessanterweise für die wehenden Vorhänge. Silke hatte den Sonnenuntergang, Mareike die Lotusblüte und Aziz die Schaufel. Waldemar wirkte verängstigt, als er nach dem Tornado griff.

»Haben alle?« Waldemar schaute in die nickende Runde und legte die übrig gebliebenen Talismane zurück in den Koffer, den er verschloss und unter den Tisch stellte. Dann bat er uns, die Halsketten anzulegen und unsere Anhänger mit beiden Händen zu umklammern. Alles war bereit für die Zeremonie. Er schloss die Augen, wir taten es ihm gleich, wir ließen das Universum in uns einkehren.

Nach der Sitzung stellte ich mich zu Eddi und Meikel, die vor dem Eingang standen und rauchten. Eddi hatte ich in den vorangegangenen Wochen ja bereits kennengelernt, da war ich schon fasziniert davon, mit was für einer Dringlichkeit er nach Meteoriten suchte. Wir anderen begnügten uns weitestgehend damit, ab und zu einen Splitter zu sehen oder einfach über Meteoriten zu plaudern. Er aber war besessen, das imponierte mir. Dementsprechend war ich neugierig, warum er in dieser Sitzung schon wieder nach dem Standort eines Meteoriten fragte, also sprach ich ihn darauf an. Mit einer Offenheit, die mich überraschte, erzählte er mir von der Sache mit der Zahnärztekammer Mecklenburg-Vorpommern. Meikel stand daneben und schwieg. Oft sah er desinteressiert weg, aber ich hatte das Gefühl, dass er dieses Desinteresse nur spielte. Ehrlich gesagt hatte ich den Eindruck, dass meine Anwesenheit ihm missfiel, dass er sich unwohl fühlte, doch diesen Eindruck verdrängte ich sofort. Ich konnte später noch einfühlsam sein. In diesem Moment bestand ich vollends aus dem Drang, mich den beiden anzuschließen. Ich fragte es geradeheraus. »Kann ich mit euch suchen gehen?«, sagte ich. Und so lernten wir uns also kennen.

Zweiter Teil

Tätowiere mir ein Messer
direkt unters Herz

Meine Eltern haben mir nie Geschichten vorgelesen. Mein Vater sowieso nicht, aber auch von meiner Mutter habe ich keine Lesestimme im Kopf, nur ein einziges Bild, wie sie am Bettrand sitzt und in einem schmalen Märchenband auf Zeichnungen deutet. Ich kann mich an keine Regelmäßigkeit erinnern, wenn ich meine Kindheit erzählen müsste, würde es nur diese eine Szene geben, mit meiner Mutter, mit den Zeichnungen, ein Prinz auf einem Schimmel, ein Nussknacker, Wald, Schnee. Ich kann nicht einmal sicher sagen, ob sie mir die Bilder zum Einschlafen zeigte oder einfach so, auch nicht, ob es da überhaupt so etwas wie eine Geschichte gab. In meiner Erinnerung bin ich schon immer allein schlafen gegangen, und immer war ich verängstigt. Dabei glaubte ich gar nicht an Geister. Schon damals fand ich Filme albern, in denen Kinder sich vor Monstern unterm Bett fürchteten. Es half mir also nicht, wenn meine Mutter mir die Leere demonstrierte. »Schau, da ist nichts«, sagte sie, während sie zuerst Schränke öffnete und Türen schloss, dann zu immer kleineren Objekten überging, um mich zum Lachen zu bringen, sie hob den Fernseher an, die Nachttischlampe, die Wasserflasche neben dem Bett, und dann, wenn ich mich immer noch an meine Decke krampfte, jede einzelne Actionfigur im Regal. Sie konnte nicht wissen, dass es genau dieses Nichts war, das mich ängstigte. Die Nacht schien mir unendlich tief zu sein und rätselhaft, abgeriegelt und vermauert, es ergab keinen Sinn, dass sich nichts in ihr befand. Hätte mich etwas angesprungen, ein Gespenst oder Dämon, dann hätte ich sie akzeptieren können, ich hätte sagen können: Für irgendwen ist die Nacht ein Zuhause. So aber sah ich nur die Abwesenheit von etwas, das hätte da sein sollen, und in dieser Abwesenheit lag ein Schrecken, der jedes Untier unter sich begrub.

Ich möchte sagen: Nur dann, wenn ich so große Angst hatte, kam meine Mutter und streichelte mich in den Schlaf, sonst war ich allein. Doch ein Gefühl sagt mir, dass ich dadurch lügen würde und meiner Mutter unrecht täte, obwohl ich, sosehr ich mich auch bemühe, keine anderen Erinnerungen finden kann. Gern würde ich sie dazu befragen, traue mich aber nicht, weil sie dann bestimmt zu weinen anfinge. Das tut sie immer, wenn ich über meine Kindheit spreche und aus den Erzählungen der leiseste Verdacht entsteht, sie habe etwas falsch gemacht. Das möchte ich nicht, ich bin sicher, sie war eine gute Mutter. Dass es mir manchmal schlecht geht, dafür kann sie nichts.

Eines Abends rief sie mich an und erzählte, dass es nichts Neues gebe. Dabei atmete sie schwer, weshalb ich mich, obwohl ich das eigentlich nicht mache, nach ihrem Wohlbefinden erkundigte. Da fing sie an zu beichten. Während der Schwangerschaft mit mir sei sie schrecklich ängstlich gewesen, viel mehr als bei meinen drei älteren

Geschwistern. Ich wusste darauf nichts zu antworten. »Ich habe immer Angst gehabt«, sagte meine Mutter, und in der Art, wie sie das Wort »Angst« sagte, war klar, dass sie nicht Angst meinte, sondern Panik, die Art von Panik, die mich, so hatte ich *ihr* einige Jahre zuvor einmal gebeichtet, noch als erwachsener Mann nachts aus dem Schlaf riss oder mich vom Schlaf abhielt, die mich aus dem Nichts in akute Todesangst versetzte und hinaus auf die Straße trieb, in der Hoffnung, dass mich dort, wenn mir etwas passierte, jemand fände, ich wollte einfach nicht sterben, schon gar nicht allein, ich habe schreckliche Angst vor dem Tod. Dass es meiner Mutter in der Schwangerschaft genauso ging, machte ihr Schuldgefühle. »Ich wusste, dass du es schwer haben wirst«, sagte sie in einem ihr eigenen pathetischen Ton, der mich auch deswegen wunderte, weil ich eigentlich immer fand, ich würde ganz gut zurechtkommen. Aus diesem Ton jedoch war unschwer rauszuhören, dass es von außen betrachtet ganz und gar nicht so aussah, als würde ich ganz gut zurechtkommen, und das verunsicherte mich.

Meine Mutter beschrieb ihre Panik weiter, doch ich hielt es nicht aus. Ich wollte nichts wissen von einer Brust, die sich zusammendrückt, von der Schwärze am Rand des Sichtfelds, von dem Wissen, an ein Ende gelangt zu sein, von der Offenlegung einer Feindschaft zur Welt. Meine Mutter schien mir Tier geworden zu sein. Ich drehte das Telefon weg, bis ihre Stimme verstummte, dann hielt ich es wieder an mein Ohr, sagte zweimal »Ja« und legte auf. Sie erzählte mir nie wieder von der Angst. Ich bildete mir ein, zwischen uns sei danach trotzdem etwas zusammengewachsen, aber wenn ich ernsthaft darüber nachdenke, dann gibt es nichts, was darauf hindeutet.

Wie mir viel später klar wurde, ist Die Angst in der Familie meiner Mutter ein Erbstück. Meine Großmutter, so erzählt man sich, bekam in jungen Jahren Angst beim Anblick offener Meere. Ihr Mann, mein Großvater, erzählte diese Geschichte mit empörter Belustigung, monatelang habe er geackert, um seine baldige Braut mit einer Reise zum Schwarzen Meer zu überraschen, und dann kommen sie da an, und sie verliert buchstäblich den Verstand, zittert, lässt sich nicht beruhigen. Meine Großmutter stieg in diese Geschichte munter ein, sie saß daneben und sagte: »Ist das nicht verrückt?«, oder bezeichnete sich lachend als Klikushka, eine hoffnungslos Wahnsinnige, die ein schönes, ruhiges Meer sieht und durchdreht. An einem anderen Abend, Familienfeier, die Gäste waren lange gegangen, saß dieselbe Großmutter am Esstisch und berichtete – soweit ich mich erinnern kann, das einzige Mal – von ihrer Deportation. Von dem Ausbruch des Krieges habe sie mit ihren zehn oder elf Jahren zwar gehört, war dann aber völlig überrascht, als Uniformierte ihres eigenen Landes, der Sowjetunion, sie und ihre Familie aus den Häusern zerrten und zum Kaspischen Meer brachten, dort mit hundert anderen auf Flöße setzten und einfach hinaustreiben ließen, bis sie in Kasachstan strandeten und sich ein neues Leben in der Steppe aufbauen mussten. Zwei Wochen habe sie auf diesem Boot gesessen, als junges Mädchen habe man sich gut um sie gekümmert. Andere verdursteten oder sprangen ins Meer und ertranken. Sie erinnerte sich an Leichen und an endloses Wasser in alle Richtungen. Ich fragte meine Mutter danach, ob sie nicht glaube, dass diese Geschichte etwas mit der lustigen Flitterwochengeschichte am Schwarzen Meer zu tun haben könnte, worauf sie abwinkte und einen Witz machte, der durchscheinen ließ, dass sie Psychologie für Hokuspokus hielt.

Noch vor ihrem achtzehnten Geburtstag begegnete meine Großmutter meinem Großvater, ein aus gleichen Gründen in Kasachstan gelandeter, leidenschaftsloser Mann mit brodelnder Stimme und Schaufeln als Händen, der mit sieben Jahren von der Schule geschmissen worden war, weil er für seine Hunger leidende Familie Kartoffeln aus einem fremden Acker gegraben hatte und daher in einem neuen Jahrtausend, in einer neuen Welt, dem Westen, als Analphabet begraben wurde. Meine Großmutter gebar ihm sieben Töchter, er war endgültig gebrochen. Auch das erzählte sie lachend. Diese sieben Töchter, von der ältesten bis zur jüngsten waren es zehn Jahre, polterten und gackerten und tanzten und kreischten durch das Haus, zwei Schlafzimmer teilten sie sich zu siebt und stritten nie, schrecklich fröhliche Mädchen, die sich gegenseitig an Schul- und Haushaltspflichten erinnerten, bevor es Ärger gab, die die Arbeit einer anderen übernahmen, wenn diese unbedingt einen Film am Dorffernseher sehen wollte, die sich von Jungs erzählten und den neuesten Tratsch füreinander zusammentrugen. Mein Großvater subsumierte dieses Verhalten unter Geschwätz, lästiges, elendes Geschwätz, und auch wenn meine Mutter und ihre Schwestern darüber lachten, war es ziemlich eindeutig, dass es sich für sie um weitaus mehr handelte. Es befand sich etwas Vitales in den Erzählungen über Mitmenschen, die Überlieferungen fremder Handlungen vibrierten vor Lebendigkeit. Indem sie sich von Mund zu Mund gossen, machten die Geschichten auch die Schwestern lebendig, im stetigen Abgleich der Erfahrungen lag die Möglichkeitswelt des eigenen Lebens. Das als Geschwätz abzutun war eigentlich kriminell, doch sie verübelten ihrem Vater nie etwas.

Sie hätten ihm so einiges verübeln können. Hatte er Die Angst bei seiner Frau notgedrungen noch akzeptiert, wenn auch nur als Quelle des Amüsements, so hatte er keinerlei Akzeptanz mehr für seine Töchter übrig, die allesamt unter denselben Symptomen litten. Über jede einzelne von ihnen brach Die Angst herein, regelmäßig, aus dem Nichts bei der Arbeit, beim Essen, selbst beim Spielen und Feiern. Die anderen sahen es sofort, plötzliches Verstummen, unruhige Augen, krampfende Hände. Die älteren Schwestern gaben ihr Wissen um Die Angst an die jüngeren weiter, woran man sie erkennt, wie man mit ihr umgeht, vor allem auch: wie die anderen damit umgehen. Denn die von Der Angst befallene Person kann nicht viel tun, außer es zu überstehen. Die anderen hingegen können, im Wissen, dass des Vaters Mittel gegen Die Angst die Prügel sind, mit ihrer Schwester unter dem Vorwand, Arbeit zu erledigen, nach draußen gehen und sie zwischen den Kälbern verstecken, wo sie sich an ein Tier anlehnen und mit ihm zusammen atmen kann. Sie können sich die neuesten Geschichten aus dem Dorf besonders hysterisch erzählen, vor Lachen brüllend, um dem Vater den letzten Nerv zu rauben und ihn wegzuscheuchen, denn auch wenn er vor Wut schreien mag, alle auf einmal schlagen würde er nicht. Und so wuchsen sie heran, durch Die Angst miteinander verschworen, bis sie sich nach und nach verheirateten und in ihre eigenen Häuser zogen.

Zwei der sieben hatten Glück, ihre Ehemänner zeigten sich von Der Angst unbelastet, sie waren geduldig und verbrachten die Schübe an ihrer Seite, zu jeder Uhrzeit standen sie mit ihnen auf und kochten einen Tee oder gingen mit ihnen spazieren. Die Männer der anderen fünf rollten mit den Augen oder schnaubten verächtlich über die allgemeine Hysterie der Frauen. Diese fünf Schwestern waren auf Telefone angewiesen, denn in Der Angst allein zu sein ist ein Leiden, für dessen Beschreibung man einen Linienbus voller Poeten bräuchte. Sie riefen bei einer ihrer Schwestern an, sagten: »Ich habe es wieder«, und ließen sich erinnern, was zu tun war, nach draußen gehen, sich hinsetzen, nicht rumrennen, obwohl genau das der Impuls war. »Lass uns ein bisschen schwatzen«, war der nächste Satz, der fiel, und dann schwatzte die nicht ängstliche Schwester drauflos, während die andere irgendwo draußen saß und ins Weltall schaute, wo die Sterne Bogen schlugen zu den Sätzen im Hörer. Die Berichte von frisch gepflanzten Erdbeersträuchern schienen durch die Sonnen weit entfernter Galaxien beglaubigt zu sein.

Da sie es oft genug gesagt bekommen hatten und nie in ihrer Annahme widerlegt worden waren, hielten die Schwestern Die Angst für eine Sache der Frauen. Vielleicht fiel es mir deshalb so schwer, meiner Mutter zu beichten, dass auch ich von ihr heimgesucht werde. Als ich es tat, sagte sie, wie im Reflex: »Ich dachte, du wärst stärker.« Ich glaube, sie meinte es nicht so, sie ist ein zärtlicher Mensch, es ist ihr so rausgerutscht. Es war ihr aber durchaus eine gewisse Ratlosigkeit anzusehen, ein Mangel an Vorstellungskraft, wie ich, ein Mann, mit Der Angst überlebensfähig sein soll. Ich versuchte, ihr zu vermitteln, dass sich Männlichkeit über die Jahre verändert habe und dass wir nicht mehr alle so sein müssen wie Papa, aber sie schaute mich nur besorgt an, als hätte ich nicht nur Angst, sondern sei auch allgemein irre geworden. Da wusste ich, dass ich in dieser Familie nichts mehr verloren hatte, und in diesem Wissen ging ich nach Berlin, wo ich glaubte, mir das Leben mit Der Angst selbst beibringen zu können. Zu diesem Zeitpunkt war sie, Die Angst, bereits über die Nacht hinausgewachsen, sie war nun auch am Tag lebendig. Ich merkte es beim Blick auf Sonnenstrahlen, die durch die Kronen der Ahornbäume auf Vogelbäder schienen. Ich merkte es beim Schneiden von Wassermelonen. Manchmal ließ ich die Klinge in der Frucht stecken und gestand, Angst zu haben, ich sagte es zur Küchenwand und ins leere Wohnzimmer. Ich habe Angst, ich habe Angst, ich habe Angst. Ich erarbeitete mir Gegenmaßnahmen, doch wenn die nicht halfen, das Rumgehen nicht und das Hinlegen und Atmen, Augen schließen, Selbstmassage, an die Decke starren, Fingertippen, ein langer Blick auf Wasser oder Tiere, Liegestütz und Hampelmann, ein Text, ein Film, ein Lied, auf Rasenboden Schokolade essen, Fahrrad fahren, Gespräche im Dönerladen belauschen, ein Streit im Fernsehen, an einem der zwei Tische der Bäckereikette im Eingangsbereich einer Mall Jasmintee trinken, malen, singen, Brezelduft, Pfandflaschen wegbringen, Luft anhalten – wenn das alles nicht mehr half, wenn Die Angst nicht mehr unter Kontrolle zu kriegen war, sie jede Empfindung schluckte, dann brauchte ich einen Menschen bei mir, um zu schwatzen, doch ich kannte hier niemanden, und wenn mir irgendjemand vorher gesagt hätte, wie einsam diese Stadt ist, dann wäre ich wahrscheinlich nicht gekommen.

Ich weiß wirklich nicht, warum es ausgerechnet Meikel war, der mich glauben ließ, dass womöglich doch alles ganz anders sein könnte.

Zunächst war Meikel mir gegenüber misstrauisch. Schon bei unserer ersten Begegnung zeigte er keine Spur von der oberflächlichen Freundlichkeit, die man üblicherweise selbst flüchtigen Bekanntschaften entgegenbrachte. Es war, als wüsste er ganz genau, was ich vorhatte. Als könnte er sehen, dass ich mich ihm annähern wollte. Er war nicht abweisend, oder zumindest bilde ich mir ein, dass er nicht abweisend war, nur distanziert, meine Schritte beobachtend. Und doch bestand Gewissheit, dass ich mich in einer Probezeit befand, und wenn ich einen falschen Schritt machte, dann würde er sich verbarrikadieren.

Ganz anders Eddi. Der schien gar kein Bewusstsein dafür zu haben, dass Menschen böse Absichten haben konnten. Mit ausufernder Offenherzigkeit ließ er mich an seinem Leben teilhaben, gab mir ungefragt Zigaretten und erzählte mir von seinem Problem mit der Zahnärztekammer Mecklenburg-Vorpommern, wobei er so viele Details preisgab, zu seinen Finanzen, aber auch zu seiner Suchtvergangenheit, dass ich ihn für naiv hielt. Ich dachte: Wer so offen spricht, dem ist nie Leid zugefügt worden. Das war natürlich Unsinn. Später erzählte Eddi mir sogar, dass er dieses Verhalten, das anderen als aufrichtige Herzlichkeit erschien, unter großer Kraftanstrengung performen musste oder performen wollte. Er habe grundsätzliches Misstrauen gegenüber allem und jedem als eine zentrale Spätfolge der Sucht an sich beobachtet, und so wolle er nicht leben, also habe er sich dazu entschieden, sie beim leisesten Anflug zu verdrängen und in ihr Gegenteil umzukehren, was mir zwar genauso fragwürdig erschien, aber recht war, da es mir ermöglichte, auf ihn und Meikel zuzugehen und mich ihrer Meteoritensuche anzuschließen. Und das taten wir. Den Stimmen folgend, die durch unsere Talismane zu uns gesprochen hatten, fuhren wir in die Uckermark hinaus.

Es waren die Abendstunden eines heißen Tages. Aus dem Zug sah man die untergehende Sonne durch die Baumkronen blitzen. In der Ferne brannten Wälder. Wir waren sehr erleichtert darüber, dass der Meteorit sich nicht dort befand. Ich fragte in die Runde, ob sich jemand vor dem realen Weltuntergang fürchtete, aber niemand antwortete mir. Eddi erzählte stattdessen, er hätte während seiner Kindheit in Brandenburg ständig Waldbrände gesehen, im Sommer seien die an der Tagesordnung gewesen. Es fiel mir schwer, ihm das zu glauben. Meikel ging es seinem desinteressierten Gesichtsausdruck zufolge ähnlich. Ich bemühte mich, Blickkontakt zu ihm herzustellen, um ihn darüber zu informieren, dass ich mich in seinem Team befand. Leider gelang es mir nicht, seine Aufmerksamkeit auf mich zu ziehen. Er sah ununterbrochen zum Waldbrand am anderen Ende des Feldes, und die Art, wie er das tat, gab mir das Gefühl, dass ich dasselbe tun sollte.

Der Anblick machte mir jedoch Angst, und ehrlich gesagt kränkte es mich auch ein bisschen, dass diese besorgniserregenden Naturereignisse sich ausgerechnet jetzt häuften, wo ich doch gerade dabei war, mein Leben auf die Reihe zu kriegen. Es fühlte sich an, als raubte man mir etwas, das mir zuvor versprochen worden war.

Wir stiegen in irgendeinem Dorf aus und gingen ein Stück. Als wir am Ortsrand ankamen, zeigte Eddi über einen Acker zum Horizont und sagte: »Da.« Wir gingen los, für meinen Geschmack etwas zu selbstbewusst, da wir uns durch schulterhohen Weizen schieben mussten und dabei sicherlich etwas beschädigten. Ich wusste nichts über brandenburgische Bauern, aber ich stellte mir vor, dass sie beim Anblick fremder Männer auf ihren Feldern in Gewaltbereitschaft gerieten. Ich überlegte, ob ich mal einen Artikel über bewaffnete Bauern gelesen hatte. Zum Glück fiel mir keiner ein, sonst hätte ich wirklich Angst bekommen. Da niemand etwas sagte, beschloss ich, den beiden durch Zurschaustellung von Fachwissen zu imponieren.

»Wusstet ihr, dass der Stein, der in der Kaaba in Mekka eingelassen ist, also der Stein, zu dem alle hinpilgern, den alle berühren und küssen wollen, ein Meteorit ist?«

»Echt«, sagte Meikel.

»Ja«, sagte ich, und dann: »Die amerikanischen Ureinwohner haben ihre Pfeilspitzen in Pfützen getaucht, die sich um Meteoriten herum gebildet haben, um besser treffen zu können.«

»Krass«, sagte Meikel.

»Ja«, sagte ich.

Ich fühlte emotionale Verbindungen wachsen. Meikel und Eddi gingen vorneweg, ich sah auf ihre Nacken. Der Weizen kitzelte mich an den Unterarmen. Ich wünschte, er wäre höher oder ich kleiner, damit er auch meine Ohrläppchen kitzeln konnte. Kurz versuchte ich, mit leicht gebeugten Knien zu gehen, doch das wurde schnell anstrengend. Mir fielen keine weiteren unterhaltsamen Fakten zu Meteoriten ein. Lieber hätte ich sowieso eine persönliche Frage gestellt, leider gab das die Stimmung nicht her. Meikel und Eddi schienen wirklich gern zu schweigen, also schwieg auch ich, im Gewächs um mich herum und im Himmel, in der Erde, auf meiner Haut nach Zeichen suchend. Sie blieben mir verwehrt. Nichts sprach zu mir.

Als Kind empfand ich einen Nervenkitzel bei der Vorstellung eines Nichts. Es war ein integraler Bestandteil meines Alltags, ich saß auf dem Schlafzimmerboden meiner Eltern, schrieb an meiner *Digimon*-Enzyklopädie weiter und legte den Stift spontan beiseite, um die Augen zu schließen und mir ein ewiges Schwarz vorzustellen. Ich brauchte immer mehrere Anläufe, um verinnerlichen zu können, dass dieser Anblick, ohne Geräusche, ohne Geschehnisse, einfach nur die konturenlose Finsternis, nicht irgendwann endete, sondern *für immer* anhielt, und wenn mir das gelang, lief mir ein Schauer vom Nacken in die Fußsohlen, ich bekam für einen kurzen Moment panische Angst, und erst dann riss ich die Augen auf und erfreute mich an der Erleichterung und an allen Dingen, die nicht Nichts waren. Diese Erinnerungen kommen mir häufig, wenn um mich herum zu lang geschwiegen wird, doch im Gegensatz zu früher erregt mich nichts mehr daran. Ich war froh, dass die Nacht in der Uckermark noch nicht angebrochen war.

Zu unserer Rechten raschelte es. Wir blieben stehen und schauten. Ein paar Meter weiter schwangen einige Halme wie Metronome umher, andere brachen ganz ab und verschwanden im Feld. Etwas bewegte sich dort. Ich sah zu Eddi und Meikel, aber die sahen sich nur gegenseitig an. Eddi ging in die Hocke und versuchte, etwas zu erkennen.

»Das könnte ein Wildschwein sein«, sagte ich. »Die sind gefährlich. Ein Keiler kann dir mit seinen Eckzähnen die Arterie im Oberschenkel durchtrennen, und dann verblutest du.«

Jetzt schaute Meikel zu mir. Ich fühlte mich, als würde ich im Fahrstuhl fünf Stockwerke abwärtsfahren. Leider konnte ich seinen Blick nicht lesen, er konnte genervt sein oder beeindruckt von meinem Wissen.

»Das ist kein Wildschwein«, sagte Eddi und ging hockend voran, die Halme vorsichtig beiseiteschiebend.

»Lass uns doch einfach weitergehen«, sagte Meikel, doch Eddi war bereits zwischen Ähren verschwunden. Wir standen da und warteten. An Meikels Regungslosigkeit erkannte ich, dass er, genau wie ich, nicht im Traum daran dachte, Eddi hinterherzukrabbeln. Irgendwann drehte er sich zu mir und fing an zu lachen.

»Du bist also auch kein Abenteurer«, sagte er.

»Überhaupt nicht. Aber ich bewundere es an Eddi. Er geht einfach rein.«

»Ja«, sagte er und wurde nachdenklich. Ein leichter

Windstoß drückte sich an uns. Aus irgendeinem Grund hielt ich es für einen aufkommenden Sturm, doch am Himmel befand sich keine Wolke, und der Wind legte sich wieder. Solche Momente machen mir Angst, weil sie erste Anzeichen dafür sind, dass ich aus den Signalen der Welt kein funktionales Wissen mehr schlussfolgern kann. So stelle ich mir den Beginn einer Wahnsinnigwerdung vor.

Nun kamen die Stimmen dazu. Unverständliches Murmeln in verschiedenen Tonlagen. Eine davon, die tiefe, gehörte Eddi, die anderen waren zärtlicher. Meikel hörte sie auch, wir sahen beide in dieselbe Richtung. Trotzdem bewegten wir uns nicht. Überraschend weit im Feld tauchte Eddi plötzlich auf, rief: »Sie haben den Meteoriten!«, und tauchte wieder ab. Durch den Weizen zog sich eine Schneise in die Ferne, ein Hai auf Beutejagd, zwischen zwei Handflächen hinabrinnender Sand, eine Umlaufbahn im Weltall. Meikel und ich tauschten Blicke aus, in seinem lag Niederlage, in meinem Zuversicht, und dann gingen wir los, schnell, aber nicht so schnell wir konnten. Wir holten Eddi lange Zeit nicht ein, die Front des hinabfallenden Weizens hielt einen gleichmäßigen Abstand zu uns. Irgendwann bewegte sie sich nicht mehr, wir konnten uns ihr in aller Ruhe nähern. Als wir die Stelle erreichten, an der sich zuletzt etwas gerührt hatte, blieben wir stehen und blickten uns ratlos um. Es gab nichts zu sehen. In jede Richtung bloß Weizen, ohne Bewegung.

»Das kann jetzt aber nicht sein«, sagte Meikel.

»Er muss ja hier sein«, sagte ich und kniete mich

zwischen die Halme. Dort unten war es dunkler, als ich dachte. Ich spürte die Sonne auf dem Kopf, doch auf dem Boden wurde meine Hand vom Schatten beknabbert, tiefschwarze Flecken nagten an meinen Fingerspitzen, verschlangen erst Nägel, dann Fleisch, verdauten die Haut und lutschten das Blut von den Knochen. Es war wahnsinnig angenehm. Ich fühlte mich so wohl, wie ich es nur von den Stunden nach einem überstandenen Angstschub kannte, wenn ich mir sicher sein konnte, nicht zu sterben, nicht jetzt, und mich in erschöpfter Dankbarkeit in eine Decke wickelte und für einen kurzen Augenblick einfach *sein* konnte, ich musste mich nicht zur Welt verhalten, keine Position finden, nicht einmal meine Daseinsberechtigung infrage stellen, sie war gegeben durch meine Fähigkeit zu atmen, und so atmete ich und fühlte mich, wenigstens für diese paar Stunden, einem Organismus zugehörig. In dieselbe Richtung zog mich der Schatten, am Boden des Weizenfeldes, und wie ich mich in ihm verschwinden sah, sagte ich zu Meikel: »Hier ist der Eingang.«

Die Weizenhalme waren Mammutbäume geworden, meine Arme wären nicht lang genug, um sie zu umgreifen, die Halme hatten einen Durchmesser von mehreren Metern. Ihre Enden waren nicht zu sehen. Die Ähren befanden sich über den Wolken. Ich erschrak nicht, obwohl es dunkel war. Hoch oben sah man einzelne Flecken und Strahlen goldenen Lichts, doch hier unten war nur Dschungel, in jede Richtung dicke Stämme und sonst nichts. Meikel stand hinter mir, die Unterarme bedeckt von Marienkäfern. Er fragte mich, ob ich Angst hätte.

»Ja«, sagte ich. »Danke, dass du fragst. Ich habe Angst vor vielen Dingen, vor Hunger und Einsamkeit, vor Streit. Ich habe Angst vor Männern, die breitbeinig in der U-Bahn sitzen. Letztens habe ich zu weinen angefangen, weil mir in einem geschlossenen Raum ein Wassertropfen auf den Unterarm gefallen ist und ich nicht rausfinden konnte, woher der kam. Du glaubst ja gar nicht, was für eine Angst ich vor dem Sterben habe. Ich kann nicht begreifen, dass das passieren muss, dass das alles wirklich endet. Ich habe Enden nie gut vertragen, weißt du, Enden von Liebe, Enden von Partys, ich bin da nie aus meiner Kindheit rausgekommen, also aus dieser Idee, dass alles, was schön ist, für immer halten muss. Ich hatte aber immer die Hoffnung, dass das Akzeptieren vom Tod im Alter mit dabei ist, so, wie man als Teenager einfach nur gehofft hat, dass man alte Menschen schön finden kann, wenn man selber alt ist. Mittlerweile habe ich aber mitbekommen, wie viele Menschen ihre letzten Minuten in schlimmster Panik verbringen, wie sie sich winden und wehren und schreien, bis sie nicht mehr können und niedergerafft werden. Seitdem weiß ich, dass das exakt das Ende ist, das auch auf mich wartet, genau so werde ich abtreten. Ich denke ständig daran. Ich habe schreckliche Angst vor diesem Tag.«

»Ich meinte eigentlich jetzt in diesem Moment.«

»Ach so.« Ich schaute zu den Motten, die sich im Schwarm über uns versammelt hatten und die Sicht auf die letzten Lichtstrahlen verdeckten. Wir waren eingehüllt in flackernde Schatten, trommelnde Flügelschläge. »Dann nicht, nein. Entschuldigung. Ich weiß nicht, warum ich manchmal so ins Reden komme.«

Meikel atmete laut aus, was ich als Zuspruch interpretierte, es konnte aber auch etwas anderes oder überhaupt nichts bedeuten. Ich schaute ihn an. Dann sahen wir gemeinsam zu den Motten. Sie gefielen ihm. Mir auch, obwohl ich mich niemals von einer hätte berühren lassen. Ich mochte sie auf dieselbe Art, wie ich Liebesgeschichten mag, ohne zu lieben. Das Konzept der Liebe weiß ich trotzdem zu schätzen. In der Theorie ist alles toll. Die Motten zogen weiter ihre Kreise, wachsende Masse, verschmelzendes Leben, immer wieder Licht zwischen den Körpern, immer wieder Licht.

»Reicht jetzt mit Mottengucken«, sagte Eddi, der hinter einem Weizenhalm aufgetaucht war und sich umschaute. »Irgendwo hier muss das Versteck sein. Diese verdammten Kinder haben den Meteoriten.«

»Kinder?«

»Ja.«

Eddi ging los, wir folgten. Ich drehte mich noch einmal nach den Motten um, etwas in mir hoffte, auch sie würden uns begleiten, doch sie blieben an ihrem Fleck und waren bald nicht mehr zu sehen.

Irgendwann sahen wir die Schatten der Halme springen, ausgelöst durch ein Feuer, das sich tiefer im Feld in einem zur Höhle gekerbten Halm befand. Aus der Höhle hallte Gelächter zu uns. Eddi brauchte keine Sekunde Bedenkzeit, er bewegte sich direkt auf die Höhle zu, während

Meikel und ich zumindest kurz langsamer wurden, bevor wir uns anschlossen.

In der Höhle saßen sechs Mädchen, höchstens zehn Jahre alt, alle blond, um ein Lagerfeuer versammelt. Eins von ihnen hielt den Meteoriten im Schoß. Ein pechschwarzer matter Stein. Er war kaum größer als zwei Fäuste, doch ich musste ihm nicht einmal nahe kommen, um die Wellen zu spüren, die er in die Welt sandte. Ob es Botschaften waren oder bloß die Ausstrahlung von Wissen, das er angehäuft hatte – von seinen Reisen und der Geburt des Universums –, konnte ich nicht entschlüsseln, ich fühlte nur die Anwesenheit. Doch das reichte mir schon, um mich wohlzufühlen.

Als sie uns sahen, lächelten die Mädchen uns freundlich an, wobei sich zeigte, dass sie allesamt unwahrscheinlich perfekte Zähne hatten, zwei vollkommen gerade Balken, lückenlos, strahlend weiß und mit gereinigten Zwischenräumen. Ich bekam alle relevanten Informationen über diese Mädchen erst viel zu spät. In dieser Nacht im Weizenhalm erfuhren wir nur, nachdem Eddi geradeheraus gefragt hatte, was sie denn für eine lustige Truppe seien, und die Mädchen darauf im Chor antworteten, dass sie die Töchter – irrerweise nicht miteinander verwandt – von Matrosen seien.

»Matrosen? In Brandenburg?«, sagte Eddi, der, da er ja in seinem Leben viel Scheiß erzählt hatte, einen ganz guten Riecher dafür hatte, wenn ihm Scheiß erzählt wurde. Er bekam keine Antwort auf diese Nachfrage, die in den Mädchen, die noch nie das Meer gesehen hatten, existenzielle Zweifel an ihrer Lebensgeschichte gesät zu haben schien. Sie schauten sich verunsichert an. Einem bebten die Lippen.

Bei meiner späteren Recherche fand ich heraus, dass die Mädchen nicht gelogen, sondern nur ungenaue Begriffe verwendet hatten. Sie waren die Sprösslinge einer in der Uckermark abgeschotteten Community, die einst von exilierten Fährleuten gegründet worden war, nachdem diese im Venedig der 1930er-Jahre einer Partisaneneinheit beigetreten und in den bewaffneten Widerstand gegen Mussolini gegangen, jedoch gescheitert waren. Ihren Höhepunkt hatte das kurze Leben dieser antifaschistischen Zelle im Juni 1934 gefunden, als Mussolini sich mit Hitler in Venedig traf. Die Gruppe plante, beide zu ermorden, und klügelte dafür eine komplizierte, stadtweite Choreografie auf ihren Passagierbooten aus, die ihnen sowohl eine ungesehene Näherung an die Diktatoren ermöglichen sollte als auch den Fluchtweg. Aus unklaren Gründen wurde Mussolini jedoch auf den Plan aufmerksam, woraufhin er die Liquidierung sämtlicher Fährleute Venedigs anordnete. Einige schafften es zu fliehen und beschlossen, denjenigen Ort auf der Welt aufzusuchen, der sie am wenigsten an Venedig erinnerte, und so zogen sie nach Brandenburg, wo ihre Nachfahren Meteoriten aus den Weizenfeldern gruben.

»Würde es euch etwas ausmachen, mir diesen Stein zu geben?«, sagte Eddi und zeigte auf den Meteoriten im Schoß des Mädchens. Ein anderes Mädchen, das hinten saß und den größten Teil der Kommunikation zu übernehmen schien, wiegelte den Kopf und presste die Lippe zusammen.

»Eigentlich würden wir den gerne behalten«, sagte es. »Das ist ein Meteorit.«

»Findet ihr hier öfter solche Meteoriten?« Eddi setzte sich ans Lagerfeuer, wir taten es ihm gleich. Auf einmal strahlte Eddi eine Ruhe aus, die ich noch nie an ihm beobachtet hatte. Normalerweise wirkte er getrieben auf mich, irgendeinem Plan hinterherrennend, aber da am Lagerfeuer war er geduldig und zugewandt.

»Ja, ganz oft«, sagte das Mädchen. »Aber die sind alle schön. Wir sammeln die.«

»Das ist sehr cool.«

»Wir bauen uns Iglus damit.«

»Ihr baut Iglus aus Meteoriten?«

»Ja, aber das dürfen unsere Eltern nicht wissen. Sie wollen die Meteoriten immer verkaufen. Ein Mal haben sie ein Iglu gefunden und kaputt gemacht. Wir haben dafür alle neue Zähne bekommen. Wir wollten gar keine neuen Zähne. Aber Mama hat gesagt, was anderes gibt es nicht.«

»Da wart ihr bestimmt sauer.«

»Ja. Ja, schon. Aber Mama ist oft auch traurig, weil wir kein Geld haben. Sie weint viel. Meteoriten kann man für viel Geld verkaufen. Mama will auch mal leckeren Käse essen, hat sie gesagt.«

»Und dein Papa?«

»Mein Papa ist krank, aber ich weiß nicht, was er hat. Mama sagt nur immer, dass er krank ist. Er liegt viel auf dem Sofa und stinkt. Dann streiten sie sich, und danach bewegt er sich manchmal für ein paar Tage, da ist er dann gar nicht mehr krank, dann unternehmen wir was. Aber meine Meteoriten will ich Mama und Papa trotzdem nicht geben. Ich finde sie so schön. Sie haben so schöne Formen, vom vielen Fliegen. Ich freue mich immer, wenn ich einen halte.«

»Das kann ich gut verstehen. Das geht mir genauso.«

Wir sahen alle ins Feuer. Dort tanzte ein Käfer in seinem grünen Panzer, mit den Händen auf der Brust schaukelte er zum Knistern des Holzes. Hitze drückte sich gegen mein Gesicht, ich musste erst die Augen schließen und mich dann ganz vom Feuer abwenden, und als ich wieder hinschaute, hatte sich der Panzer des Käfers zu Flügeln aufgestellt. Er flog aus den Flammen heraus, doch als ich ihm hinterherschauen wollte, war da nur Nacht.

»Weißt du«, sagte Eddi, »jemand möchte mir mein Zuhause wegnehmen. Ich darf es nur behalten, wenn ich ihm einen Meteoriten bringe, deshalb bin ich hier. Ich kann verstehen, dass du ihn behalten möchtest, er ist ja auch schön. Aber ich dachte, vielleicht kannst du mir helfen.«

Eddi machte das gut, wie weich er seine Stimme stellte, wie freundschaftlich er schaute. Ich sah kurz zum Mädchen, das die Mundwinkel nach unten zog, und dann wieder ins Feuer. Ich dachte an die Motten, die Meikel und ich im Feld gesehen hatten. Das Licht zwischen ihren Körpern, oben im Himmel, die Sonne, die Glut, die Wärme, die Nacht. Wir hatten Freundschaften geschlossen, tief im Dickicht spannten sich Bänder wie Laken. Ob nur ich sie sehen konnte? Kein Lufthauch, kein Sturm, die Halme standen still. Wie so oft hatte ich das Gefühl, etwas sagen zu müssen, aber ich wusste nicht, was oder zu wem. Ein Tropfen auf der Stirn, keine Wolke in Sicht. Nicht einmal der Weltraum, nur die springenden Schatten, vom Feuer getrieben. Niemals Ruhe, niemals Ruhe.

Nach unserem Abend in der Uckermark hatte ich von Meikel und Eddi nichts mehr gehört. Ich bereute es, nicht nach einer Nummer gefragt zu haben, und konnte nur zu den Treffen der Meteoritenfreunde gehen und hoffen, einen der beiden dort vorzufinden. Meine Befürchtung hatte sich jedoch bewahrheitet: Kaum hatte Eddi den Meteoriten von den Mädchen bekommen, brauchte er uns nicht mehr.

Das waren schwierige Tage. Ich musste mich mit der Frage auseinandersetzen, ob ich etwas falsch gemacht hatte, ich ging meine Sätze durch und meine Gesten, suchte nach Hinweisen darauf, unsympathisch gewesen zu sein, nach Gründen, nicht mit mir befreundet sein zu wollen. Naturgemäß fiel mir sehr viel ein. So habe ich zum Beispiel die Angewohnheit, anstatt eines bestätigenden Satzes wie »sehe ich genauso« gar nichts zu sagen, ich schweige dann einfach und gehe davon aus, dass dieses Schweigen als Zustimmung oder Einwilligung interpretiert wird. Äußerungen wie »stimmt nicht« oder »nein« hingegen spreche ich immer aus. Es wäre nur verständlich, wenn man diese Angewohnheit als konfrontativ und unangenehm empfände. Ich kann auch nicht sehr schnell denken. Deswegen nehme ich in Gesprächen einerseits häufig Bezug auf Dinge, die schon vor Minuten gesagt wurden, und andererseits schweige ich zu unmittelbar gestellten Fragen. Es muss unheimlich nervig sein, sich mit mir zu unterhalten.

Überlegungen dieser Art plagten mich so sehr, dass ich froh darüber war, in dieser Woche gleich für fünf Schichten eingetragen worden zu sein. Jukka Jääskeläinen, mein Vorgesetzter und Inhaber vom *Beef und Frieden*, gestand am vierten Tag zwar, dass er mir nur so viele Schichten zugeteilt hatte, weil er davon ausgegangen war, dass ich mindestens zweimal unangekündigt fehlen würde, ließ mich aber trotzdem weiterarbeiten. Vielleicht glaubte er, dass sich meine Arbeitsmoral insgesamt gewandelt hatte und es besser wäre, sie nicht gleich wieder zu untergraben. Ich hoffte es nicht für ihn, denn selbstverständlich würde ich mich bald schon wieder sehr regelmäßig, sehr kurzfristig krankmelden. Es ist der einzige Vorteil, den die Arbeit in der Gastro mit sich bringt. Da es zu wenig verfügbares Personal gibt, muss jemand wie Jukka Jääskeläinen sich mit dem zufriedengeben, was er hat, was zugegebenermaßen nicht sehr viel ist. Neben mir besteht das Team aus dem Paar Ulli und Birte, die beide keine Nasenscheidewand mehr haben und sich alle zwanzig Minuten gemeinsam auf Toilette verabschieden, um sich gegenseitig Kokain durch einen Strohhalm ins Arschloch zu blasen, sowie Hasnain und Oleg. Oleg glaubt, mit festem Job eine höhere Wahrscheinlichkeit zu haben, nicht gegen seine Bewährungsauflagen zu verstoßen, was sich allerdings als Irrglaube herausstellen könnte, weil er beim Anblick von jeglicher Kundschaft unheimlich aggressiv wird. Gewaltandrohungen rutschen ihm einfach so raus, wenn jemand für seine Entscheidung »noch kurz« braucht, oder wissen möchte, wie groß die große Pommes ist oder ob man mit Karte zahlen kann. Das macht Oleg zu keiner guten Servicekraft, Jukka behält ihn lieber in der Küche. Ich mache derweil im Kontakt zu fremden Menschen einen so verängstigten Eindruck, dass ein großer Teil der Kundschaft sich unwohl fühlt oder direkt woanders hingeht, weil sie das Gefühl haben, hier unwürdige Arbeitsbedingungen mitzufinanzieren. Hasnain ist der einzige kompetente Angestellte, den wir haben. Dafür ließ er keine Gelegenheit aus zu betonen, dass er so schnell wie möglich selbst einen Burgerladen mit dem Namen *Grandmaster Fleisch and the Furious Fries* eröffnen möchte und hier nur zum Spionieren ist. Er weigert sich folglich, mit Kundenkontakt zu arbeiten, weil ihm das keine Aufschlüsse über die Arbeitsprozesse im Hintergrund gibt. Meistens macht Jukka alles selbst.

»Bald bin ich hier raus«, sagte Hasnain, sich vom Grill davonstehlend, um hinten im Büro durch irgendwelche Mappen zu blättern. Ich hatte mal wieder schlecht geschlafen. Die dampfenden Fette von vier brutzelnden Patties spendeten mir Anonymität und Wärme. Ich ordnete gedünstete Zwiebelringe auf ihnen an, bedeckte sie mit Cheddarkäse und stülpte einen Blechdeckel über. Parallel richtete ich die Buns her. Als der Käse auf dem Fleisch geschmolzen war, legte ich die Patties auf die vorbereiteten Brötchen. Die Burger waren fertig, frisch, heiß. Ich stellte sie Jukka zur Abholung an den Tresen, woraufhin der mich darauf hinwies, dass drei dieser Burger hätten vegan sein sollen. Vor Scham kamen mir die Tränen. Jukka versuchte hektisch – vermutlich aus Angst, dass ich nicht weiterarbeiten würde –, mich zu beruhigen. Er werde den Kunden einfach erzählen, es handle sich um extrem gute Fleisch- und Käseersatzprodukte, sagte er und brachte die Burger an einen Tisch voll strahlender Gesichter.

»Was stimmt nicht mit dir«, sagte Hasnain, als er sah, wie ich mich an einer Mayoflasche festhielt.

»Ich mache alles falsch.«

»Meld dich doch krank.«

»Nein. Heute nicht.« Ich fühlte mich eigenartig theatralisch, also wiederholte ich den letzten Teil des Satzes etwas leiser. »Heute nicht«, sagte ich. Tatsächlich spürte ich so etwas wie eine Neugier darauf, wie es sich wohl anfühlen würde, einer Herausforderung des Lebens entgegenzutreten und nicht augenblicklich vor ihr zu kapitulieren. Womöglich fühlte ich mich sogar neugierig genug, um es auszuprobieren. Hasnain schüttelte den Kopf, während er Fotos von der Küchenausstattung schoss. Ulli kam rein, kratzte sich durch die Jeans tief im Arsch und machte sich ans Schneiden der Tomaten. Birte folgte mit einer ähnlichen Geste, blieb aber, anstatt zu arbeiten, mitten in der Küche stehen.

»Heulst du schon wieder«, sagte sie.

»Nein.«

»Ist doch auch egal. Vegan, nicht vegan, pipapo. Die wissen doch selbst nicht, was sie fressen. Das sind alles Spinner, können sich ins Knie ficken mit ihrem Umweltschutz. Alles Hurensöhne.«

»Hey. *Hey*«, sagte Ulli.

»Ist doch so. Meine Mutter war immer Öko, damals schon, als man dafür noch anständig ausgegrenzt wurde. Und jetzt? Nazi. Alle Menschen sind gleich, sagt sie. Aber Ausländer sind ihr zu viel. Corona das Gleiche. Wir arbeiten hier Vollzeit und können uns keine Miete leisten. Cui bono? Hm? Die Leute raffen nicht, dass da Interessen sind. Es ist scheißegal, wofür du dein Geld ausgibst. Am Ende machst du das, was sie wollen. Pharma, Rüstungslobby. Kriegst du gar nicht mit in den Medien. Ja klar, es ist megaheiß, es regnet gar nicht und dann alles auf einmal, ja klar. Am Ende ist Krieg. Und wir sind die Gefickten. Und? Cui bono? Eben. Wir müssen zusammenhalten. Wir haben sonst niemanden. Na ja, lange Rede, gar kein Sinn: Habt ihr Bock, nach der Schicht feiern zu gehen?«

Jukka kam mit einem Zettel in der Hand rein und guckte verlegen. »Hey, Leute … sorry … aber die warten hier jetzt schon seit fünfundvierzig Minuten auf ihre Burger. Hättet ihr vielleicht Kapazitäten?«

»Ich schneide. Doch schon. Die Tomaten.« Ulli umklammerte das Messer fest in seiner Faust, während er zu Jukka schaute.

»Ehrlich mal, Jukka, krieg dich ein«, sagte Birte. »Aber ist gut, ich mach schon.« Sie riss ihm den Zettel mit der Bestellung aus der Hand und las vor: *»Einmal Chili Cheese mit extraviel Fleisch –«*

»Nein, nein, stopp, bitte mach den dieses Mal wirklich vegan. Bitte, Birte.«

»Spaß. Ich mach dir den so vegan, dass dir die Ohren schlackern.«

»Danke.«

Birte machte sich tatsächlich an die Arbeit, was mich wunderte. Sie schien wahnsinnig fröhlich, wie sie ohne Handschuhe die Jalapeños aus dem Glas fischte. Ich rechnete damit, dass sie zu pfeifen anfing, doch es pfiff nichts, und ich hatte Fernweh. Die Lüftung rauschte wie eine Turbine unter silbernen Flügeln, und wie ich davonflog, hinterließ ich nichts als einen Schatten auf der Erde. Ich schaute durch ein fremdes Fenster auf einen fremden Himmel, kein einziger Stern war mir vertraut. Klack, klack, klack machte der Gasherd. Ein Topf stand verlassen. Jemand füllte ihn mit Zwiebeln und Rotwein. Glühende Stäbe rösteten den Weizen, trotzdem war mir kalt. Hinauf, hinauf, hinauf stiegen alle Dämpfe, und von dort krochen sie in die Ecken, wo es dunkel war und pelzig und nass. Weiße Fliese, schwarze Fuge. Seichte Liebe, schwere Lüge. Zwei Zeiger ohne Uhrzeit, unklare Aussicht. Zwei Finger auf der Jalapeño, zwei Finger im Auge. »Aua«, sagte ich.

»Wohin willst du denn feiern gehen?«

»Weiß ich auch nicht so genau«, sagte Birte. »Wird ja alles scheiße langsam. Geht den Bach runter. Seitdem das April zugemacht hat, noch mal extrabeschissen. Und jetzt erzähl mir nicht, das hat mit der Pandemie zu tun. Das sind keine Katastrophen, das sind Entscheidungen. Klopf, klopf, macht die NATO, wo ist das Geld? Und wir machen die Taschen auf. Die Leute können einfach keine Zusammenhänge mehr sehen. Clubs wollen Kulturgut sein, lassen dann Milliardäre bei sich feiern. Parallel werden in Syrien die Kurden von deutschen Panzern getötet. Aber der Russe ist der Feind. Absolut keiner weiß, wie lange es Taiwan noch gibt. Hauptsache, wir lassen die Konzerne übernehmen. Die machen das schon. Rafft ihr es echt nicht?«

»Das *April*«, sagte ich. »Das April hat zugemacht.«

»Ja, schon lange. Wo lebst du?«

Es fiel mir wieder ein: Meikel hatte Eddi von dem April erzählt, von der Schließung, und dass er zu einer Besichtigung dort war. Es hätte eine einmalige Sache sein können, aber vielleicht war er auch regelmäßig da, ich wusste es nicht. Einen anderen Anhaltspunkt hatte ich eh nicht, um ihn und Eddi wiederzusehen. Ich band mir die Schürze ab und warf sie in die Ecke. Vorne an der Kasse legte ich Jukka eine Hand auf die Schulter, sagte: »Ich habe Bauchweh«, und verließ den Laden.

Der Anblick des verlassenen Clubs, den ich durch zwei zusammengekettete Bauzäune betrachtete, rief bei mir so tief vergrabene Erinnerungen hervor, dass ich nicht sicher sein konnte, ob es meine eigenen Erinnerungen waren. Doch die Bilder waren klar und deutlich: Am 10. Juli 1999 war ich sieben Jahre alt und hatte Fieber. Damals wie heute drücken sich mir bei Fieber Bilder leerer Wohnungen durch den Kopf in die Brust, ich sehe unbewohnte Räume, völlige Stille und dann einen fallenden Gegenstand, eine Stecknadel meistens, die in dieser Ruhe auf einen Laminatboden trifft und mit ihrem Aufprall schlagartig ein unheimlich lautes, anhaltendes Rauschen lostritt, der Empfangsstörung eines alten Fernsehers nicht unähnlich. Und dann wieder Stille, leere Räume, die Nadel, der Boden – und wieder das Rauschen. So ging es auch an diesem Tag stundenlang, ich war zu nichts in der Lage. Der Fernseher lief, ich starrte ihn an, konnte das meiste dort nicht verarbeiten. Die Bilder hinterließen dennoch einen tiefen Eindruck: Es war der Tag der Loveparade, der größten von allen, wie ich später bei Wikipedia nachlesen konnte. Mich faszinierte die Körperlichkeit, wie die Menschen zu einem zappelnden Klumpen verschmolzen und als ein gemeinsames großes Ich gute Laune hatten.

Ich glaube, mich faszinierte auch, dass ich den Grund dieser guten Laune nicht verstand und mir das niemand schlüssig erklären konnte – was wird denn da gefeiert? Ist etwas passiert, das es zu feiern gibt? Es fiel mir schwer zu begreifen, dass sie es *einfach so* taten. Wir lebten in einem Dorf weit weg von Berlin, ich hatte keine Berührungspunkte mit dem, was ich dort sah, es schien mir vollkommen, durch und durch, wahnsinnig zu sein, die Frisuren, die Kleidung, die Bewegungen, all die nackte Haut. Meine Mutter war darüber gleichermaßen verstört, sie schüttelte viel den Kopf. Ich hingegen war hypnotisiert. Ich hatte verstanden, dass es da draußen eine Variante der Welt gab, die viel lauter war, als ich angenommen hatte, viel lebendiger, viel befreiter, und ich wusste, dass ich mit dieser Welt in irgendeiner Form zu tun haben wollte.

Als ich dann Jahre später nach Berlin kam, war die Stimmung eine andere. Ich brauchte sehr lange, um eine Wohnung zu finden, und die Miete war dann so hoch, dass sich die Frage, in Clubs zu gehen, gar nicht mehr stellte. Den Rave bekam ich nur noch durch vereinzelte Grüppchen mit, es waren nie mehr als drei oder vier Leute, die entweder sehr aufgedreht durch die U-Bahn quasselten oder tief in sich versunken dasaßen. In der Regel ignorierten die Menschen sie oder gingen genervt einen Wagen weiter. Und wenn diese Grüppchen, Erscheinungen einer Nacht, die mir immer mehr wie Übrigbleibsel des linearen Fernsehens erschienen, von den Frequenzen vergangener Schallwellen ausgepresste Restgespenster, wenn diese Grüppchen wieder verschwanden, dann hinterließen sie nichts von der Hoffnung oder dem

Gefühl eines Aufbruchs, das ich vor meinem Umzug nach Berlin mit ihnen in Verbindung gebracht hatte.

Tagelang stand ich vor dem ehemaligen April. Ab dem zweiten brachte ich mir einen Sonnenschirm mit. Es müsste so am vierten oder fünften Tag gewesen sein, als Farina auftauchte. Sie sah mich von Weitem vor den zusammengeketteten Zäunen sitzen und stockte, ging dann aber weiter auf mich zu. Falls sie verunsichert war, ließ sie sich nichts anmerken.

»Kann ich was für dich tun?«, sagte sie, nur halb zu mir gewandt, den Schlüsselbund bereits in der Hand.

Ich stellte mich vor und erklärte ihr die Sache mit Meikel und Eddi, wobei ich mich sehr ungeschickt anstellte. Ich hatte einfach drauf loserzählt, die beiden über Meteoritenfreunde e.V. kennengelernt zu haben. Weil ich die letzten Wochen kaum Kontakte hatte, die keine Meteoritenfreundschaften waren, schien ich davon auszugehen, dass die Meteoritenfreunde der gesamten Welt ein Begriff waren, was natürlich nicht der Fall war, wie ich Farinas irritiertem Blick unschwer ablesen konnte. Ich schämte mich und versuchte, einen Witz zu machen, der signalisierte, dass ich Meteoritenfreundschaften eigentlich auch total befremdlich fände, woraufhin ich mich noch mehr schämte. Die Intensität meines Schamgefühls stieg proportional zu der Erkenntnis, Farina zu mögen: Vieles von dem, was ich an ihr bewundere, hat sich da schon gezeigt. Man sah ihr an, dass sie die Welt grausam fand, aber im Gegensatz zu mir nicht an ihr verzweifelte. Farina hatte einen immer traurigen Blick, doch ihre Bewegungen waren entschlossen und präzise. Wenn man genau hinschaute, konnte man vielleicht jeweils eine kurze Bedenkzeit erkennen, aber keine Zögerlichkeit. Sie traf Entscheidungen und führte sie dann aus. Auf dieselbe Weise bildete sie Sätze, klar und einfühlsam, und wenn es nichts zu reden gab, dann schwieg sie. Auf mich strahlte das eine Sicherheit aus, ich sah einen Menschen vor mir, der wusste, was er tat, gleichzeitig aber Platz für Zweifel hatte, was die getroffenen Entscheidungen nur noch kräftiger erscheinen ließ. Ich wünschte mir sehr, mit ihr befreundet zu sein.

Farina war kurz angebunden und ganz offensichtlich nicht in der Stimmung für einen Plausch. Sie bot mir nicht an, den Club anzuschauen, ich glaube, sie hatte sich nicht einmal vorgestellt. Sie sagte nur, sie kenne Eddi nicht, und Meikel habe sie nur einmal ganz kurz getroffen, eine Nummer habe sie nicht. Weil ich nicht lockerließ und vermutlich auch einen rundherum verzweifelten Eindruck gemacht haben muss, gab sie mir stattdessen die Nummer von Heinrich. Der sei mit Meikel befreundet. Über ihn könnte ich bestimmt Kontakt aufnehmen, sagte sie, und dann war das Gespräch eindeutig beendet. Farina schob sich zwischen die Bauzäune, zog sie wieder zusammen und hängte das Schloss ein.

Es dauerte mehrere Tage, vielleicht waren es Wochen, bis ich Heinrich tatsächlich anrief. Unmittelbar nach meinem Treffen mit Farina fiel ich in einen Zustand, der eine Mischung aus Lethargie und Angst war, ein anhaltendes Gefühl von Überforderung. Ich gerate regelmäßig in solch einen Zustand, die Welt erscheint mir dann wie eine Ansammlung von Grenzen, von denen ich überzeugt bin, dass ihre Überschreitung mich meinen Verstand kosten würde. Alles gilt es einzuhalten: Die Musik nicht zu laut machen, die Milch nicht leer werden lassen, den Boden nicht zu dreckig, die Spaziergänge nicht zu kurz, beim Kochen alles sehr, sehr fein hacken, nach 19 Uhr gar nichts essen, ein Stück Obst am Tag, frische Unterwäsche tragen, wohldosiert unter Leuten sein, von den sozialen Medien fernhalten. Gerät irgendeine Komponente aus dem Gleichgewicht, verzweifle ich darüber. Einziger Profiteur dieses Albtraums ist Jukka, weil ich umso zuverlässiger arbeite, je schlechter es mir geht. Meine Angst verdummt mich, aber dumm sein und Befehle befolgen gibt mir Halt und ist auf eigenartige Weise wohltuend.

Ich dachte an den Rat von Waldemar, die Gedanken meiner Angst konkret zu formulieren, weil Gefühle, zumindest innerhalb dieser panischen Schübe, wie ich sie erlebe, in der Präzision ihre Bedrohlichkeit verlieren würden. Die Sprache würde das Problem sozusagen einzäunen, Die Angst wäre nicht mehr absolut. Das konnte ich natürlich machen, ich konnte sagen: Eines Tages werde ich allein sterben, oder: Es ist nicht möglich, einen anderen Menschen zu verstehen. Waldemar fragte, was mich das denken lasse. Ich sagte, dass ich an die Einzigartigkeit individueller Menschen glaube, also jetzt nicht so spirituell verblödet, jeder-Mensch-ist-was-ganz-Besonderes-mäßig, sondern rein faktisch, es gibt keine zwei Hirne, die die *exakt* gleichen Informationen beinhalten, und aus diesen Sets unterschiedlicher Daten ergibt sich automatisch eine Bandbreite von Gefühlen, die nie *exakt* gleich sein können, weil immer andere Komponenten in diese Gefühle hineinspielen, andere Assoziationen, andere Mischformen – Sprache aber kennt zwangsläufig nur Allgemeinplätze, da wir uns sonst nicht verständigen könnten, und so bedienen wir uns an diesen Allgemeinplätzen, um Gefühle zu beschreiben, die sich mit Allgemeinplätzen gar nicht beschreiben lassen, und weil wir nicht ineinander reingucken und unsere Gefühle vergleichen können, müssen wir uns mit einem Verständnis zufriedengeben, das für ein *wirkliches* Verständnis viel zu grob ist. Wenn ich sage »Ich habe Angst«, dann kannst du dir etwas darunter vorstellen, du weißt, was Angst bedeutet, aber wirklich kennen tust du nur deine eigene. Du wirst niemals sehen können, was Die Angst in meiner Welt anrichtet. Waldemar wies mich auf die Existenz nonverbaler Kommunikation hin. Ich erwiderte, dass die ja schon wieder Interpretationssache und damit für ein präzises

Verständnis auch nicht zu gebrauchen sei. Später fragte er mich, warum es mir derart wichtig sei, ein vollumfängliches Verständnis anderer Menschen zu erlangen. Weil ich mich so einsam fühle, sagte ich, und da nickte er nur.

Je länger ich darüber nachdenke, wie sich zu Gefühlen die richtigen Sätze finden lassen, desto klarer sehe ich, dass es niemals gelingen wird. Ich bin gezwungen, mir anhand der Informationen, die andere Menschen von sich preisgeben, Geschichten auszudenken. Als ich Heinrich am Hörer hatte und nach Meikel fragte, fiel es mir leicht, ihre Freundschaft zueinander zu sehen, zuerst anhand der Sorge, die in Heinrichs Stimme lag, und dann, als ich klarstellte, dass Meikel nichts zugestoßen war und ich bloß Kontakt zu ihm aufnehmen wollte, anhand des Misstrauens.

Heinrich sagte, eigentlich hätte er keine Zeit, aber ich könne ihn, wenn es mir nichts ausmache, während seiner Arbeit treffen. Die Arbeit bestand darin, Fitnessstudios auszuspähen. Vielleicht war ich so erleichtert darüber, dass er sich zu einem Treffen bereit erklärte, dass ich gar nicht daran dachte, die Arbeit infrage zu stellen, aber in dem Moment kam mir das tatsächlich schlüssig vor. Ich hätte da schon erkennen können, dass Heinrich einfach nur einen vielbeschäftigten Eindruck machen wollte. Falls wir beim Ausspähen irgendwelche Erkenntnisse erlangten, dann waren es keine, die man nicht genauso gut durch eine einzelne Google-Suchanfrage oder kurzes Nachdenken hätte erlangen können.

Heinrich schickte mir einen Standort an der Schönhauser Allee und machte dort per Lichthupe auf sich aufmerksam. Nachdem ich zu ihm ins Auto gestiegen war und mich vorgestellt hatte, wies er mich an, ruhig zu sein, den Eingang des gegenüberliegenden Fitnessstudios im Auge zu behalten und mir ein Bild von den ein und aus gehenden Menschen zu machen. Etwa alle dreißig bis vierzig Minuten versuchte ich, etwas zu sagen, wurde allerdings jedes Mal schroff zurechtgewiesen. Nach ein paar Stunden sah er mich mit einem Blick an, der wohl so etwas wie *siehst du, habe ich doch gesagt* ausdrücken sollte, startete kommentarlos den Motor und fuhr zum nächsten Fitnessstudio, wo es so weiterging wie zuvor. Nach etwa neun Stunden, gegen ein Uhr in der Nacht, als wir vor einem fünften Fitnessstudio in Kreuzberg standen und ich die Gesprächsaufnahme schon lange aufgegeben hatte, sagte er:

»Heftig, oder?«

Ich sagte sicherheitshalber »Ja«. Heinrich zog zwei Dosen Wodka Gorbatschow Lemon unter seinem Sitz hervor, drückte mir eine in die Hand und lehnte sich zufrieden zurück. Wir öffneten die Dosen und tranken. Ich fühlte mich sofort betrunken.

»Was willst du von Meikel?«, sagte er.

»Nichts Besonderes, ich … Wir haben ein Projekt zusammen, aber haben vergessen, Nummern auszutauschen. Ich muss ihn irgendwie erreichen, damit wir weitermachen können.«

»Ihr habt ein Projekt zusammen.«

»Ja.«

»Du und Meikel.«

»Ja, und Eddi, weiß nicht, ob du ihn –«

»Du, Meikel und der verfickte Blechpapst höchstpersönlich habt ein Projekt zusammen.«

»…«

»Was ist das für ein Projekt? Forschertrupp Totalschaden? Wollt ihr rausfinden, über welche Schleimhaut das Koks am geilsten ballert?«

Von der Feindseligkeit eingeschüchtert, sagte ich gar nichts mehr. Ich drückte mich in den Sitz und fixierte den Duftbaum am Rückspiegel, um nicht in Panik zu geraten. Es roch gar nicht nach Black Ice im Auto, nur nach Wodka und künstlicher Zitrone. Ich sah eine sprudelnde Ölfontäne in der Antarktis, niemand war in ihrer Nähe. Ein einsamer Bär, der auf einer Scholle trieb, die Pinguine kannibalisierten sich. »Meikel ist im vierten Jahr clean«, sagte Heinrich, nachdem er einen großen Schluck aus der Dose genommen hatte. »Wenn du Bastard ihn wieder in die Scheiße ziehst, ich schwöre auf alles, zerficke ich dich.«

Ich versuchte, Heinrich begreiflich zu machen, dass die Sache nichts mit Drogen zu tun hatte, ich überhaupt gar keine Drogen nahm, geschweige denn abhängig war. Ich zeigte ihm meine unvernarbten Unterarme. Ich hielt mein Gesicht ins Taschenlampenlicht meines Handys und forderte ihn auf, meine Haut auf Unreinheiten zu untersuchen. Ich fragte ihn, ob er jemals von einem Junkie gehört hatte, der neun Stunden lang ruhig sitzen konnte. Ich erklärte ihm, wie es wirklich war, dass wir Meteoritenfreunde waren und Meikel Eddi bei der Suche half und ich mich den beiden angeschlossen hatte, weil ich sie und Meteoriten mochte und nicht sonderlich viel zu tun hatte. Heinrich beruhigte sich.

»Sorry«, sagte er. »Ich halte nicht so viel von Eddi.«

Es rührte mich, dass er zum Schutze Meikels bereit war, mir Gewalt anzutun. Ich wollte es mir nicht eingestehen, doch ich wünschte mir auch jemanden in meinem Leben, der auf mich aufpasste. Nicht dass ich mich in Gefahr befand. Aber gut anfühlen würde es sich bestimmt trotzdem. Ich schaute nach dem Mond, doch es war dunkel und ungewohnt ruhig in Kreuzberg. An die Hauswand neben uns hatte jemand mit schwarzer Farbe MERKEL MUTTI VON UNS ALLEN gesprüht und jemand anderes in Rot MUTTI durchgestrichen und durch =FERKEL ersetzt. Ich fuhr das Fenster runter. Warme Luft gelang ins Auto. Ich sehnte mich nach Regen, und es passierte nichts.

»Also? Kannst du mir Meikels Nummer geben?«, sagte ich.

Heinrich trank aus der Dose und schaute weg. Eine Weile sagte er nichts, und dann fing er an, mir von seinem Fitnessstudio zu erzählen, davon, dass es einen Unique Selling Point geben müsse, um sich gegen seine Mitstreiter durchzusetzen, die ja zumeist große, kapitalstarke Ketten waren. Die Idee sei ihm gekommen, als er einen Artikel darüber gelesen hatte, dass die Videospielbranche pro Jahr doppelt so viel Umsatz mache wie die Musik- und Filmindustrie zusammen. Man müsse sie sich als Vorbild nehmen, da sie es wie niemand sonst verstanden habe, das menschliche Hirn per Belohnungssystem zur Gewinnmaximierung zu peitschen. Das Prinzip funktioniere so gut, dass es »absolut keine, null Gründe« dafür gebe, es nicht auf ausnahmslos jedes Vorhaben zu übertragen, und so plane Heinrich, eine Software und eine dazugehörige App zu entwickeln, die seine Kundschaft mit den Trainingsgeräten verbinde.

»Stell dir vor, du kriegst für jeden Satz an der Bizepsmaschine, am Butterfly, überall, eine bestimmte Anzahl an Punkten auf dein Konto gutgeschrieben. Und dazu gibt es einen dieser geilen Sounds, du weißt, welche ich meine, die die Handygames auch immer haben, *katsching* oder *kadrrring*, die dich richtig zufrieden und glücklich machen. Und die Punkte kannst du dann gegen allen möglichen Kram eintauschen, Proteinshakes, Riegel, Kinobesuche, was weiß ich.«

Zusätzlich werde es ein Trophäensystem mit Challenges geben, »wie zum Beispiel heftig Arsch trainieren« oder jedes Gerät einmal nachts um drei benutzen, denn das sei ja das nächste Problem, Fitnessstudios hätten immer vierundzwanzig Stunden geöffnet, aber in der Nacht sei niemand da, das sei ineffizient. Die Trophäen sorgten für eine Entlastung der Stoßzeiten, weil zumindest die, die Zeit haben, Lust bekämen, nachts ins Gym zu gehen. »*Nudging*, Bruder.« Für die Vollständigkeit dieser Trophäen müsse man allen möglichen Scheiß zu jeder erdenklichen Uhrzeit machen, und dann könne man offiziell behaupten, Fitnessstudio durchgespielt zu haben. Heinrich rechnete mir vor, dass er mit dieser Gamifizierung erstens der Konkurrenz die Kundschaft wegnehmen und zweitens eine viel größere, zuvor inaktive Gruppe ansprechen würde. Außerdem gehe er drittens davon aus,

Fördergelder bei irgendeinem Ministerium beantragen zu können, weil dieses Geschäftsprinzip das Gesundheitswesen revolutionieren und die Krankenkassen enorm entlasten werde, da »jedes fette Kellerkind und seine Mutter dann Sport machen werden«.

Ich nickte verständnisvoll und versuchte, beeindruckt zu wirken, aber nicht zu sehr, damit Heinrich nicht glaubte, ich wollte mich bei ihm einschleimen, was ich natürlich wollte. Es war mir nicht so ganz klar, ob er eine Antwort von mir erwartete. Ich überlegte, ob ich womöglich *wow* sagen sollte, entschied mich aber dagegen. Dann dachte ich, dass mein Schweigen als Sprachlosigkeit im Angesicht seines Genius interpretiert werden könnte, was mir übertrieben vorkam. Ich sagte:

»Wow, krass. Gut.«

Heinrich schien zufrieden. Er schaute mich mit einem anwachsenden Grinsen an. Dann boxte er mir fest, aber liebevoll auf die Schulter.

»Was geht, Bruder, hast du Bock mitzumachen, oder was?«

»Was? Ich … Keine Ahnung.«

»Ich brauche noch einen Social-Media-Manager. Kannst du Social Media?«

Reflexhaft sagte ich »Ja«, obwohl ich Social Media ganz und gar nicht konnte und kein Interesse daran hatte. Ich kann gar nicht so genau sagen, warum ich der Sache zugestimmt habe. Ich glaube, es lag nicht nur daran, dass ich den Kontakt zu Meikel haben wollte. Heinrich hatte etwas dermaßen Entschlossenes an sich, dass die Tatsache, dass er mich für sein Projekt engagieren wollte, mich eigenartig stolz machte. Stolz und vielleicht auch ein bisschen hoffnungsvoll, dass diese Zusammenarbeit der Eintritt in eine andere Welt war, die ich vorher nicht kannte, die ich aber schon bei Meikel und Eddi beobachtet hatte. Etwas Familiäres war da vielleicht, ich weiß es nicht. Von irgendwo ging eine Wärme aus, und dort wollte ich unbedingt hin.

Die nächste Zeit bestand aus Warten. Heinrich sagte, er werde sich mit Farina in Verbindung setzen, um einen Termin zur Clubbesichtigung zu vereinbaren, damit ich schon mal Fotos für Instagram schießen konnte. Er plante wohl so etwas wie eine Vorher-Nachher-Bildcollage. Ich solle mir außerdem Gedanken über die Captions machen, die seien immer schwierig, und er wolle da nichts Peinliches stehen haben. Ich wusste gar nicht, wie man sich Gedanken über Captions machte, also tat ich es nicht. Die Tage zogen sich in die Länge. Die wenigen bemerkenswerten Begebenheiten schrieb ich mir auf:

Ich stellte eine alte Nachttischlampe, die mir meine Tante geschenkt hatte, bei eBay zum Verkauf ein. Leider hatte ich vergessen, bei den Versandmöglichkeiten alles außer Selbstabholung auszuschließen, und so musste ich die Lampe verpacken und an einen Käufer mit dem Usernamen Female_Body_Inspector nach Baden-Württemberg schicken. Wie so oft war die Schlange bei der Post extrem lang. Als eine Frau im Kopftuch an der Schlange vorbeiging – ich glaube, sie wollte sich nur einen Überblick über die Situation an den Schaltern verschaffen –, rief eine andere Frau von hinten: »SIE MÜSSEN IN DER

SCHLANGE WARTEN WIE WIR ANDEREN AUCH.« Ich fühlte eine unbehagliche Art von Stolz, dass ich, der ja in der Schlange wartete, bei diesem *Wir* mitgemeint war.

Eines Nachmittags ging ich spazieren. Plötzlich roch es nach verbranntem Toast auf der Straße. Weil ich irgendwann einmal irgendwo gelesen habe, oder meine, gelesen zu haben, dass man vor seinem Tod den Geruch von verbranntem Toast in der Nase hat, bekam ich sofort eine Panikattacke. Ich war sicher, dass ich am Sterben war. Ich blieb weiter draußen, damit ein Passant dann gleich den Krankenwagen rufen konnte. Am Ende starb ich nicht. Nachdem ich mich beruhigt hatte, ging ich zu Netto und fing dort vor Erleichterung an zu weinen. Es passierte in der Gemüseabteilung. Die Mitarbeiterin sah mich mitfühlend an, aber nicht verwundert, so als sähe sie das hier öfter. Die Gurken waren wirklich teuer geworden. Vielleicht dachte sie, ich liebe Gurken.

An einem anderen Nachmittag, ebenfalls beim Spazieren, sah ich eine gigantische Nacktschnecke auf dem Bürgersteig. Ich blieb stehen und staunte. Erst als ich mich zu ihr kniete, um sie aus der Nähe bewundern zu können, erkannte ich, dass es keine Nacktschnecke, sondern die Scherbe einer zerbrochenen Bierflasche war. Ich bekam eine wahnsinnige Wut auf meine Dummheit und schämte mich. Ich versuchte, mich damit zu beschwichtigen, dass es doch tatsächlich ungewöhnlich war, eine einzige Scherbe auf dem Bürgersteig zu sehen, und dass ich die

Wahrheit erkannt hätte, wenn es, wie es sich für eine zerbrochene Flasche gehörte, mehrere Scherben gegeben hätte. Leider gelang es mir nicht. Ich blieb wütend.

Ich trat alle meine Schichten im Burgerladen an. Bei der letzten, kurz vor Feierabend, nahm mich Jukka an die Seite und fragte, wie es mir gehe. Ich reagierte darauf genervt, weil ich ihm unterstellte, sein Interesse sei zwecks Teambuilding vorgetäuscht. Er hatte immer wieder vergeblich probiert, mit uns allen in einen Escape Room zu gehen oder zum Kanufahren. Erst in der Erinnerung wurde mir klar, dass er die Frage ernst gemeint hatte, und dann tat es mir leid, doch das ließ ich ihn nicht wissen.

An der Self-Checkout-Kasse bei Kaufland zwinkerte mir die Security zu.

Ich wurde in einer Mall vom Mitarbeiter eines E-Zigaretten-Standes angesprochen, ob ich sein Produkt nicht testen wolle. Ich trug Jogginghose und hatte eine Tasche dabei, meiner Meinung nach hätte es sehr gut sein können, dass ich auf dem Weg in das Fitnessstudio war, das sich im Obergeschoss der Mall befand. Wollte der Mitarbeiter des E-Zigaretten-Standes die Herausforderung annehmen, einen Sportler zum Rauchen zu bringen? Oder hat er *gesehen*, dass ich definitiv nicht auf dem Weg ins Fitnessstudio war? Wenn ja, wie?

Endlich rief Heinrich an. Er habe den Termin mit Farina vereinbart, gleich morgen könnten wir hin. Ich war sehr glücklich über den Anruf, es waren einsame Tage. Die Freude verbarg ich jedoch hinter einer lässigen Zusage. Ich habe schlechte Erfahrungen damit gemacht, Menschen, die ich kaum kenne, meine Sehnsucht nach Gemeinschaft sehen zu lassen. Viele fühlen sich davon überfordert, als würde meine Lust, Zeit mit ihnen zu verbringen, sie in eine Position besonderer Verantwortung versetzen. Druck ausüben möchte ich natürlich nicht, auch wenn ich ehrlich gesagt noch nicht so gut abschätzen kann, welches Verhalten Druck ausübt und welches nicht. Bei Heinrich war es leicht, weil er ja primär etwas von mir wollte und ich so tun konnte, als täte ich ihm einen Gefallen. Trotzdem herrschte eine bedrückte Stimmung am Telefon. Fast wollte ich geradeheraus fragen, was denn an mir ist, das so abstoßend war, doch zum Glück kam Heinrich mir zuvor und erklärte, seine Zögerlichkeit rühre daher, dass es in dem Club womöglich Geister gebe, die manche Menschen in den Suizid trieben. Das erleichterte mich sehr. Ich sagte, ich würde nicht an Geister glauben, also alles kein Problem, und so trafen wir uns am nächsten Tag mit Farina im Club. Ich glaubte zwar wirklich nicht an Geister, aber Angst vor ihnen hatte ich ehrlich gesagt trotzdem.

Es war, natürlich, ein heißer Tag. Die Schweißflecken auf meinem Hemd weiteten ihre Grenzen aus, schoben sich über die Muster wie der Schatten einer riesigen Wolke im Tal. In der Nacht zuvor hatte ich von Bürokratie geträumt, von dicken Ordnern und Aktenschränken, von Reglementierungen und ausgefüllten Formularen. Am

Rathaus Neukölln sah ich eine Mutter, die ihre achtjährige Tochter zur Strafe für etwas ignorierte. Die Tochter weinte und bettelte. Völlig verzweifelt zog sie am Arm ihrer Mutter und flehte, vor Angst schreiend, dass sie bitte mit ihr reden, dass sie bitte irgendein einziges Wort sagen solle. Die Mutter schaute weg und blieb stumm, und das Mädchen schrie sich die Seele aus dem Leib. Über uns flatterten die Flügelschläge der Tauben wie hunderttausend Geldscheine. Ich sah mehr Kaputte als sonst. Verquollene Gesichter, Bier, Kippen, Heroin, verdrehte Rücken, humpelnde Männer. Um sie herum seit Jahren eine Baustelle. Zäune, aufgebrochener Asphalt, Müll, vor allem Müll. Im Bus die Ahnung ausgehender Luft. Starre Blicke zu Boden oder aufs Handy, kein gesprochenes Wort, gelähmte Ruhe im Spiegel der Aggressionen da draußen, Hupen an jeder Kreuzung, mit Vollgas über Rot, die Polizei jagt ein Phantom. Die Erleichterung, aus dem Bus zu steigen, geringer als erwartet. Ich blickte in die Auffahrt zum Club, hundert Meter Brachland.

Als Farina mich und Heinrich sah, fragte sie, ich vermute im Scherz, aber es war so trocken, dass es auch eine Beleidigung hätte sein können, ob ich jetzt der neue Assistent sei. Ich lachte und winkte ab, war von dieser Frage jedoch insgeheim von Glück erfüllt, weil sie nahelegte, dass Farina mich für einen realistischen Ersatz für Meikel hielt. Auch Heinrich reagierte darauf gelassen, stellte mich sogar als seinen neuen Social-Media-Manager vor, woraufhin Farina anerkennend die Mundwinkel runterzog. Das war dann zu viel des Guten, das Glück kippte über in die Gewissheit, sie alle zu enttäuschen. Ich ließ mir nichts anmerken, zog mein Handy aus der Tasche und machte ein Foto vom Clubeingang, als hätte ich eine plötzliche Eingebung. Heinrich sagte, ich solle das Handy senkrecht halten, waagerecht geschossene Bilder kommen auf Instagram nicht zur Geltung. Mit einer Ernsthaftigkeit, die mich selbst überraschte, entgegnete ich ihm, dieses Foto sei nicht für Instagram. Dann sah ich ihm so lange in die Augen, dass er glauben musste, ich duldete es nicht, wenn man mir in meine Arbeit reinredete.

Aufgaben habe ich schon immer gründlich erledigt. Sicherlich mögen es alle Kinder, gelobt zu werden, doch ich mochte es ganz besonders. Ich fantasierte sogar von anderen Kindern, die schlechter arbeiteten als ich. In einer Erinnerung helfe ich, zehnjährig, meinem Vater beim Errichten eines Zauns. Ich soll auf zwei Böcken aufgelegte Holzlatten mit Farbe oder Lack bestreichen. Ich stecke den Pinsel in die Dose, lege ihn ans Brett und fordere meinen Vater mehrmals auf, zu mir zu gucken, bis er es endlich tut. »Es gibt bestimmt Kinder, die machen das so«, sage ich und mache ein paar lose Striche übers Brett verteilt. Dann führe ich den Pinsel an ein Ende der Latte und ziehe ihn gerade und lückenlos bis zum anderen Ende. »Ich mache es aber so.« Wenn ich mich richtig erinnere, hat mein Vater mich daraufhin nicht einmal gelobt, er grunzte nur, doch die Genugtuung, die ich in diesem Moment empfand, fühle ich bis heute. Viele Jahre lang habe ich dieses Gefühl bei jeder Gelegenheit mitnehmen wollen, bei jedem Aushilfs- und Ferienjob liebte ich es, meinem Chef die getane Arbeit zu präsentieren. Das hat mir mehr gegeben, als selbst etwas zu schaffen. In ähnlicher Erwartung schritt ich über die ehemalige Außentanzfläche des April, zur Spree und zurück, ich kniete mich hin und machte hier ein Foto, dort ein Foto. Immer wieder sah ich nach Heinrich, um sicherzugehen, dass er mein Engagement registrierte, doch er schaute mich gar nicht an. Er ging ziellos umher, den Blick zumeist auf den Boden gerichtet, als hätte er Angst vor etwas oder als bezeuge er eine Szene, die er nicht bezeugen sollte.

Die Räume waren dunkel, auch die Discokugel hing ermattet von der Decke. Wir standen beieinander, lauschten stillschweigend in die Tiefen hinein, ohne zu wissen, womit wir rechnen sollten. Schwingungen hätten auf uns zukommen können, Vibrationen toter Bässe, das Gesumme von unterweltlichen Klagen oder die nicht ganz fertig getanzte Bewegung einer Schimäre. In der Luft hätte der Nachklang eines Paradieses liegen können, wir hörten nichts. Und doch ängstigten wir uns vor dem, was da lauern könnte, in den Ecken, die wir nicht sahen und die doch so belebt zu sein schienen, aus denen jederzeit etwas hätte hervor- und uns anspringen können, so, wie es Pablo angesprungen hatte, ein nach Verwesung stinkender Überrest einer richtig geilen Party vielleicht, ein Skelett, ein Wurmloch auf Ecstasy.

Ich fühlte nichts. Ich hätte etwas fühlen können, das zumindest erahnte ich, als ich zu Farina herübersah, deren Iris im Schein des einzelnen Sonnenstrahls, der durch die Band- und Start-up-Sticker auf einer zerbrochenen Fensterscheibe in den Raum fiel, neblig geworden war.

»Fühlst du etwas?«, sagte ich, viel flüsternder, als ich es beabsichtigt hatte.

»Ja«, sagte Farina und schritt voran, der Leere entgegen. Ich sah zu Heinrich, der gleichzeitig ermutigend und verwirrt aussah. »Fühlst du etwas?«, fragte ich auch ihn, und als er den Kopf schüttelte, drehte ich mich um und folgte Farina in die Dunkelheit, wo man immer noch riechen konnte, dass die Luft einmal von hundertzwanzig, hundertvierzig, hundertachtzig Schlägen die Minute malträtiert worden war. Sie fächerte sich auf und legte sich auf mein Gesicht, unsichtbare Spinnweben, die ich in einem ersten Reflex abzuschütteln probierte, sie dann aber bald schon akzeptierte, und so fingen sie an, im Rhythmus einer tanzbaren Bassdrum vorsichtig zu vibrieren, sie kitzelten meine Nase und die Ohrläppchen, bespielten meine Stirn auf eine Weise, die mich an meine Mutter denken ließ, die mir, wenn ich krank war, mit den zärtlichsten Bewegungen über die glühende Haut gefahren war. Ich hatte auch immer so sein wollen, zärtlich, ich wollte sanft sein und liebevoll, und ich weiß bis heute nicht, warum es nicht geklappt hat, warum ich mich verpanzert habe vor der Welt, die mir eigentlich nichts getan hat und die mir doch so schrecklich erscheint und Angst macht, Angst, wenn doch nur irgendjemand wüsste, wie viel Angst ich habe. Das, so dachte ich immer, ist der einzige Trost, den ich habe, einen anderen Menschen an die Hand zu nehmen und ihm zu erklären, wie ich fühle, wie es ist für mich, Mensch zu sein, Angst zu haben, und der Mensch würde mir von seinen Gefühlen erzählen, vielleicht würden wir die Wörter dafür sogar gemeinsam finden, bis wir eine Beschreibung haben, die wir für richtig halten, und mit jedem Satz, der ein Gefühl ausdrückt, würde alles um uns herum ein bisschen weniger schlimm werden. Stattdessen habe ich mich fürs Verstecken entschieden, für einen Rückzug aus der Welt, die ich mit jedem Tag weniger verstand und deren Mitgliedern ich Bosheit unterstellte. Es schien mir logisch, dass ein jeder Mensch zuallererst daran interessiert ist, mich zu verletzen, und als ich meinen Irrtum bemerkte, war ich bereits so einsam, dass mir die Anschlüsse nicht mehr gelangen, mir war das Vokabular der Gemeinschaft abhandengekommen, ich sprach nur noch in Isolation. Seither versuche ich, meinen Fehler zu korrigieren, auch wenn ich immer noch nicht weiß, wie, denn die Dinge rasen, sie sind hysterisch, und ich kann nur dastehen und zuschauen.

»Was macht dein Kopf so dicht an meinem?«

Ich hörte Farinas Stimme durch die Dunkelheit schweben, gar nicht anklagend, eher aufrichtig interessiert an den Zuständen, die um uns herum herrschten. Wir waren beide von Schwärze umschlungen, ich sah purpurfarbene Adern aus meinen Armen sprießen, während Farinas Gesicht langsam aus dem Schatten tauchte. Lichtlosigkeit blubberte auf ihrer Haut. »Versuchst du gerade, mich zu küssen?«, sagte sie. Ihre Lippen wurden von Wurzelgeflechten auf- und zugeschoben.

»Nein«, sagte ich, den Dunst vor meinen Augen beiseitewischend, »aber kannst du mich, nur ganz kurz, in den Arm nehmen?«

Ich hatte den Satz noch nicht zu Ende gesprochen, da fühlte ich eine Umschließung meines in der Finsternis vollständig verschwundenen Körpers, eine Wärme überzog mich, von der ich nicht sicher war, ob sie von einem Menschen stammte oder von aufgepeitschten Molekülen.

»Fühlst du auch etwas?«, sagte Farina, die ich nicht mehr sah, ich befand mich allein unter einer Decke, die sich zum Sternenhimmel öffnete, Meteore funkelten durchs All und auf der dunklen Seite des Mondes platzten Gesteine in die Unendlichkeit.

»Ja, ich fühle etwas«, sagte ich, »es ist warm. Etwas zeigt sich mir, aber ich kann es nicht berühren. Es existieren keine Worte dafür.«

»Das ist der Rave«, sagte Farina, »er stirbt.«

»Und wir?«

»Wir nicht. Nicht heute.«

Und dann wurde es vollkommen still, nicht einmal meinen Tinnitus hörte ich, alles war erstickt. Der Raum hatte sich aufgelöst, ich und der Kosmos, die Asteroiden, riesige Gasplaneten dehnten sich über mir aus. Ich drehte mich umher wie von Winden geschoben, obwohl ich wusste, dass das unmöglich war, es gab keine Luft, nur diese einmalige Dunkelheit, und dann, irgendwann, als ich aus dem Gas hinaufstieg: die Sonne.

»Sollen wir noch mal in einen anderen Raum gehen oder so?«, sagte Heinrich. »Hier ist nix, oder?«

Ich stand vor dem DJ-Pult. Meine Haut kribbelte vollständig von den Zehen bis zum Kopf. Kalter Zigarettenqualm stieg mir in die Nase. Meine Sicht war von Flecken getrübt, als hätte ich in ein grelles Licht geschaut. Heinrich befand sich schon halb im Rausgehen. Ich entdeckte Farina ein paar Meter neben mir, sie sah ähnlich verwirrt aus, wie sie leicht schwankend versuchte, in einen stabilen Stand zu kommen. Irgendwann sah sie auch mich an, doch nichts an ihrem Blick verriet, ob sie dasselbe gesehen hat wie ich, ob auch sie in meiner Nähe gewesen ist oder ich nur in ihrer.

»Ja, lass weitergehen«, sagte sie.

Ich weiß nicht, warum ich mich dazu entschied, von meinen Erlebnissen nicht zu berichten. Vielleicht hatte ich Sorge, dass meine Gefühle durch Aussprechen ihre Wertigkeit verlieren würden. Ich wollte das Erlebte schützen, und das tat ich am besten durch Schweigen. Es gehörte mir.

Heinrich bemerkte nichts von den Veränderungen, die in mir und wahrscheinlich auch in Farina vorgingen, sie taumelte ebenso abwesend wie ich in die anderen Räume, während Heinrich darauf wartete, von einem Geist überfallen zu werden oder einen Schlag auf den Kopf zu bekommen oder was auch immer. Er zeigte sich von einer Seite, die mir später vertraut wurde, die ich aber nie mochte. Immer wenn er unsicher wird, wenn er den Eindruck hat, dass sich ihm etwas verschließt, obwohl er es haben will, nimmt er eine trotzige Eroberpose ein, er streckt dann seine Brust aus und geht breitbeiniger als sonst. Von Minute zu Minute wirkte er ungeduldiger und gekränkter. Vielleicht hatte er doch bemerkt, dass sich uns etwas geöffnet hatte, und er sprach es nicht an, weil ihn die Verborgenheit der Welten verletzte.

Heinrich hatte sich schließlich bereit erklärt, mir die Nummer von Meikel zu geben. Ich hatte mir immer vorgestellt, ihn anzurufen und nach einem Treffen zu fragen, und ich hätte es auch beinahe getan, doch glücklicherweise fiel mir rechtzeitig auf, wie aufdringlich das wirken könnte. Ich entschied mich also für eine Textnachricht, wobei es mir schwerfiel einzuschätzen, ob ich Emojis verwenden sollte oder nicht und ob es einen guten oder schlechten Eindruck machen würde, wenn ich auf korrekte Rechtschreibung und Zeichensetzung achtete. Am Ende entschied ich mich für eine Variante mit korrekter Rechtschreibung, dafür ohne Zeichensetzung und ohne Emojis. Ich fragte nach einem nicht näher definierten Treffen, weil mir kein Vorschlag einfiel, der mir nicht unangenehm war. Zu meiner Überraschung antwortete Meikel einfach *klar*, und dann, einige Stunden darauf, fügte er hinzu, dass er sich aber nur am späten Abend treffen wolle, weil es ihm tagsüber zu heiß sei. Ich versuchte, mir seine Lässigkeit anzueignen, und schrieb erst: *alright alles klar machen wir so*, und dann: *schorle am späti?*, woraufhin Meikel mich abermals überraschte und allen Ernstes fragte, ob wir uns mit den Schorlen nicht in den M29er-Bus setzen und von End- zu Endhaltestelle fahren wollten, vom Hermannplatz bis zum Grunewald und wieder zurück, einfach nur, weil es ein Doppeldecker sei und man oben in der ersten Reihe eine entsprechend gute Zeit hätte. Ich fand diese Idee phänomenal, auch ich liebte diese zweistöckigen Busse, hätte mich selbst jedoch niemals getraut, solch einen Vorschlag zu machen, weil es mir albern vorkäme, und dass Meikel genau das tat, zu einem ersten Treffen auch noch, schien bloß ein weiteres Anzeichen für seine charakterliche Überlegenheit zu sein.

Wir verabredeten uns für halb elf am gleichen Tag. Mit der Zeit bis dahin wusste ich nichts anzufangen. Zwischendurch saß ich vor meinem kleinen USB-Ventilator am Laptop und schaute mir eine Debatte darüber an, ob der deutsche Mann, also ich, endlich wieder kampfbereit gemacht werden sollte. Über diese Vorstellung fing ich beinahe an zu lachen, doch dann sagte ich bloß meine Nachmittagsschicht im Burgerladen ab und aß ein Magnum-Eis mit Joghurt-Himbeer-Geschmack. Ich war sehr aufgeregt. Es musste Jahre her sein, dass ich aktiv eine Freundschaft geknüpft hatte, wenn überhaupt. Augenblicke wie diese erinnern mich daran, dass man sich als Mensch eben doch verändert. Meistens fühle ich mich als Verkrustung inmitten einer rauschenden Welt, die jeden Tag eine neue Schrecklichkeit auswirft und mir unermüdlich vorführt, wie schwach ich im Anbetracht ihrer Ausmaße bin, wie hilflos und unbeweglich, doch in manchen besonderen Augenblicken sehe ich es ganz klar: Nein, früher war ich so, und heute bin ich anders, da hat es einen Prozess gegeben. Ich hatte verstanden, dass man Mensch ist, um beieinander zu sein, und anders als früher war ich bereit, für diese Erkenntnis zu arbeiten und die Verknotungen meines Selbst zu überwinden. Meikel war der Erste. Ich freute mich sehr auf ihn.

Ich war zu früh am Treffpunkt, was mir aus irgendeinem Grund peinlich war. Ich beschloss, noch eine Runde zu spazieren, weshalb ich dann zu spät war und die letzten Meter rennen musste, weil ich Meikel an der Haltestelle stehen sah und die Türen des Busses schon offen standen. Wir grüßten uns nur kurz und stiegen ein. Sofort überraschte mich, was für eine Grobheit von Meikel ausging. An der Treppe zur zweiten Etage etwa schnitt er einem Teenager durch um Unauffälligkeit bemühtes, aber gezieltes Vorschieben des Knies den Weg ab, weil er wusste, dass der Junge ebenfalls in die erste Reihe wollte. Natürlich traute der Junge sich nicht, etwas zu sagen, und so saßen Meikel und ich vorne mit Panoramablick auf die Straße und aßen die von Meikel mitgebrachten Choco Crossies, während der Junge zwei Reihen hinter uns schmollte. Meikel griff breitbeinig einen Choco Crossie nach dem nächsten, ohne auf eine faire Verteilung zu achten, und zwar bis die Tüte leer war. Ich war perplex. Hatte der Meikel, den ich kannte, sich nicht ganz anders verhalten? Ich wollte keine voreiligen Schlüsse ziehen und konzentrierte mich darauf, ein normales Gespräch zu führen. Leider gestaltete sich das auch schwierig. Die meiste Zeit musste ich Fragen stellen, um die Konversation am Leben zu halten, zum Beispiel:

»Hat Eddi den Meteoriten schon nach Usedom gebracht?«

Und darauf antwortete Meikel dann so etwas wie:

»Nein.«

Wahrscheinlich war Meikel genauso aufgeregt wie ich, dachte ich mir und verzichtete aufs Weiterreden. Viele der Menschen, die an den Bushaltestellen warteten, schauten beim Anrollen des Busses bereits nach oben, um zu prüfen, ob die erste Reihe frei war. Diese Menschen blieben meistens gleich unten, wenn sie die besetzten Plätze sahen. Andere, die dazu keine Gelegenheit hatten, kamen rauf und ließen sich enttäuschen. Eine Gruppe Jugendlicher schubste sich, während sie sich gegenseitig lachend beleidigten, in einem Wettrennen nach oben, und als sie uns dasitzen sahen, verstummten sie sofort und setzten sich so nah wie möglich hinter uns, für den Fall, dass wir bald aussteigen würden, was wir natürlich noch lange nicht vorhatten. Wenige Stationen später fragte ein etwa zwölfjähriges Mädchen seine Mutter, ob sie uns nicht bitten könne zu gehen, und die Mutter sagte – besonders laut, sodass wir es hören konnten –, nein, sie müssten warten, bis wir das freiwillig täten, was wir natürlich ebenfalls nicht vorhatten. So wurden es immer mehr Blicke in unseren Nacken, während die Stadt hinter der Scheibe stückweise vorbeizog und sich transformierte, wir fuhren durch Neukölln und Kreuzberg, am Checkpoint Charlie vorbei nach Charlottenburg und Wilmersdorf, und mit den wechselnden Gesichtern Berlins wechselten die Gesichter hinter uns, ihre Kleidung wurde teurer und die Haut reiner, aus Einkaufstaschen wurden Shopping Bags, und die Sprachen reduzierten sich, erst wurde es mehr Englisch und dann nur noch Deutsch, tief im Westen noch ein russischer Satz und dann die Dunkelheit und

Stille, und Meikel und ich saßen die ganze Zeit nur da und veränderten uns nicht mit. Am Grunewald mussten wir aussteigen und warten, bis der Busfahrer seine Pause beendet hatte, um mit ihm wieder zurück nach Neukölln zu fahren. Meikel reichte mir eine Zigarette, ich lehnte ab. Außer uns war niemand hier.

»Warum hilfst du Eddi eigentlich mit den Meteoriten?«, sagte ich. »Du wirkst ehrlich gesagt nicht so richtig interessiert.«

»Ja. Wenn ich das wüsste.« Meikel hatte mir den ganzen Abend noch nicht in die Augen gesehen. Plötzlich, als ich ihn da so stehen sah, halb von mir abgewandt und verriegelt, gierig überprüfend, wie viele Züge noch an der Zigarette waren, fragte ich mich, ob ich ihn grundsätzlich missverstanden hatte, ob ich mit meiner Vorstellung von ihm, wie er seinen Dates aufmerksam zuhörte und rücksichtsvoll mit seiner Umgebung umging, wie er sich zurücknahm und interessiert und zärtlich war, danebengelegen hatte. Ob ich nicht auch damit danebengelegen haben könnte, dass er seinen Freundschaften hinterherweinte. Warum hatte ich geglaubt, ihn zu kennen? »Vielleicht weiß ich einfach nicht, was ich sonst machen soll«, sagte er.

»Das wars? Du weißt nicht, was du sonst machen sollst?«

»Ja.« Er schaute nach dem Bus, doch der Fahrer stand noch draußen und vertrat sich die Beine. »Ich … Keine Ahnung, ich fühle mich manchmal, oder meistens … so aufgeschmissen, weißt du?«

Ja, ich wusste, ich wusste sehr gut, doch etwas blockierte mich, ihm die Bestätigung zu geben. Kann man gänzlich ohne Eigennutz »Ich verstehe dich« sagen, einfach nur, um einem Menschen das Gefühl zu geben, nicht allein zu sein? Oder liegt darin immer auch das Ziel, für sich selbst eine Verbundenheit herzustellen? Ich hätte es Meikel sagen können, und es hätte gestimmt, doch etwas daran, wie er das »weißt du?« gesagt hatte, nicht zu mir, sondern in die Nacht hinein oder zu den Sternen oder sogar zu sich selbst, etwas daran gab mir die Gewissheit, dass ich mich danach immer noch allein fühlen würde. Es schien sich ohnehin um eine rhetorische Frage gehandelt zu haben, Meikel steckte sich die nächste Kippe an und machte kleine Schritte hin und her. Nichts in seinem Blick erweckte den Eindruck, sich etwas von mir zu wünschen, also gab ich ihm auch nichts und wartete, bis der Bus heranfuhr und wir über die Straßen davongleiten konnten.

Die meiste Zeit saßen wir allein oben. Erst auf der Oranienstraße stiegen ein paar Reihen hinter uns zwei Typen um die dreißig dazu, die sich ziemlich laut darüber unterhielten, was mit der anstehenden Nacht anzustellen sei, in welche Bar sie noch gehen wollten und ob sie wohl noch in einem Club landeten. Ihre Geschwätzigkeit ging weit über das Maß von Betrunkenen hinaus – mir war sofort klar, dass sie etwas konsumiert haben mussten, und aufgrund der Dringlichkeit, mit der sie jede noch so banale Überlegung vortrugen, schlussfolgerte ich Kokain oder ein Amphetamin. Ich dachte mir zunächst nichts dabei, man hört solche Gespräche ja ständig in Bussen und Bahnen. Es störte mich nicht besonders. Als einer der beiden jedoch offen sagte, er wolle jetzt gleich, *direkt* nach dem Aussteigen, »erst mal eine ruppen«, fiel mir ein, dass es für Meikel ja ganz anders sein musste. Ich schaute ihn an. Er hielt seinen Blick stur auf die Straße, doch knetete sich mit der linken Hand die rechte.

»Ist schon okay«, sagte er.

»Ich kann denen sagen, dass sie leiser sein sollen.«

»Nein, nein. Ist schon okay.«

Das Fenster für eine Berührung, sofort geschlossen. Eine Ermutigung, ein Blick, ein Lächeln, eine Nähe? Alles schien möglich, nichts geschah. Wir schreckten nicht voreinander zurück, wir verharrten in der Distanz. Ein paar Stationen noch, und dann standen wir wieder auf der Sonnenallee, wo die letzten Reste vom Getümmel des Tages zusammengekehrt wurden. Einen Schawarma würde man noch bekommen, doch wir hatten keinen Hunger. Keiner von uns schlug vor, sich noch einmal zu treffen, obwohl ich nichts dagegen gehabt hätte.

Es vergingen mehrere Tage, bis ich bemerkte, dass sich mein Zustand verschlechterte. Ich erkannte es an der plötzlichen Wut, die mich überkam, als ich aus der S-Bahn stieg und an meinem rechten Fuß den offenen Schnürsenkel sah. Während ich mich hinabbeugte und ihn wieder zuband, stieg solch ein Selbsthass in mir auf, dass sich die völlig rational klingende Überlegung formulierte, es wäre das Klügste, wenn ich nun nach Hause ginge und mir eine Verletzung zufügte. Sofort erschrak ich über diesen Gedanken. Selbsthass bin ich gewohnt, vor allem im Zusammenhang mit dem Alltäglichen, das ich nicht bewältigt bekomme – es ist lachhaft, wie oft mir als erwachsener Mann während eines einzigen Spaziergangs die Schnürsenkel aufgehen, genauso, wie es lachhaft ist, dass ich zwischen Supermarktregalen Heulkrämpfe unterdrücken muss und mir abends einfällt, morgens nicht die Zähne geputzt zu haben –, aber diesen Gedanken so klar vor mir zu sehen, dass es an der Zeit ist, meiner Jämmerlichkeit gerecht zu werden, indem ich den Körper, den sie verseucht, beschädige oder am besten gleich auslösche, das war neu. Die Angst drängte sich mir auf, wie sie es immer wieder tat, doch zum ersten Mal fühlte sie sich berechtigt an. Da war etwas, das mir schaden wollte. Obwohl ich lieber zu Hause gewesen wäre, blieb ich draußen, ich konnte mir nicht vertrauen. Auf der Straße würde ich mir nichts tun, dachte ich, aber zu Hause, da war es eine reale Gefahr. Das Problem daran war nur, dass ich es auf einmal auch draußen nicht aushielt. Ich war mir sicher, die Menschen würden mich anschauen, alle, und später über mich lachen. Ich schloss die Augen und senkte den Kopf. Es gelang mir nicht einmal, den Stadtlärm von mir zu entkoppeln, alles sprach zu mir, ich sah und hörte Symbole, die ich nicht entschlüsseln konnte, aber von denen ich wusste, dass sie mich meinten. Es war dunkel und laut.

Eine ganze Weile später schließlich, als ich ernsthaft zu verzweifeln drohte, beschloss ich, jemanden um Hilfe zu bitten. Ich war immer noch draußen, irrte ziellos umher. Ich wollte nicht von zu vielen Menschen umgeben sein, aber auch nicht von keinen. Weil Mitternacht sich näherte und ab dann alles nur noch schlimmer werden konnte, entschied ich mich für einen Anruf. Kurz zog ich Meikel in Betracht, doch bei dem Gedanken wurde mir unwohl. Bei Farina würde ich besser aufgehoben sein.

Als ich ihr erklärte, wie es mir ging, lud sie mich sofort zu sich nach Hause ein. Ich nahm das dankend an, stieg in die U8 und fuhr in den Wedding. Wir saßen auf einer großen, gemütlichen Couch im Wohnzimmer und tranken Tee. Neben Farina und mir waren das auch Svea und Lea, was ich sehr schön fand, denn die beiden, die ich da zum ersten Mal sah, strahlten auf ihre unaufdringliche Art eine besondere Form von Geborgenheit auf mich aus. In dem Moment war ich gerührt und beeindruckt davon, dass die drei mich, der ich ja so gut wie fremd war, einluden und dann auch noch so taktvoll waren, mich nicht auszufragen, sondern einfach in ihrer Obhut sein ließen. Ich hatte vergessen, dass sie hier einmal zu viert gewohnt hatten und dass Alva sich das Leben genommen hatte, kurz nachdem sie ebenfalls den Club besichtigt hatte. Ihre Zurückhaltung an diesem Abend rührte wohl also eher aus der Angst, mich in Panik zu versetzen.

»Tut mir leid mit dem Club«, sagte ich irgendwann. »Ich war ehrlich gesagt nie da, als er noch offen war, aber er muss ein toller Ort gewesen sein.«

»Ja, war er«, sagte Farina.

»Gründest du einen neuen?«

»Ich weiß es nicht.« Farina sprach in ihren Tee, als würde sie dort die Zukunft sehen. »Ich habe das Gefühl, wir haben verloren. Es ist ja nicht nur so, dass man weniger Möglichkeiten hat, Orte zu schaffen, die allen offenstehen, wo man sich einbringen kann und mitgestalten und sich austauschen und feiern kann. Die Leute wollen es auch gar nicht. Als es hart auf hart kam, ich Unterstützung brauchte, nicht nur finanziell, sondern auch für, keine Ahnung, einen Protest, ein Signal, zu sagen, nee, wir wollen, dass dieser Ort bleibt – da war kaum noch jemand da. Dann geht man halt woandershin, wenn es hier zumacht. Vielleicht bin ich verbittert. Aber mir kommt es so vor, dass alle Leute in diesem beschissenen Berlin nur noch Kundschaft sein wollen.«

Ich wusste mal wieder nichts zu sagen. Farina konnte recht haben, aber es konnte auch das Gegenteil stimmen. Lea und Svea sahen nickend zu Boden. Ich fühlte mich dumm und ignorant. Wenn niemand mit mir im Raum gewesen wäre, hätte ich mich geohrfeigt. Das Bedürfnis, mich zu ohrfeigen, wurde sehr stark. Ich schloss die Augen und sprach mir Variationen von *Nein* und *Tu es nicht* ins Innere. Dann öffnete ich die Augen und sah nach draußen. Das Universum bestand aus ein paar kleinen Punkten am Himmel, sonst nichts. Es war wie immer: Je lauter die Stimme in meinem Kopf wird, desto weniger spricht die Welt zu mir. Gerecht wäre der umgekehrte Fall, denn je mehr die Welt zu mir spricht, desto mehr Hoffnung habe ich.

»Ist schon eine verrückte Truppe«, hörte ich mich sagen, ich weiß nicht, warum. Fragende Gesichter. »Eddi, Meikel, Heinrich meine ich.«

»Ach ja?«, sagten Svea und Lea. Sie hatten kein wirkliches Interesse, aber sie sahen wohl eine Gelegenheit auf ein etwas leichtfüßigeres Gespräch. Und tatsächlich kam ich richtig ins Reden, als könnten ausgesprochene Worte die in meinem Kopf zumindest zeitweise verdrängen. Ich erzählte von Eddis Zahnarztproblem und unserem Ausflug in die Uckermark, dem Feld mit den Mammuthalmen, ich erzählte von den Meteoriten und den Motten, deren Flügelschläge ich bis heute hören kann, von den Mädchen und ihren Vätern, den Fährmännern von Venedig.

»Fährmänner?« Farina lehnte sich nach vorne. »Was für Fährmänner?«

»Keine Ahnung. Es gab wohl mal eine aus Fährmännern bestehende antifaschistische Zelle in Venedig, die nach Brandenburg geflohen ist.«

»Wisst ihr etwas darüber?« Farina drehte sich zu Svea und Lea. Der Reflex, mit dem Farina sich an die beiden wandte, ließ darauf schließen, dass sie grundsätzlich extrem viel wissen. Sie zogen die Mundwinkel runter und sahen sich fragend an.

»Ich glaube nicht«, sagte Svea.

»Ich werd morgen mal nachschauen«, sagte Lea.

Farina erklärte, dass ihr Fährmänner in letzter Zeit verdächtig oft begegneten und dass sie anfange, Zusammenhänge zu vermuten. Wozwischen genau, wisse sie noch nicht, es sei aktuell eher nur eine Ahnung, die sich stetig verfestige. Ganz Berlin sei mit ihren Symbolen bestickert, Pablo habe einen Mitgliedschaftsbeitrag mit demselben Logo zurückgelassen, und nun meine Geschichte aus der Uckermark. Svea und Lea sagten nichts, doch offensichtlich wäre es ihnen lieber gewesen, wenn Farina die ganze Sache einfach sein ließe und sich eine neue Aufgabe im Leben suchte. Ehrlich gesagt fand ich Farinas Ausführungen tendenziell auch eher wirr und haltlos, zum Teil vielleicht sogar paranoid, doch ich war in keiner Position, Zweifel zu äußern. Sie hat mir einen Schutz bei sich gegeben. So beginnen Freundschaften. Und in einer Freundschaft ist man loyal zueinander, also bekräftigte ich sie erst in allem, was sie sagte, und versprach ihr dann, bei der Suche nach Antworten zu helfen.

Farina ließ mich auf der Couch übernachten. Ich sagte zwar, dass ich wirklich nichts bräuchte und einfach auf der Sitzfläche schlafen könne, doch Lea und Svea klappten die Couch aus und spannten ein Laken, sie gaben mir frisch bezogene Bettwäsche und stellten eine volle Wasserflasche ans Kopfende. Ich sagte mehrmals, dass ihre Mühen nicht nötig und mir unangenehm seien, in Wahrheit aber freute ich mich. Als ich aus dem Badezimmer kam, brachte Lea gerade eine Wärmflasche an mein Bett. »Mir hilft das manchmal, wenn ich traurig bin«, sagte Svea, und obwohl es so eine heiße Nacht war, nahm ich die Flasche an mich und umklammerte sie, bis ich einschlief. In dieser Nacht konnte ich die Sterne rauschen hören, und ich hatte keine Albträume.

Am nächsten Morgen ging es mir nicht gut, aber weniger schlecht. Farina und ich saßen in der Küche und tranken Kaffee, Lea und Svea waren schon früh zur Arbeit gegangen. Normalerweise mache ich in fremden Wohnungen gern Komplimente zum Innenhof, doch an diesem hier fand ich nichts Schönes. Farina war ohnehin mit ihrem Handy beschäftigt. Ich ging davon aus, dass sie, wie wir alle anderen auch, so lange durch Feeds scrollte, bis die Schlagzeilen zu rechtsextremer Gewalt und Naturkatastrophen, die Urlaubsbilder halb fremder Menschen und die aufgeheizten Diskussionen in der Kommentarspalte zum Speiseplan einer Großkonzernkantine allesamt die exakt gleiche emotionale Regung hervorriefen, nämlich keine, doch Farina las tatsächlich vollständige Zeitungsartikel. Nachdem sie das Handy weggelegt hatte, sagte sie: »Man muss etwas tun«, und irrerweise klang dieser Satz aus ihrem Mund gar nicht lächerlich. Ich kenne ihn nur in Begleitung von Tatenlosigkeit. Bei Farina klang es ernst gemeint, ich begann sogar zu hoffen, dass sie ihn ernst genug für uns beide meinte. Es ist ja nicht so, dass ich mich freiwillig vor der Welt verstecke. Ich würde ihr gern begegnen, in welcher Form auch immer, ich habe bloß so fürchterliche Angst. Wenn ich nicht das Gefühl hätte, allein zu sein, so stelle ich es mir vor, dann wäre ich anders. Ich fragte Farina, ob wir der Sache mit den Fährmännern nachgehen wollten. Ich hatte nämlich eine Idee, wo wir damit anfangen konnten.

Waldemar Grossmann und ich hatten uns im ersten Winter der Pandemie kennengelernt. Ich hatte nicht viele Möglichkeiten, etwas zu erleben, und hatte auch keinerlei Ehrgeiz entwickelt, mir Fähigkeiten im Backen oder Kochen oder irgendetwas anderem anzueignen. Ich verbrachte die Tage allein vor Bildschirmen, wo ich mir gelegentlich aus Hoffnung auf Inspiration anschaute, womit die anderen ihre Zeit daheim verbrachten, doch all ihre Ideen erschienen mir reizlos. Die einzige Freude, die ich mir in diesem Winter einzurichten vermochte, war ein allmorgendlicher Gang zum Bäcker in der Fuldastraße, weil mich der Geruch von frisch gebackenem Brot, ich kann es nicht anders sagen, daran erinnert, wie schön es ist zu leben. Obwohl ich stets pünktlich zur Öffnung da war, hatte sich in der Regel bereits eine Schlange gebildet, die bis zur Sonnenallee reichte, weil nur eine Person im Laden erlaubt war und die Menschen zwei Meter Abstand voneinander hielten. In dieser Schlange sah ich Waldemar jeden Tag. Nach kurzer Zeit nickten wir uns im Vorbeigehen zu, bald darauf wurde daraus ein leises »Guten Morgen«, und wenige Wochen später, nachdem Waldemar mich einmal dazu aufgefordert hatte, die Tüte in seinem Arm anzufassen, um die Freude darüber zu teilen, wie außerordentlich warm das Brot an diesem Morgen war, führten wir schon ganze Gespräche. Meistens ging es darum, was für eine herrliche Sache Brot eigentlich ist.

Waldemar war schnell aufgefallen, dass ich mir immer nur ein einziges Brötchen kaufte, und so fragte er mich, da war es schon fast Frühling, ob ich nicht mal mit ihm – und theoretisch seinem Sohn, aber der schlafe meistens um diese Zeit – frühstücken wolle. Ich weiß nicht, ob ich so eine Einladung zu irgendeinem anderen Zeitpunkt in meinem Leben angenommen hätte, aber es war eben dieser erste Winter der Pandemie, in dem ich einsamer war als jemals zuvor, also sagte ich sofort zu. Wir wurden uns schnell vertraut. Ich erfuhr, dass Waldemars Frau während der ersten Infektionswelle an Covid gestorben war und dass sein daraus folgender Schmerz nur zum Teil aus Trauer und Einsamkeit bestand. Das größte Übel lag darin, dass ihm erst dann die Distanz bewusst geworden war, die zwischen ihm und seinem Sohn herrschte. Er machte sich Vorwürfe, seinem einzigen Kind nichts von dem auf den Weg gegeben zu haben, was ihm am Herzen lag. Aus dieser Trauer war die Idee entstanden, Meteoritenfreunde e.V. zu gründen, dessen Sitzungen ich bald besuchte und in dem ich mich so wohlfühlte wie nur in wenigen Gruppen zuvor.

In den Jahren danach ist Waldemar zu einer Institution in meinem Leben geworden, die erste Anlaufstelle bei offenen Fragen. Er hatte ein unheimliches Wissen über die Welt und die Menschen und die Vergangenheit, die echte, dokumentierte, und die fabulierte, von der es nur

Gerüchte gibt. Leider konnte Waldemar sich die Wohnung in Neukölln ohne seine Frau nicht mehr leisten, und weil es hier auch sonst nichts Bezahlbares mehr gab, zog er mit seinem Sohn nach Spandau, wo sie drei Zimmer bewohnten, deren Türen meistens geschlossen waren und in denen wenig gesprochen wurde, wenn kein Besuch da war. Aufgrund der Distanz sahen wir uns nur noch selten. Entsprechend groß war Waldemars Freude, Farina und mich zu sehen. Wir saßen auf seiner muffigen Couch im Wohnzimmer, umgeben von sehr sorgfältig sortierten Bücherregalen. Es war ein glühend heißer Nachmittag. Im Fernsehen lief *Richterin Barbara Salesch*.

»Manchmal brauche ich eine Pause von wissenschaftlichen Texten«, sagte Waldemar entschuldigend. Er hatte sich mit der Fernbedienung in der Hand zum Fernseher gedreht. Mitten in der Geste des Ausschaltens stockte er erst und war dann eingefroren, augenblicklich verloren in den Enthüllungen um die geheimen Machenschaften des Geschädigten, ein Boomer, der sich als Jugendlicher offenbar als Klempner ausgegeben hatte, um sich Zutritt zu den Wohnungen naiver Katzenbesitzerinnen zu verschaffen, ihren Tieren zehn Kilogramm schwere gusseiserne Kugeln an den Hals zu binden und sie kopfüber ins Klowasser zu stecken, weswegen die Angeklagte ihn, den Klempner, dreißig Jahre später ausfindig gemacht hatte und – deshalb saß sie auf der Anklagebank – in seinem Namen, an seine Anschrift, über Monate Sextoys und andere Obszönitäten bestellt hatte, was zuerst die Ehe des Geschädigten in den Abgrund getrieben und dann das Verhältnis zu seinen Kindern zerrüttet hatte. »Die

Geschichten sind manchmal gar nicht so schlecht«, sagte Waldemar. Er streckte den Arm mit der Fernbedienung aus, brachte es jedoch wieder nicht übers Herz, auszuschalten. »Wollt ihr einen Tee?«, sagte er, vollkommen hypnotisiert, zum Fernseher. Erst nach den Plädoyers, aber noch vor der Urteilsverkündung schaltete er aus.

Wir redeten über dieses und jenes. Ich hatte Waldemar am Telefon gesagt, dass wir wegen einer bestimmten Recherchearbeit mit ihm sprechen wollten, und nun hatte ich das Gefühl, dass er so dahinplapperte, über die steigenden Lebensmittelpreise und seine mickrige Rente, über die lauten Nachbarn, die über ihm eingezogen waren, über sein neues, vorher nie da gewesenes Bedürfnis, etwas anzupflanzen und es beim Wachsen zu beobachten. Es war ein fast schon aggressives Umschiffen unseres eigentlichen Anliegens, denn nach dessen Abhandlung würden wir bald gehen, und das wollte Waldemar ganz offensichtlich so weit es ging hinauszögern. Er wies uns darauf hin, dass man bei Hitze heiße Getränke zu sich nehmen müsse, goss drei Tassen Tee ein und stellte eine Küchenuhr, um die Beutel exakt nach den angegebenen sechs Minuten aus dem Wasser zu ziehen. Er fragte uns mehrfach, ob wir wirklich keine Pantoffeln haben wollten. Er bat uns, ihm beim Kreuzworträtsel zu helfen. Als er sich auf die Toilette entschuldigte, hörte ich ihn die Schlafzimmertür seines Sohnes öffnen und ihn fragen, ob er den Gästen nicht wenigstens Hallo sagen wolle. Nach einer unverständlichen Antwort des Sohnes schloss er die Tür wieder und servierte uns sein liebstes Hibiskusgebäck. Auf der Kommode neben dem Fernseher standen eingerahmte Fotos von ihm und seiner Frau, allesamt offenbar während desselben Urlaubs auf Rügen geschossen. Gleich auf mehreren streckten sie der Kamera Fischbrötchen entgegen. Die Frau hatte ein genauso warmes Lächeln wie Waldemar, und aus irgendeinem Grund freute mich das sehr. Ich war mir sicher, so, wie man sich Dingen in Träumen sicher ist, dass sie lieb zueinander waren.

Es ließ sich schließlich nicht weiter aufschieben, auch weil ich nicht wusste, wie Farina es fand, so viel Zeit mit Waldemar zu verbringen. »Also, warum wir hier sind«, sagte ich. »Ja?«, sagte Waldemar, einladend wie immer, als könnte er das Gespräch kaum erwarten.

»Es geht um Fährmänner.«

»Fährmänner?«

»Ja.« Ich sah zu Farina herüber, damit sie übernehmen konnte, da ich selbst auch nicht mehr wusste als das und keine Ahnung hatte, wo das Problem lag.

Auf dem Weg nach Spandau hatte Farina die Sorge geäußert, vor Waldemar wie eine Verrückte zu klingen. Ich erklärte ihr, dass Waldemar jemand sei, der Talismane bastelte, um mit ihnen Anrufungen des Universums durchzuführen und dadurch die Standorte von Meteoriten zu bestimmen, sie sich diesbezüglich also keine Sorgen machen müsse. Diesen Ratschlag schien sie verinnerlicht zu haben, denn sie trug nun voller Selbstbewusstsein die tatsächlich etwas dünne Beweislage vor, die sich zusammenfassen ließe mit: Farina sah überall Fährmänner. Auf Stickern in Kneipen, auf Polohemden von Zahnärztinnen, auf obskuren Mitgliedschaftsanträgen toter Menschen und zuletzt, und das habe das Fass zum Überlaufen gebracht, in den Vorfahren brandenburgischer Mädchen, die sich Iglus aus Meteoriten bauten. Was Waldemar über die Bedeutung von Fährmännern wisse. Jeder Hinweis könne nützlich sein.

Waldemar klopfte sich die Kekskrümel vom Schoß. »Also, zuallererst steht der Fährmann natürlich in so gut wie allen mythischen und abergläubischen Erzähltraditionen in einer direkten Verbindung zum Tod. Meistens ist er derjenige, der die frisch Verstorbenen auf seinem Boot ins Reich der Toten bringt. Wo dieses Reich ist, variiert von Region zu Region. Bei den Griechen war es unter der Erde. Im alten deutschen Volksglauben spricht man nur von einem *großen Wasser*, das überquert werden muss, teilweise, in der Heisterbacher Volkssage zum Beispiel, handelt es sich dabei konkret um den Rhein.«

Aus dem Flur war eine sich öffnende Tür zu hören, gefolgt von müden, schlurfenden Schritten. Waldemar stockte und drehte seinen Kopf zur Wohnzimmertür, in Erwartung seines Sohnes, der sich vielleicht doch dazu entschieden hatte, Hallo zu sagen. Die Schritte zogen sich jedoch bald schon wieder zurück, offenbar hatte der Sohn bloß etwas aus der Küche geholt. Man hörte die Tür sich schließen. Waldemar drehte sich wieder zu uns. »Was noch … Bei Speyer in Rheinland-Pfalz erzählte man sich von einer Überfahrt, die am 18. Juli 1530 stattgefunden haben soll. Der Sage nach wurden drei Fischer zu Fährmännern erkoren, um in drei aufeinanderfolgenden Nächten um Mitternacht drei Mönche über das große Wasser zu bringen. Zwei Fischer erkrankten, der dritte verlor sein Boot und musste sich um ein neues kümmern, was ihn große Anstrengungen kostete, lange Wanderungen durch eine unwirtliche Gegend. Er fand schließlich eins und brachte die Mönche rüber. Die Rückfahrt allerdings habe das Boot aus freien Stück selbst übernommen, der Fischer erinnerte sich nicht, wie er nach Hause gekommen war. Interessant daran ist ja, dass in dieser Sage der Fährmann ein Sterblicher ist. Das Göttliche liegt hier im Boot selbst. Das ist meines Wissens in anderen Mythen nicht so.«

»Hm.« Farina nickte. Hinter ihren Augen raste es, sie versuchte wohl, die Informationen in einen Zusammenhang mit ihrem Club zu bringen. Es wirkte zunehmend verzweifelt.

Ich drehte mich zu Waldemar und sagte: »Was noch?«

»Was noch … Ein wichtiger Teil der Erzählungen um Fährmänner besteht in der Bezahlung, die sie kriegen. In der griechischen Mythologie bekommt Charon für seine Dienste den berühmten Obolus, eine Münze, in anderen Geschichten nimmt das Gold einen Umweg über andere Objekte, die sich letztendlich in Gold verwandeln, Birkenlaub, Pferdefleisch. Im Märchen vom Teufel mit den drei goldenen Haaren verlangen die Fährleute die rechte Hand und den linken Fuß des zu Überführenden. Daher gab es in manchen Regionen in Deutschland den Brauch, den Toten hölzerne Füße und Hände mit in den Sarg zu legen. Also, genau genommen waren der Brauch und der Aberglaube wahrscheinlich zuerst da, und erst auf deren Basis entwickelte sich … Ist irgendwas?«

Ich hatte Gänsehaut. Auf einmal spürte ich sie auch, die Verbindungen zwischen Farinas Club und den Geistern, allen Wohnhäusern in Berlin und den Zahnärzten auf Usedom, dem Weltall, den Meteoriten, meinen Ängsten, der Einsamkeit, der Liebe, dem Tod. Alles faltete sich zusammen, jemand zog die Strippen, und wir würden ihn finden. »Als Eddi damals bei den Meteoritenfreunden von seinem Rausschmiss erzählte«, sagte ich, »sagte er da nicht, dass der verantwortliche Investmentfonds CHARON INVESTMENT AG hieß?«

Die Herausforderung bestand darin, nicht in Panik zu geraten. Wir versuchten, die Sachlage zu überblicken. Da war eine Investmentgesellschaft, die sich nach dem Fährmann der Toten benannt hatte und in deren Hand sich Berliner Wohnhäuser befanden. Diese Investmentgesellschaft verwaltete mindestens den Rentenfonds der Zahnärzte in Mecklenburg-Vorpommern, wahrscheinlich aber sehr viel mehr. Die Silhouette eines Fährmanns war in der ganzen Stadt zu sehen. In Brandenburg gab es junge Meteoritensucherinnen, deren Väter Fährmänner waren. Die Zahnärzte, deren Geld von der CHARON INVESTMENT AG verwaltet wurde, waren ebenfalls auf der Suche nach Meteoriten. Das waren die Fakten. Über die Zusammenhänge jedoch ließ sich bloß spekulieren. Operierten die Zahnärzte über die Landesgrenzen Mecklenburg-Vorpommerns hinaus? War die CHARON INVESTMENT AG mehr als bloß ein Konzern? War es ein geheimer Club, eine Sekte, ein Gremium von Mächtigen? Konnte es nicht sein, dass die Investmentgesellschaft auch die geheime Besitzerin von Farinas Club war? Wenn ja, wusste sie, dass in ihrer Immobilie Gespenster hausten, die Menschen in den Suizid trieben? *Wollte* sie das vielleicht sogar? Auf einmal schien alles denkbar.

»Wo fangen wir denn jetzt an?«

Nach kurzem Überlegen waren wir uns darin einig, dass die zugänglichste Schnittstelle dieser Kuriositäten bei den Zahnärzten lag. Farina sagte, ihr Zahnarzt sei langweilig und vermutlich nicht der Nachstellung wert, aber sie werde dennoch einen Notfall vortäuschen und einen Termin ausmachen, vielleicht ließe sich ja irgendwas herausfinden. Ich war von ihrem Enthusiasmus vollkommen ergriffen und sagte zu, dasselbe bei meiner Zahnärztin zu tun. Ermittlungen gegen sie aufzunehmen schien mir plötzlich vollkommen logisch, ich ärgerte mich sogar, nicht früher darauf gekommen zu sein. Sie war mir schon immer suspekt gewesen.

Die Rezeptionistin schöpfte keinen Verdacht oder ließ sich nichts anmerken oder betrachtete mich bloß als ein weiteres Ärgernis in ihrem Leben: Ob sie mit einem Kugelschreiber hantierte oder der Tastatur, dem Kartenlesegerät oder Notizblock, jeder Interaktion mit einem Objekt schien ein feindschaftliches Verhältnis zugrunde zu liegen. Sie war von einer Aura aktuell schlummernder, aber hochexplosiver Wut umgeben, als sei sie nur noch eine einzige unzureichende Serviceleistung davon entfernt, die Souveränität des deutschen Staates infrage zu stellen. Es könne ein bisschen dauern, sagte sie, aber ich dürfe im Wartezimmer Platz nehmen. Mir war nie aufgefallen, wie bunt es hier war, rote Sofas auf grünem Teppichboden, orangegelb tapezierte Wände, blaue Kleiderhaken. Auf dem Couchtisch lag stapelweise Lesematerial. Ich sortierte es grob in *verdächtig* und *unverdächtig*. Unverdächtig waren die Tages- und Wochenzeitungen, die

Kinderbücher, die Jagd- und Motorsportmagazine sowie die *Apotheken-Rundschau*. Verdächtig war alles, was mit Wirtschaft zu tun hatte. Ich blätterte mich durch.

Alles in diesen Magazinen erschien mir wichtig. Auf jeder Seite drückte sich mir eine Verschachtelung von Bildern und Texten entgegen, die ich in einem hypnotischen Grad weltenbrecherisch empfand: Da waren Kriegsfotografien aus der Ukraine und dem Jemen zu sehen, verdorrte Felder in Spanien, Überschwemmungen in Slowenien, Boote voller Geflüchteter vor Italien und brennende Wälder in Griechenland – montiert mit kleinen Porträtfotos glatt rasierter deutscher Männer im Anzug, die zuversichtlich in die Kamera blickten und ein Zitat neben sich stehen hatten wie »Ich kann beim besten Willen keine Blase erkennen« oder »Regulierung ist das Schlimmste, was uns passieren kann«. Dazu mischten sich gezackte Graphen und Zahlentabellen. Es war schwer, sich beim Anblick dieses außer Kontrolle geratenen Materials nicht von einer gewissen Diabolik aufgelauert zu fühlen, diese Männer durchschritten unterweltliche Zugänge zur Realität, sie sahen Zahlen, wo ich keine sah, und diese Zahlen verrieten ihnen Geheimnisse, die das Leben erträglicher zu machen schienen, denn ganz offensichtlich waren sie glücklich und ich nicht. Was wussten sie? Was sind das für Informationen, die in diesen Dutzenden Tabellen voller nie gehörter Konzerne stecken, in diesen so wirr anmutenden Kombinationen aus Buchstaben und Ziffern, was redet diese fünfte Nachkommastelle da? Keinen einzigen Code konnte ich entschlüsseln, aber ich ahnte, dass sich dahinter Antworten verbargen, Antworten, die, so war auf einmal ganz klar, auch meine Zahnärztin sehen konnte, eben weil sie Zahnärztin war, und da bekam ich Angst.

Ich wurde aufgerufen.

Meine Zahnärztin, Frau Dr. Schlimm, streckte mir breit lächelnd die Hand entgegen und fragte, was mir wehtue. Ich musterte sie unauffällig, aber gründlich. Sie war um die fünfzig, hatte mähnenhaftes dunkles Haar mit blauen Strähnchen und war bis unters Kinn zutätowiert, abgesehen von ihrem Gesicht war jede sichtbare Hautstelle, der Hals, die Unterarme, vollständig mit Tinte bedeckt. Sie sah ausgeschlafen aus, hatte aber Augenringe. Extrem souverän sagte ich: »Der Backenzahn«, und setzte mich. »Ihre Tattoos sind mir nie so richtig aufgefallen«, fuhr ich fort, während Dr. Schlimm meinen Sitz und die Lampe über mir einstellte.

Sie lachte. »Übrigbleibsel einer wilden Zeit. Ich bin froh, dass sie da sind, aber mehr werden es wohl nicht.«

»Eine wilde Zeit hier in Berlin?«

Dr. Schlimm sagte nichts, wies mich nur an, den Mund zu öffnen. Dann tastete sie mit etwas Spitzem meine Zähne ab und stocherte in den Zwischenräumen. Plötzlich fiel mir ein, dass sie ja gar keine Schäden an meinen Zähnen finden würde und sie das misstrauisch machen könnte. Auch ich hatte mir mit der Behauptung eines Notfalls den Termin erschlichen, aber keine Ausreden zurechtgelegt.

»Das sieht gar nicht gut aus, Herr Nachtmann«, sagte Dr. Schlimm im Zurücklehnen, während sie in Richtung einer zuvor unsichtbaren Assistentin mit beiden Fäusten und gespreizten Ellenbogen einen arbeitenden Presslufthammer mimte. Wenige Augenblicke später rollte die Assistentin den Wagen mit schwerem Gerät rein, ein mit reichlich Bohraufsätzen behangener Kasten, von denen einige die Form von Morgensternen hatten. Frau Dr. Schlimm wechselte die Handschuhe. Nachdem sie den Wagen neben mir abgestellt hatte, verschwand die Assistentin und kehrte kurz darauf mit drei vermummten Kolleginnen wieder. Es wurden Schläuche zusammengesteckt und Kabel verlegt, Hände gewaschen und Vorhänge zugezogen.

»Ist das eine Sternschnuppe auf Ihrem Unterarm?«, sagte ich, ohne mich von dem Geschehen um mich herum sichtbar verunsichern zu lassen. In Wahrheit fühlte ich meinen Puls steigen.

»Ja. Ich hatte eine Zeit lang sehr kitschige Gefühle für den Weltraum. Rückblickend war das wahrscheinlich so etwas wie meine Hippiephase.« Frau Dr. Schlimm suchte nach einem geeigneten Aufsatz. Dann setzte sie sich eine OP-Maske und eine Brille mit kleinen Vergrößerungsgläsern auf. Ich brachte eine Halbfrage zu dieser Hippiephase zustande, doch Dr. Schlimm straffte nur ihre Gummihandschuhe, ließ sie gegen ihr Handgelenk knallen, sah mich an und sagte: »An Ihren Zähnen ist leider ziemlich viel zu tun.«

»Ehrlich? Das hat sich nur nach dem einen Zahn angefühlt.«

»Muss alles überkront werden. Drei Zähne auf jeden Fall. Eventuell vier.«

»Übernimmt das die Krankenkasse?«

»Ich bitte Sie, Herr Nachtmann. Und jetzt einmal Mund öffnen.«

Obwohl sich der Bohrer, den sie in meinen Mund schob, kaum in meinem Sichtfeld befand, erkannte ich die Schwere seines Kopfes, tiefe Kerben, grobe Körnung. Dann folgte der Sauger von links. Sie schmissen die Maschinen an. »Sie wollen ja keine Betäubung, oder?«, hörte ich Dr. Schlimm noch sagen, dann rüttelte mein gesamtes Skelett.

»Berlin war anders, als ich hierhergekommen bin!«, rief Dr. Schlimm über den Krach der Geräte hinweg. Sie stemmte sich mit ihrem Körpergewicht auf den Bohrer. Eine Träne lief meine Wange herab. Sie schrie weiter: »Ich hab mit dem Mauerfall hergemacht! Die Häuser standen leer! Die Stadt gehörte uns! Also, sie gehörte wirklich *uns*, verstehen Sie, wir sind durch die verlassenen Wohnungen und Keller gestreunt und haben gesagt: Hier machen wir jetzt einen Club rein! Gott, was wir für – hier hinten saugen, Frau Jacobi, hier hinten! –, was wir für Clubs hatten! Was wir für Partys gefeiert haben! Das können Sie sich heute gar nicht mehr vorstellen! Ich befürworte das allgemeine Weichwerden unserer Gesellschaft! Wirklich! Aber beim Feiern, da finde ich es peinlich! Bunte Klamotten! Glitzer im Gesicht! Diese elendig langsame, melodische Musik! Und alle wollen draußen sein mit ihrer ach so tollen Haut! Achtung, Herr Nachtmann, das könnte jetzt wirklich wehtun! Wir haben die Baukleidung nicht zum Spaß getragen beim Tanzen! Unser Feiern war noch Arbeit, das war Widerstand! So, einmal ausspucken bitte.«

Ich beugte mich nach vorne und spuckte tiefrotes

dickes Blut ins Becken. Trank einen Schluck Wasser, spuckte aus. Noch mal. Dr. Schlimm hielt den Bohrer fest und wartete darauf, dass ich fertig war, damit sie sofort weitermachen konnte. »Das Gröbste vom ersten Zahn hamwa«, sagte sie. »Fehlen noch zwei. Oder drei. Mal schauen. Sind Sie so weit?« Ich lehnte mich stumm zurück, schloss die Augen und öffnete den Mund. Wenige Sekunden später wurden die Geräte angesetzt. Es ging wieder los. Ich krallte mich an den Armlehnen fest.

»Das Problem von damals! Und deswegen ist Berlin heute auch so scheiße! Das Problem war, dass niemand von uns verstanden hat, was für einen Wert Immobilien haben! Vielleicht hätten wir es verstanden! Wenn sich mal einer Gedanken gemacht hätte! Aber das gab es nicht! Wir haben nicht an Immobilien gedacht! Die Räume waren da, sie waren heruntergekommen, aber frei! Wir haben es einfach nicht für möglich gehalten, dass die jemand haben will! Hätten wir das gewusst! Was hätten wir alles machen können! Für 'ne Packung Zigaretten hat man damals ganze Häuserblocks bekommen! Verstehen Sie, Herr Nachtmann? Mannomann, ist der Zahn hier hartnäckig! Ist wohl gesünder, als ich dachte! Hahaha! Na ja! Wir dachten: Wozu sollen wir kaufen? Die Räume sind doch da! Und dann! Schnappschnapp! Kamen die Investoren! Und ruckzuck ist die Stadt weg! Und noch mal ausspucken, bitte.«

Ich spuckte aus. »Tut ganz schön weh«, sagte ich.

»Ja, wir sind jetzt nah am Nerv. Kann man nichts machen. Da müssen Sie jetzt durch. Danach sind die Zahnschmerzen aber passé. Versprochen.«

»Geht es jetzt noch weiter?«

»Einer noch.«

Ich sah nach links zu den Assistentinnen, die, wie ich verwundert feststellen musste, den Sauger zu dritt hielten. Sie sahen mich mit eingefrorenen Gesichtern an. Ich schloss die Augen und öffnete den Mund. Ich hörte Dr. Schlimm ein leises »Ab gehts« seufzen, bevor sie sich wieder an die Arbeit machte. Der Schmerz zog sich bis in die Fußspitzen.

»Ich muss Ihnen ganz ehrlich sagen! Ich habe schon das Gefühl, dass mir hier etwas zusteht! Also in der Stadt, meine ich! Menschen wie ich damals! Wir haben diese Stadt ja erst attraktiv gemacht! Wir waren Kreative! Überlebenskünstler! Wir haben die Partys geschmissen, die richtigen! Wegen Menschen wie uns wollten sie alle herkommen! Und sie kamen! Und was ist für uns vom Kuchen übrig geblieben? Nüscht! Wir können jetzt gucken, wo wir bleiben! Aber ich sag Ihnen ganz ehrlich! Ich würde mir hier schon gerne mal was zurückholen! Räume nutzen, so wie früher! Büros, Co-Working, aber auch diese neuen Kuschelraves! Ist für mich alles das Gleiche! Ich würde das wirklich gerne mal gründlich umgestalten! Verstehen Sie? Einfach mal sagen, nein, ihr müsst hier jetzt raus! Das ist meins! Ich zeig euch, wie das geht! So, Herr Nachtmann, ich glaube, wir haben es fürs Erste.«

Ich spuckte wieder Blut. Mir war schwindelig, schwarze Flecken schoben sich in mein Sichtfeld. Dr. Schlimm hielt den Bohrer weiterhin fest, als überlegte sie, ob ich nicht doch noch einen Zahn hätte, den man wegschleifen konnte.

»Haben Sie schon eine Idee, wie Sie das anstellen wollen?«, sagte ich übers Becken gelehnt.

»Wie bitte?«

»Das mit den Räumen. Wie Sie sie zurückholen wollen.«

»Entschuldigung, wovon sprechen Sie, Herr Nachtmann?«

»Sie haben doch eben grade –«

»Oh, habe ich geredet? Tut mir leid, das ist ein kleiner Tick von mir, beim Zähnebohren sprudelt es manchmal aus mir raus.«

»Sie haben erzählt, dass Sie die Räume in Berlin –«

»Machen Sie dann vorne einen neuen Termin aus? Wir sind leider nicht fertig, so eine Verkronung braucht ein paar Sitzungen.«

»Mich würde schon interessieren, wie –«

»Draußen wartet die nächste Patientin, Herr Nachtmann. Ich habe leider keine Zeit zu plaudern. Machen Sie es gut.«

Draußen setzte ich mich auf eine Bank am Spielplatz und spuckte noch etwas Blut. Alles erschien mir plötzlich völlig logisch, undurchsichtig, aber logisch. Ich kannte nicht die genauen Motive, Ziele, Strukturen, aber ich ahnte das Auge einer lenkenden Instanz, einer Instanz, die entschied, was geschah und was nicht. Ich stand auf und ging los, ich befand mich in Alt-Treptow, die Spree war nicht weit. Sie wollte ich sehen. Auf dem Weg rief ich Farina an, die von ihrem Zahnarztbesuch erwartungsgemäß enttäuscht wurde. Nichts sei aus ihm rauszuholen gewesen, weder ein besonderes Interesse an Meteoriten noch an Immobilien noch am Tod. Ich wartete das Ende ihrer Erzählung geduldig ab, und dann legte ich ihr dar, wie sicher ich mir sei, dass Farina ihren Club als Teil eines Rachefeldzugs an die Zahnärzte verloren habe. Während ich das erzählte, passierte ich die Brücke nach Friedrichshain und spazierte in Richtung Rummelsburger Bucht. Die Sonne glühte auf meinem Kopf, ich schwitzte, alles war schwummrig. Nur die Spree strahlte, eine Milliarde Diamanten blendeten mich, der sich bewegte durch eine stillstehende Welt. Der Verkehr war im Teer zerflossen, leere Karosserien schwebten bei Rot über die Ampel. Automatisches Getriebe, Seitenspiegel ungenutzt, per Rückwärtsgang zur Liebschaft. Ein Käfer saß auf meiner Nase und fragte, ob ich jemals Selbstmord in Betracht gezogen hätte und ob ich ihm die Reifen wechseln könne. *Ja zu beidem*, rief ich und kurbelte am Wagenheber. Menschen tun mir weh. Aus den Birkenkronen behaupteten die Vögel singend, ich hätte heute Geburtstag, und der Bacardi floss wie Tränen aus den Waben, süßer, süßer Duft. Uns bleibt nichts, als mit nach Usedom zu fahren, hörte ich mich in den Hörer sprechen, nach Usedom, wo der Zahnarzt auf seinen Meteoriten wartet. Eddi wird ihn sicher bald schon hinbringen. Ich hörte Farina zustimmen, und dann lichtete die Welt sich vor mir, alle Blendung verschwand. Ich konnte nicht glauben, was ich sah. Farina fragte, ob ich wisse, wann Eddi den Meteoriten nach Usedom bringen wolle, er dürfe auf keinen Fall ohne sie fahren. Nein, nein, nein, nein, sagte ich, und Farina fragte, ob alles okay sei. Das musst du sehen, sagte ich, das musst du sehen, hier steht ein riesiges Schild vor mir, an der Spree, und darauf zu sehen ist der Fährmann, riesengroß, und unter ihm ein Pfeil, und dieser Pfeil zeigt nach links, und da steht eine Hütte, da kann man reingehen. Das musst du sehen, sagte ich.

Ich war ein bisschen benommen, aber es stimmte wirklich. Das Schild war da, mit demselben Fährmann, den wir auf den Stickern und den Polohemden gesehen hatten. Und da war eine Hütte, ein Verschlag vielleicht eher, aus unbearbeitetem Holz zusammengezimmert. Drumherum das Wasser und Grün. Allein reinzugehen traute ich mich nicht, ich positionierte mich im Sicherheitsabstand und wartete auf Farina, ich weiß nicht, wie lange. Als sie kam, standen wir beide bloß da und schauten die Hütte an. Wir wussten nicht, womit zu rechnen war. Sollten wir einfach reingehen? Sollten wir abwarten, dass wir jemand anderes sahen, einfach nur, um die Gefahr besser abschätzen zu können? Gab es eine Gefahr? Es bewegte sich nichts.

Ich überlegte, ob wir zu weit gegangen waren. Ich denke, dass es Bereiche in der Welt gibt, die unzugänglich sind und auch sein sollten, und dass man das zu akzeptieren hat. Eine der schlimmsten Überzeugungen der Menschheit liegt darin, dass alles, was sich erobern lässt, erobert werden sollte. Ich wollte immer das Gegenteil sein, ein Mensch, der nichts erobert, der allen Dingen bloß erliegt. Daliegen und schauen und träumen.

Ich war zunehmend überzeugt, nicht in diese Hütte zu

gehören. Wer oder was auch immer sich hinter den Fährmännern verbarg, es ging mich nichts an. Ich wollte nach Hause. Ohne Farina wäre ich nicht geblieben. »Komm«, sagte sie jedoch, und ich lief ihr tatsächlich hinterher, ich wollte nicht, dass sie mich für den Feigling hielt, der ich war.

Farina klopfte an die Tür. Eine männliche Stimme, irre gut gelaunt, bat uns hereinzukommen. Innen war es geräumiger, als ich angenommen hatte. Gegenüber vom Eingang stand ein Schreibtisch, an den Wänden ein paar Regale mit Papierkram. Überall wuchsen Topfpflanzen in prächtigem Grün, sie lehnten sich in den Raum oder kletterten die Wände entlang. Eine Terrassentür führte auf einen Steg über die Spree. Der Mann begrüßte uns mit einem Ordner in der Hand. Er war oberkörperfrei und barfuß, trug nur eine Dreiviertelhose, aus der die Boxershorts oben rausguckte. Er hatte einen dünnen, muskulösen Körper und fast vollständig kurzgeschorene Haare. Nur ein einziger, am Nacken rausgewachsener blonder Dreadlock lag ihm auf der Schulter. Er hatte sehr blaue Augen. Hinter ihm hing ein Poster mit dem Fährmann.

»Hi«, sagte er, »entschuldigt, dass ich euch hier mit diesem blöden Ordner in der Hand empfangen muss. Das Finanzamt interessiert sich leider gar nicht dafür, ob ich es in meinem Büro gemütlich finde oder nicht. Heute ist Steuertag. Das macht mich megadepressed, hier mit diesem ganzen Papier zu sein und dem Bildschirm. Ich verstehe wirklich nicht, warum Leute einen Nine-to-five-Job haben. Das wäre wirklich gar nichts für mich.

Ich brauche einfach meine Freiheit. Auch was monogame Beziehungen angeht. Wie kann man sich selbst so gefangen nehmen? Der Mensch ist nicht dafür gemacht, nur eine Person zu lieben. Wir sind Tiere der Begierde, wir wollen uns verzehren nach Körpern und Leidenschaften, und zwar mit wechselnden Sexualpartnerinnen.«

»Hi«, sagte Farina.

»Was kann ich denn für euch tun? Gut seht ihr aus. Das kommt von der Sonne. Ich muss auch dringend mal wieder in die Sonne.«

»Wir haben euer Logo überall gesehen –«

»Ja, toll, oder? *Euer* ist aber ein bisschen zu viel gesagt, eigentlich bin nur ich das. Aber man könnte denken, es steckt ein ganzes Team dahinter, nicht wahr? Eigentlich wollte ich mit Expansion nichts zu tun haben, weil ich mich nicht der Wachstumslogik unterwerfen wollte. Viele von uns glauben an den Fortschritt, aber in Wahrheit ist das ja auch nur ein Diktat des Kapitalismus. Doch dann ist meine Schwester gestorben, letztes Jahr war das. Über die Details möchte ich nicht sprechen. Ich wurde richtig einsam. Wir haben den Betrieb zusammen geschmissen. Und irgendwie hatte ich auf einmal das Gefühl, dass ich doch wachsen wollte, unternehmerisch, versteht ihr? Die Lücke, die meine Schwester hinterlassen hatte, ließ sich durch nichts füllen und dann auf einmal doch, und zwar durch steigende Umsätze. Ich habe einfach gemerkt, dass ich ökonomisches Wachstum *gebraucht* habe, dass es mir *guttut*. Und da erst wurde mir klar, wie lange ich nichts mehr für mich getan habe, also wirklich nur für mich. Und da sagte ich mir, hey, Joscha, du hast es verdient, glücklich zu sein. Tu dir was Gutes, lass Merch produzieren, bau eine Marke auf, geh raus und hol dir die schwarzen Zahlen. Und dann hab ich das gemacht, und es ist viel besser angekommen, als ich dachte, die Leute *lieben* Sticker und Feuerzeuge und Shirts. Wir sind ein *Movement*, Baby.«

Es war sehr stickig in der Hütte. Eine Fliege setzte sich auf meinen Unterarm, und ich wunderte mich, dass sie nicht kleben blieb. Aus meiner Haut hätte Honig fließen können. Ich sah nach draußen, wo im Strahlen der Spree etwas Tröstendes lag. Etwas verbarg sich dahinter, etwas Lebendiges. Viele sagen, die Spree sei ein Tümpel, angeblich bekommt man sogar Hautausschlag, wenn man in ihr badet. Ich wollte das nicht glauben, nicht an diesem Tag, an dem ich mich fühlte wie der erste Einzeller, im Wasser geboren, lebendig, aber dumm. Die Spree war mein Zuhause. Ich wollte nicht mehr dort sein, in dieser ekelhaften, schwitzigen Hütte, ich wollte allein sein und mich nicht einsam fühlen.

»Was seid ihr denn für ein Movement?«, sagte Farina. Sie drückte sich sehr zögerlich aus. Joscha sah sie verwundert an. Er legte den Ordner ab und zwirbelte an seinem Dreadlock.

»Wir sind ein Movement der Körper«, sagte er. »Ich will jetzt nicht Yin und Yang sagen. Aber Balance auf jeden Fall, und zwar im geistigen wie physischen Sinne. Wir stehen auf Wasser, wir halten uns dort, wir finden zu uns, und zwar zu *uns*, verstehst du? Zu *uns*, wie wir *sind*, und nicht, wie der Kapitalismus uns glauben lässt zu sein. Wir sind nicht bloß eine zu einem vermeintlichen

Individuum zusammengebaute Summe von Konsumentscheidungen. Wir sind Menschen, die wünschen und hoffen und lieben. Und zwar mehrere Sexualpartnerinnen parallel. Wir glauben daran, die beste Version unserer selbst sein zu können. Wir wissen, dass dies nur abseits des täglichen Nachrichtenstroms geschehen kann, denn wenn man nur Medien rezipiert, dann ist die Welt schlecht, und das Negative der Meldungen macht auch deinen Kopf, ganz tief drinnen, negativ. Wir glauben, dass das Leben mehr zu bieten hat. Wir glauben an die äußerste Form von Freiheit. Wir glauben auch ans Geldverdienen. Denn nur wer hat, kann geben.«

»Und warum dann der Fährmann?« Farina zeigte auf das große Poster hinter Joscha, der sich danach umdrehte und es lange anschaute. Dann sah er wieder zu Farina, die Augenbrauen zusammengeschoben. In seinem Gesicht formulierte sich eine Frage, die er nicht aussprach.

»Na, der Fährmann in deinem Logo. Warum ist er da? Wofür steht er?«

»Das ist doch kein Fährmann«, sagte Joscha, ohne seine Kränkung zu verbergen. Er sah noch mal das Poster an, um herauszufinden, woher Farina diesen ganz offensichtlich wahnsinnigen Einfall hätte bekommen können. »An dem Logo habe ich monatelang gearbeitet, wie kommst du auf Fährmann? Wer benutzt denn überhaupt dieses Wort? Das ist ein Stand-up-Paddler. Ich biete Unterricht im Stand-up-Paddling an. Ich verkaufe und verleihe Stand-up-Paddling-Ausrüstung. Ich gebe Stand-up-Paddling-Yogakurse. Ich habe einen Stand-up-Paddling-Club gegründet, wir haben Vereinsräume und

Stammtische, wo wir uns zum Quatschen treffen, Stand-up-Chatting nennen wir das. Sag mir doch jetzt nicht, dass du noch nie von meiner sexpositiven Partyreihe gehört hast, Stand-up-Petting? Ganz Berlin weiß das. Willst du mich veralbern?«

Als wir Joscha sagten, dass wir keinerlei Interesse am Stand-up-Paddling hatten, jagte er uns nach draußen. Wir gerieten in den Sonnenschein, wie man aus einem Tunnel kommt, schlagartig geblendet suchten wir uns einen Platz im Schatten. Wir schwiegen lange. In der Rummelsburger Bucht fuhren Flöße, weiter hinten sahen wir die Touristendampfer. Und ja, tatsächlich überall auch Stand-up-Paddler. Ich hatte das Gefühl, Farina trösten zu müssen, wunderte mich aber gleichzeitig darüber, denn eigentlich war es doch etwas Gutes, dass sich kein alles steuernder Todeskult hinter den Dingen verbarg. Das sagte ich dann auch zu Farina. Ob das nicht etwas Gutes sei.

»Wahrscheinlich schon«, sagte sie. »Gleichzeitig auch nicht. Wenn man eine schlimme Krankheit diagnostiziert bekommt, ist das scheiße, aber dann weiß man wenigstens, warum man sich schlecht fühlt, und kann dagegen vorgehen. So, wie es jetzt ist, gibt es nur das Schlechtgehen und nichts dahinter. Irgendwo gibt es irgendwen, der irgendwas macht. Und das hat Auswirkungen auf mich, aber es ist nicht steuerbar. Alles passiert gleichzeitig, und alles wirkt sich auf alles andere aus. Wie soll man da nicht wahnsinnig werden?«

Ich hatte keine Antwort, natürlich nicht, ich war ja ohnehin die meiste Zeit damit beschäftigt, nicht wahnsinnig zu werden. Ich rechnete ständig damit, von einem

Zufall erschlagen zu werden. Einen großen Teil meiner Energie benötigte ich zum Durchrechnen dieser Zufälle. Ich achtete darauf, mein Handy immer in Griffnähe zu haben, um im Falle eines Herzinfarkts noch schnell den Rettungsdienst zu rufen. Sitzplätze im Zug buchte ich in Ausgangnähe. Wenn ich im Kino saß, dann hielt ich Ausschau nach Behältern, in die ich reinkotzen konnte, sollte mir aus irgendeinem Grund plötzlich schlecht werden. Jeden Tag erstarre ich in Ehrfurcht vor einem kosmischen Versehen, das meinem Leben ein Ende setzt. Wahrscheinlich hatte Farina recht, und das Wissen um eine steuernde Instanz würde mich trösten. Vielleicht auch nicht, ich weiß es nicht. Nur einen einzigen Satz brachte ich zustande: »Ich habe auch Angst.«

Ein Laubblatt fiel vom Himmel, Herbst jedoch war noch lange nicht. Durch die Schläfrigkeit der sengenden Hitze dröhnten Motorboote und Zikaden. Es hätte alles anders sein können, doch jeder Tag war gleich. Ich fühlte mich zu nichts verbunden, willkürliche Gefühle peitschten mich voran, zittrig und fiebernd. Farina umarmte mich. Ich umarmte sie zurück. Für einen kurzen Augenblick konnte man glauben, es gäbe Halt im Leben.

Und jetzt?

Jemand sagte diesen Satz, und jemand anderes wusste keine Antwort. Wir hatten nicht mehr viel zu verlieren, da waren wir uns einig. Warum also nicht nach Usedom, wo der Mond sich in die Ostsee lehnte, wo der Wind uns den Schlaf aus den Augen rieb, wo die Zahnärzte ihre Antworten aus dem Weltall pflückten.

Am Morgenhimmel verlief das Gold aus dem Osten nahtlos in zärtliches Blau. Über den Dingen lag ein blasser Schleier, der sich in wenigen Stunden lösen und der Hitze weichen würde. Ich versuchte, nicht daran zu denken. Nicht wegen der anstehenden Hitze, sondern wegen des Morgens an sich, dessen Ende ich täglich betrauere. Es gibt kaum einen Morgen, an dem ich nicht gut gelaunt bin, was mich immer wieder aufs Neue wundert, wenn ich bedenke, wie es mir vor dem Einschlafen geht. An schlechten Abenden brauche ich etwas Verschreibungspflichtiges, an den besten reichen Baldriantabletten. Angst habe ich so oder so. In den Morgenstunden jedoch bin ich voller Energie und Tatendrang, manchmal glaube ich sogar daran, dass es mir auch am Abend noch gut gehen wird. Ich irre mich jedes Mal, doch ich staune über die Fähigkeit meines Körpers, Hoffnung zu regenerieren. Ich deute es als einen Hinweis, dass mir Glücksempfinden theoretisch möglich ist. Eines Tages wird es mir gelingen, da war ich mir auch an diesem Morgen sicher, als ich vor Burger King stand und atmete. Es roch sehr gut.

»Wie ich diesen Gestank hasse«, sagte Farina. »Warum treffen wir uns bitte bei Burger King?«

Wir trafen uns bei Burger King, weil Heinrich es so

wollte und er der Mann mit dem Auto war. Er hing dem Aberglauben an, dass jede lange Reise, jede Weggabelung auf dem Lebenspfad der großen Entscheidungen bei Burger King beginnen musste. Das hatte mit einer obskuren Geschichte vor vielen Jahren zu tun, die er uns nicht näher erläutern wollte. Der Aberglaube beinhaltete ursprünglich den Verzehr von mindestens einem Doppel Whopper, aber weil sich das nicht mehr mit dem Gesundheitsbewusstsein vertrug, das Heinrich entwickelt hatte, seinem Fitnessplan, legte er die Regel nun so aus, dass es genüge, sich draußen an der Lüftung aufzuhalten und die Fette einzuatmen, und so warteten Farina, Eddi und ich auf dem Parkplatz, um Richtung Usedom abgeholt zu werden. Meikel saß bereits auf dem Beifahrersitz.

»Wart ihr schon inhalieren?«, sagte Heinrich beim Aussteigen.

»Ich gehe ganz sicher nicht inhalieren«, sagte Farina.

»Dann kommst du nicht mit nach Usedom.«

Heinrich kramte eine mit einem langen Schlauch verbundene Atemmaske aus dem Kofferraum und begab sich direkt zum Lüftungskasten an der Rückseite des Gebäudes. Meikel schien von der Sache so wenig begeistert zu sein wie Farina, während Eddi, Heinrich folgend, über die Notwendigkeit referierte, zur Erhaltung von Lebendigkeit immer offen für Neues zu bleiben. Dass Eddi für Heinrich Partei ergriff, wunderte mich sehr, die beiden konnten sich nicht ausstehen, und zumindest Heinrich versuchte auch gar nicht erst, seine Abneigung zu überspielen. Ich vermutete, Eddi tat es Meikel zuliebe, ein anderer Grund fiel mir nicht ein.

Wir standen hinter Heinrich und beobachteten ihn dabei, wie er den Schlauch der Atemmaske durch einen Spalt oben an der Lüftung schob, die Maske aufsetzte, die Augen schloss und gut hörbar ein- und ausatmete. Nach zehn, fünfzehn Zügen nahm er die Maske ab und reichte sie an Farina weiter.

Man musste Heinrich recht geben: Die Fahrt verlief wirklich reibungslos. Alle Ampeln waren grün geschaltet. Wir erreichten Brandenburg gänzlich ohne Stau. Bis dahin hatten wir in Schweigen ausgeharrt, die Sache mit der Lüftung verbreitete ein eigentümliches Gefühl von Demütigung. Dann aber sagte Eddi, der mit mir und Farina auf der Rückbank saß, zu den Feldern schauend, dass er Kühe wirklich toll finde. Außer mir stimmten alle anderen hörbar zu, indem sie »mhm« machten oder »total« sagten.

»Magst du keine Kühe, Ilja?«, sagte Eddi.

»Doch, doch. Sorry, manchmal vergesse ich zu antworten.«

»Du vergisst zu antworten? Bist du auch süchtig?«

»Nein«, sagte ich und fühlte die Notwendigkeit hinzuzufügen: »Ich habe noch nie was konsumiert.«

»Verrückt. Dachte, das wäre so ein Süchtigending. Hatte ich nämlich auch immer, als ich konsumiert habe, also zumindest in den letzten Jahren. Da war in meinem Kopf so viel los, und mein Körper war gleichzeitig so kaputt, dass ich oft nicht so richtig wusste, ob ich gerade was gesagt habe oder nicht. Teilweise hab ich Stimmen gehört. Und dann war unklar: Hat das mein Kopf gesagt? Hab ich das gesagt?«

»Klingt anstrengend.«

»Total anstrengend. Ich bin so froh, dass das weg ist. Muss ja ehrlich sagen, den Turn vermisse ich schon oft. Aber das vermisse ich nicht.« Eddi fiel in nachdenkliches Schweigen, wir taten es ihm gleich. Es waren Minuten vergangen, als er sagte: »Wie ist das bei dir, Meikel?«

»Wie ist was bei mir?«

»Mit dem Sprechen.«

»Ich weiß nicht, was du meinst.«

»Keine Ahnung, Mann, ich versuche hier, eine Konversation zu führen, Ilja sagt, er vergisst zu antworten, ich sage, ich dachte, das haben nur Süchtige, wegen der Stimmen, jetzt frage ich dich, was ist deine Meinung dazu, hast du das auch, oder hast du das gar nicht, hast du was ganz anderes, *irgendwas* wird dir doch einfallen.«

»Hm.«

»Mir fällt was dazu ein«, sagte Heinrich. »Also zu Meikel.«

»Hau raus«, sagte Eddi. Meikel sah stumm aus dem Fenster.

»Früher, also als Kind mein ich, war Meikel komplett auf Labern hängen geblieben, also wirklich geisteskrank, ständig war ich so: *Bruder, wann hältst du dein Maul?*, aber ihm war alles scheißegal, er hat bei jeder Gelegenheit irgendeine Scheiße erzählt, er ist draußen zwei Minuten pissen gegangen, kommt wieder und erzählt dir, dass er ein Rudel Wölfe gesehen hat und so ein Schwachsinn. Dann sagst du halt: *Nee, glaub ich nicht*, aber er lässt nicht locker, und dann glaubst du es irgendwann. Und dann zieht er es durch, ohne Scheiß, er zieht es durch, er sagt:

Lass nach den Wölfen gucken gehen, und dann verbringt ihr den kompletten verfickten Tag damit, nach den Wölfen zu gucken, stundenlang, bis es dunkel ist. Und am nächsten Morgen kommt er mit ’ner neuen Geschichte an, mit der man den ganzen Tag verschwendet. Meine Ma hat sich immer totgelacht, wenn er bei uns war, sie hat ihn geliebt. Weißt du das noch, Meikel? Irgendwann hat sie dich nur noch Schwätzer genannt, *wo ist der Schwätzer*?, *wie geht es meinem kleinen Schwätzer heute*?, manchmal dachte ich, sie hat deinen richtigen Namen vergessen.«

Es kam Heiterkeit auf, sogar Meikel grinste vor sich hin. Auch Farina und ich lachten, wobei ich mich fragte, ob diese Geschichte überhaupt stimmen konnte. Es schien mir zu weit weg von dem Meikel, der mich im Bus angeschwiegen hatte und der sich so viel Mühe gab, niemanden an sich heranzulassen. Vielleicht hätte ich vermutet, dass er nur zu mir so war, wenn Eddi nicht gesagt hätte: »Kann man sich gar nicht vorstellen bei dir, Meikel.«

»Ja, genau mein Punkt«, sagte Heinrich. »Heute hält er *nur noch* sein Maul.« Er lachte noch mal auf, dann wurde es still im Auto. Eine Weile das Rauschen der Räder auf der Landstraße. Dann, plötzlich ganz ruhig und bedacht, sagte Heinrich: »Nee, im Ernst, Bruder: Was ist passiert? Kannst du dich erinnern? Das frage ich mich schon lange, ehrlich gesagt. Mit dreizehn, vierzehn warst du auf einmal ein anderer Mensch. Du bist ruhig geworden. Richtig ruhig.«

Meikel streckte seinen Rücken durch, schaute dabei weiter aus dem Fenster. Auch Farina, die rechts neben mir saß, sah nach draußen. Sie knetete ihren Gurt. Es war ihr wohl unangenehm, bei dieser Szene anwesend zu sein, weil es sich um etwas handelte, das nur Freunde anging, ein Gespräch, das Heinrich und Meikel allein führen sollten. Ich hingegen empfand genau das als etwas Schönes, für mich war es ein Zeichen wachsender Freundschaft zwischen uns und den anderen.

»Ich weiß es auch nicht so genau«, sagte Meikel. »Mir ist das selbst erst viel später aufgefallen. Irgendwann dachte ich an meine Kindheit zurück und dachte: Hä, stimmt, ich war so … keine Ahnung, so lebendig als Kind, ich hatte so viel Energie, war immer lustig. Und dann auf einmal nicht mehr, ich bin traurig geworden. Aber es ist nichts passiert. Ich weiß nicht, woher das kam. Auf einmal war ich traurig und bin es nicht mehr losgeworden.«

»Und du weißt gar nicht, warum?«

»Nein, nicht wirklich, habe oft darüber nachgedacht. Ich erinnere mich, wie sich mein Gefühl geändert hat, also allgemein zum Leben. Ich habe nichts mehr erwartet, ich wollte nichts mehr machen. Ich habe keinen Sinn darin gesehen, lustig zu sein oder fleißig oder sonst irgendwas. Ehrlich gesagt habe ich mich bei der Entgiftung sogar richtig gewundert: Als dann klar war, wenn du nicht aufhörst mit den Drogen, dann stirbst du – dass ich dann aufgehört habe, obwohl ich vom Leben nichts mehr wollte. Das war ja einer der Gründe, warum ich überhaupt süchtig werden konnte, glaube ich. Es war mir einfach egal. Aber sterben wollte ich dann doch nicht. Auf eine komische Weise hat mich das erleichtert, weißt du? Irgendwo in mir ist etwas, das leben will. Das zu wissen ist sehr beruhigend.«

»Ja«, sagte Eddi. »Das glaube ich.« Er wollte offenbar weiterreden, doch er hielt sich zurück. Außer mir schien das niemand zu bemerken, also fragte ich, was ihm durch den Kopf ging.

»Ach«, sagte er, »ich wundere mich nur, dass wir nie darüber geredet haben. Wir waren ja ständig zusammen, aber bei mir war das ganz anders. Ich hatte eigentlich immer viele Pläne, ich wollte immer irgendwas *machen.*«

»Ist das so, ja?«, sagte Heinrich in einem Ton, dessen Aggressivität mich erschreckte.

»Ja, das ist so«, blaffte Eddi zurück. »Nur weil *mein* Leben nicht aus Businessplänen besteht, heißt das nicht, dass ich nichts machen will, du Spinner.«

»Komisch aber, dass du dafür so wenig gemacht hast bisher.«

»Woher willst du das denn wissen? Irgendwelche schwachsinnigen Firmen gründen kann jeder, deswegen musst du dich nicht für den größten Macher halten.«

»Nee, deswegen nicht, aber im Gegensatz zu dir mache ich ja auch –«

»Was soll das denn überhaupt heißen, *machen*?«, sagte Farina plötzlich. Es entstand eine kurze Stille, in der wir uns wahrscheinlich alle wunderten, warum Farina, die bis dahin so gut wie nichts gesagt hatte, genauso aufgebracht war wie Eddi und Heinrich. »Ihr redet die ganze Zeit von *machen*. Was meint ihr damit?«

»Wie, was meinen wir damit«, sagte Heinrich. »Was machen halt. Pläne haben.«

»Produktiv sein«, fügte Eddi hinzu.

»Genau.«

»Und produktiv sein ist gut, weil …?«

»Oh nee, jetzt fang nicht so an.«

»Ich meins ernst, erklärt mir das bitte. Ihr redet von machen, *produktiv sein*, als wäre es automatisch etwas Gutes. Warum sollte das so sein?«

»Weil wir Menschen sind«, sagte Heinrich. »Und wir sind Menschen, weil wir kreativ sind und Dinge schaffen können. Wenn man nichts macht außer fressen und bumsen, dann ist man ein Tier. Wir können Dinge tun, die größer sind als wir selbst. Wir können die Welt bearbeiten und etwas Neues daraus machen.«

»Und es reicht nicht, wenn man nur Mensch ist, um mit anderen Menschen zu sein?«, gab Farina zurück. »Einfach nur, um sich, keine Ahnung, zu *unterhalten*?«

»Das kann doch nicht dein Ernst sein. Man muss doch arbeiten«, sagte Heinrich. Eddie schien die Muße für die Diskussion sofort verloren zu haben und überließ sie Heinrich und Farina, die nun weitersprach.

»Ja, klar, man muss natürlich tun, was man tun muss, um zu überleben«, sagte sie. »Aber du meinst mit deinem *Machen* ja auch nicht einfach arbeiten gehen. Du meinst ja etwas anderes, etwas Prinzipielles. Zwei Menschen, die einfach miteinander reden, über irgendwas, die würdest du ja nicht kreativ nennen und produktiv schon gar nicht.«

»Nein. Warum sollte ich?«

»Sprechen ist kreativ. Und man produziert sich gegenseitig Wissen. Über das Menschsein.«

»Willst du mich verarschen? Meikel? Verarscht sie mich? Was ist das hier für eine Hippiescheiße?«

Meikel schien dem Gespräch schon lange nicht mehr zu folgen. Er lehnte mit dem Kopf an der Scheibe und schaute in den Himmel. »Ich glaube, es fängt gleich an zu regnen«, sagte er. Kaum hatte er den Satz beendet, war ein grollender Donner zu hören, und kurz darauf folgte ein dermaßen heftiger Wolkenbruch, dass wir alle in ein langes Schweigen fielen. Ich glaube, Farina war die Erste, die wieder anfing zu sprechen und uns fragte, ob wir uns erinnern könnten, wann es das letzte Mal geregnet habe. Niemand konnte es, aber wir wussten, dass es lange her war. Heinrich stellte die Scheibenwischerstufe von zwei auf drei. Ich sah eine Herde Schafe, die unter einer breiten Baumkrone Schutz suchte. Als Kind hat mich die Erkenntnis überwältigt, dass die Sonne und der Mond und die Sterne auch bei Regen da sind. Ich konnte mir nicht vorstellen, dass diese Körper für immer, pausenlos, leuchten, und ebenso wenig konnte ich mir vorstellen, dass sich über dem Regen etwas befand.

Es drängte sich das Wort *Wolkendecke* auf. Wie dunkles Geröll legte sie sich über Usedom, so tief, dass man zweifelte, unter ihr aufrecht stehen zu können. Ich bekam das Gefühl, einen kosmischen Tanz zu bezeugen, ich war wieder der Junge, der eine papierne Schutzbrille aus irgendeinem Magazin riss und damit in die totale Sonnenfinsternis schaute, nur einen Monat nach der größten Loveparade aller Zeiten, es zog ein Schatten über Deutschland, und die Vögel pausierten ihren Gesang, und ein Raunen ging durch die Nachbarschaft, gut hörbare *Ahs* und *Ohs*, und wir, meine Geschwister und ich, staunten mit, obwohl wir nicht mal wussten, dass wir, wollten wir die Sonnenfinsternis hier, an diesem Ort, noch einmal sehen, einhundert Jahre alt werden müssten, und bis dahin würden alle Menschen, die wir liebten, tot sein. Die Loveparade jedoch fand auch noch im Jahr darauf statt und in dem danach und danach, und wie ich da im Auto saß und in den schwarzen Himmel Usedoms sah, wünschte ich mir, dass es Zusammenhänge gäbe, zwischen der Sehnsucht der Feiernden und den Choreografien im All, doch wahrscheinlich war da nichts, nur zappelnde Körper auf der Erde und ein Regen, der niemals wieder aufzuhören schien.

Der Regen wurde so heftig, dass Heinrich zehn Kilometer vor Ückeritz rechts ranfuhr und den Motor abstellte. Tropfen hämmerten aufs Blech. Eddi sagte, dass wir ja eigentlich gleich da seien. Heinrich erwiderte, Weiterfahren habe keinen Sinn. Dagegen war schwer etwas zu sagen, tatsächlich war die Straße kaum zu sehen. Ich gab mir Mühe, meine Angst nicht in Panik umschlagen zu lassen, der Anblick des laufenden Wassers auf den Straßen beunruhigte mich sehr. Ich musste an all die Videos von durch Städte treibenden Autos denken, die ich in den letzten Jahren gesehen hatte, ich sah Schlammlawinen und stürzende Bäume und uns mittendrin. Ich rieb die Finger meiner linken Hand, weil ich glaubte, sie seien taub geworden.

Irgendwann entschieden wir, dass es sicherer sei, im Schritttempo weiterzufahren, als hier im Schlamm stehen zu bleiben. Heinrich schaltete alle Lichter ein, die das Auto hatte, man sah die Straße so gut wie gar nicht. Zum

Glück kam uns niemand entgegen. Wir krochen voran. Gelegentlich gerieten wir ins Rutschen, doch fingen uns schnell wieder. Immer wieder glaubte ich, tief im Regen fliegende Schemen zu sehen, schwammige Umrisse von Gegenständen oder Tieren, die groß genug waren, um uns in Schatten zu hüllen. Heulte der Motor? Im Kofferraum lag immerhin ein vier Milliarden Jahre schwerer Stein. Ich hatte das Gefühl, es sei sein Gewicht, das uns nur so langsam vorankommen ließ.

»Ich war ein einziges Mal in meinem Leben im Urlaub«, sagte Eddi, »und da hat es genauso geregnet. In Kroatien war das. Mit meinen Eltern auf einem Campingplatz.«

Er sprach nicht weiter. Reihum sahen wir ihn an, alle rechneten mit einer Geschichte. Ich zum Beispiel wollte etwas darüber hören, was er und seine Eltern bei diesem Regen gemacht hatten, und ehrlich gesagt wollte ich auch hören, dass es gut ausgegangen war. Ich wollte hören, wie der kleine Eddi sich bei Wolkenbruch gerade einen riesigen Keks aus dem Snackautomaten am anderen Ende des Campingplatzes gezogen hatte und ihn nicht aufzuessen schaffte, weil der Regen ihn vor seinen Augen zu Matsch werden ließ, oder dass die Unterhose seines Vaters davongespült wurde oder irgendeine andere lustige Geschichte. Ich konnte mir auch vorstellen, wie Eddis Mutter die Ankunft des Regens schon in den Tarotkarten gesehen hatte, die sie sich jeden Morgen legte und deren Auskünfte sie ernst nahm, egal, wie laut ihr Mann sie dafür auslachte. Als der Regen dann kam, setzte sie sich in den Campingstuhl und erklärte ihrer Familie – während um sie herum das Meer sich auftürmte und die Zelte flogen, Steine platzten, Alarmanlagen heulten –, dass sie sich nicht zu fürchten brauchten, denn die Mutter habe in den Karten gesehen, dass, sosehr ihnen die Welt als Unheil erscheinen möge, am Ende alles gut werde. Ich wollte hören, dass sie recht behielt, und mit dieser Erwartung sah ich zu Eddi, doch der schaute nur nach draußen in den Regen, und so erschien mir alles trostlos, und ich konnte mir nicht vorstellen, wie das hier bloß ausgehen sollte.

Fast zwei Stunden ging das so, das stumme Starren und Hoffen, nicht plötzlich an einen Baum zu geraten, und dann erreichten wir die Adresse. Eine Mauer umschloss das gesamte riesige Grundstück. Das Tor stand, auf uns wartend, offen.

Während Eddi den Meteoriten aus dem Kofferraum holte, zwängten wir vier uns unter das Vordach an der Haustür. Meikel klingelte, nachdem er herausgefunden hatte, dass die Klingel sich durch Vor- und Zurückziehen eines Rings betätigen ließ, den ein neben der Tür platzierter, gartenzwerggroßer Ochse aus Stahl in der Nase trug. Lange passierte nichts. Dann öffnete sich die Tür, und vor uns stand der Zahnarzt. Er sah sagenhaft gut aus: Mitte vierzig, blondiertes Haar, gesunder Teint, athletischer Körper und ein Lächeln, das mir, und auch den anderen, die Lippen blau anlaufen ließ. Man wollte eine Sonnenbrille suchen gehen. Zwei perfekte Zahnreihen, leuchtend wie Polarlichter.

»Oh *hall-o*, mit so viel Besuch habe ich gar nicht gerechnet. Was für eine Freude«, sagte er und fuhr sich mit der Zunge über die Vorderzähne. Sein pinkfarbenes

Hemd war großzügig geöffnet. Ich sah Muskeln und viel Brusthaar. »Na, kommt doch rein, bevor ihr nass werdet.«

Von innen wirkte das Haus noch größer als von außen. Wir standen in einem geräumigen Flur mit großen Lehmfliesen, der keinen Zweifel daran ließ, dass man sich in diesem Haus die Schuhe auszog. Außerdem schätzte der Zahnarzt reihum unsere Schuhgrößen, lag bei allen richtig und reihte dann die entsprechenden Paare jadefarbener Plüschpantoffeln vor uns auf. Wir zogen sie an. Er selbst trug kirschrote Plüschpantoffeln.

»Möchtet ihr was trinken? Hätte ich gewusst, dass ihr zu fünft kommt, hätte ich noch eingekauft. So kann ich euch nur Strawberry Daiquiris und Mojitos anbieten.«

Das Wohnzimmer war ein noch größerer Raum mit einer gigantischen weißen Couch, die an einen Halbmond erinnerte. Vor der Couch stand ein gläserner Tisch. Hinten ging es raus zum Wintergarten. An den Wänden hingen geschmackvolle Gemälde von diversen Haustieren. Natürlich gab es auch einen Kamin.

»Also, ich werde einen Strawberry Daiquiri trinken«, sagte der Zahnarzt mit erwartungsvollem Blick in die Runde. Farina sagte, einen Mojito würde sie nehmen. Wir anderen wollten nichts, Eddi und Meikel aufgrund ihrer Sucht, Heinrich aufgrund des Fahrens und ich einfach so, weil ich Angst hatte.

»Ihr trinkt alle keinen Alkohol? Dann Virgin Coladas, kei-ne Widerrede.« Er verließ strahlend das Wohnzimmer, wir setzten uns auf die Couch. Die Außenwände des Raumes waren vollständig verglast, vielleicht hätte man die Ostsee sehen können, wenn es nicht ununterbrochen geregnet hätte. Es lief Wasser die Scheiben hinab, als befände sich das gesamte Haus in einer Waschanlage.

Der Zahnarzt kehrte mit einem Tablett Cocktails wieder, alle mit Strohhalm und Schirmchen. Nachdem er sie vor uns aufgestellt hatte, setzte er sich ebenfalls auf die Couch, breitbeinig zurückgelehnt, lächelte uns an, sagte: »Gehts euch gut?«, und dann, als niemand antwortete: »Na, dann kommen wir wohl gleich zum Geschäftlichen. Leg das gute Stück doch mal auf den Tisch.«

Eddi hatte den Meteoriten die ganze Zeit an seine Brust geschmiegt, nun schob er die Virgin Coladas beiseite, um ihn auf den Glastisch zu legen. Der Zahnarzt beugte sich nach vorne und nickte langsam, das Lächeln vergangen, die Augen aufgerissen, vernebelt. Es war schwer zu erkennen, ob ein Traum für ihn in Erfüllung gegangen oder geplatzt war. Eine ganze Weile saß er so da, dann lehnte er sich wieder nach hinten.

»Ihr haltet mich für ein Monster, nicht wahr?«, sagte er. »Ein gefühlskalter Schnösel, der von den Nöten der kleinen Leute profitiert.«

»Was sollen wir denn sonst denken?«, sagte Farina. Sie hatte ihren Mojito in zwei Zügen ausgesaugt.

»Was sollen wir denn sonst denken …« Der Zahnarzt schien diesen Satz ernsthaft verdauen zu müssen. Zweimal setzte er an weiterzusprechen, stockte dann aber doch und schaute zum Regen. »Ich verachte meine Kollegen«, sagte er schließlich. »Ich verachte ihre Kleingeistigkeit, ihre Fixierung auf Sicherheiten. Manche von ihnen waren mal richtige Draufgänger. Jetzt sind sie jämmerliche Arschkriecher, weil sie Häuser abbezahlen müssen. Sie ver-

kaufen dir Kronen, wo du keine brauchst. Das Wildeste, was denen einfällt, ist, alte Zahnprothesen in einer Bar aus Eis reinzufrieren, um Après-Ski-Partys in ihrer Praxis abzuhalten. Und selbst das gehört ja der Vergangenheit an. Wie viele Zahnärzte fallen euch ein, die sich mit den Botschaften des Urknalls auseinandersetzen? Hauptsache, die Rente steht. Es ist zum Kotzen.« Er nahm einen Schluck seines Cocktails. »Sie geben sich mit dem Alltäglichen zufrieden und sehen nicht, oder sehen vielleicht doch, aber es interessiert sie nicht, dass unser Erfahrungshorizont zwangsweise, da wir ja Menschen sind, provinziell ist. Die ganze Welt, und mit Welt meine ich das Universum, ist voll mit Andeutungen auf etwas viel, viel Größeres, uns Unbegreifliches. Wie zur Hölle kann man vor sich hin leben, ohne zumindest zu *versuchen*, durch diese Gucklöcher ins große Ganze zu sehen? Das intensivste emotionale Erlebnis, das sie vielleicht erwartet, ist, Elternteil zu werden. Wisst ihr, was Einsteins intensivstes Erlebnis war? Der Tag, an dem er die Anomalien in der Umlaufbahn des Merkurs perfekt durch seine Allgemeine Relativitätstheorie erklären konnte. Seht ihr den Unterschied?«

Wir nickten, weil der Unterschied nicht schwer zu erkennen war, aber ich glaube, wir waren uns einig in der Unsicherheit, was dieser Umstand damit zu tun hatte, dass Menschen nur im Austausch gegen Meteoriten in ihrem Zuhause bleiben durften. Das fragte allerdings niemand. Ich für meinen Teil hatte Angst, durch Widerrede den Deal platzen zu lassen. Der Zahnarzt öffnete einen weiteren Knopf seines Hemdes, man sah nun seinen Bauchnabel, und lehnte sich breitbeinig zurück.

»Auf Meteoriten kann man Spuren von organischem Material finden, die mit den Grundbausteinen menschlichen Lebens übereinstimmen. Was heißt das? Das heißt, dass Leben auf der Erde – ›wahrscheinlich‹, bla, bla – durch Meteoriteneinschläge entstanden ist. Meteoriten, die ins große Meer gefallen sind und dadurch die ersten Einzeller produziert haben. Unsere Gegenwart hat diese natürliche Verbindung zum Kosmos verdrängt, wir haben unseren Geist auf die Erde runtergeschrumpft. Das war nicht immer so. Früher hat man diese Meldungen aus dem All richtigerweise als Botschaften eingeordnet. Was hat der Meteorit von Ensisheim für einen Schrecken verbreitet! Angekettet haben sie ihn, an ihm in alle Richtungen herumgedeutet. Ich sage nicht, dass sie recht hatten, aber sie haben zumindest verstanden, dass wir als Menschen einen Kommunikationskanal zum Weltraum haben, weil wir *von dort stammen*. Stern über Bethlehem? Von wegen. Ein Meteorit hat die Weisen zu Jesus geführt. Und heute? Heute erkennen wir in Meteoriten nichts als einen weiteren Markt. Ein Hobby für Millionäre in Arizona. Ziegenbauern in Marokko satteln um auf Meteoritensucher, weil es lukrativer ist. Wo bleibt der Wille zur Verständigung? In der Religion ist die Idee selbstverständlich, dass wir eine direkte Verbindung zu Gott haben, weil uns seine Ideen eingepflanzt sind. In dieser Spiritualität kann unsere Seele begreifen, dass wir eine Verbindung zu allem Organischen auf der Welt haben, weil in allem das Göttliche liegt. Empathie ist möglich, wir können empathisch sein gegenüber Tieren und Pflanzen. Ich sage jetzt: Es ist möglich, Empathie für das Weltall zu empfinden, weil es durchzogen ist vom Urstaub unserer Seelen. Wir können die Signale des Alls empfangen. In unseren Köpfen. Jederzeit. Ihr müsst doch sehen, wie groß das ist, wie wichtig, wie sich im Schatten dieser Möglichkeiten unsere Alltagsproblemchen in Luft auflösen.«

Ich schaute zu den anderen, um zu sehen, ob sie ergriffen waren. Während der Rede hatte es einen Moment gegeben, in dem mir Einsamkeit tatsächlich albern erschien, in dem ich den gesamten Kosmos von Spuren meiner Bestandteile durchzogen sah. Und wenn die kleinste Einheit meines eigenen Körpers um die Sterne schwirrte, war ich dann nicht auch nur eine geringfügige Verschiebung von Molekülen davon entfernt, etwas ganz anderes zu sein? Und wenn ich so nah dran war, etwas anderes zu sein, und folglich alle anderen Dinge kurz davor waren, ich zu sein, ist Einsamkeit dann nicht eine vollkommen lächerliche Kategorie? War das auch die Botschaft, die die Gespenster im April mir mitteilen wollten? Den Gesichtern der anderen nach zu urteilen, lösten die Überlegungen des Zahnarztes nichts in ihnen aus, und dann verwarf auch ich meine Gedanken, denn ich bin ich, und als solcher bin ich einsam, und was interessieren mich die Sterne.

»Na ja …«, sagte Eddi. »Das juckt mich alles nicht. Ich habe getan, was du wolltest. Hier ist dein Meteorit, du kannst den ganzen Tag ins Universum gucken oder was auch immer du damit vorhast. Ich fahr jetzt zurück in meine Wohnung.«

Der Zahnarzt schnaufte. Nachdem er in unsere Runde geblickt und ihm niemand die erhoffte Reaktion gezeigt hatte, stand er auf und ging zur Garderobe. Er zog sich ein Regencape über und verschwand durch den Wintergarten nach draußen. Höchstens eine Minute war er weg, dann sahen wir ihn schon wieder seelenruhig, das Wasser lief an ihm herab, auf das Haus zukommen. In der Hand hielt er eine riesige Axt.

»Was geht *ab*«, sagte Heinrich im Aufstehen.

»Beruhig dich«, sagte der Zahnarzt. Er positionierte sich vor dem Tisch, schwang die Axt in die Luft und ließ sie auf den Meteoriten niederprallen. Der Glastisch platzte, die Cocktails flogen zu Boden und auf die Couch. Der Stein lag in den Scherben, in mehrere Stücke zerfallen. »Siehst du die kleinen Hohlräume da drin?« Der Zahnarzt sprach jetzt direkt zu Eddi, sichtlich wütend. »Das sind Gasblasen. Basaltisches Gestein. Dieser Brocken hat nichts mit einem Meteoriten zu tun. Gängige Verwechslung. Passiert den Besten, aber schade ist es natürlich, dass du deinen Teil der Vereinbarung nicht einhalten kannst.« Und als ließe seine Feindseligkeit irgendeinen Raum für Spekulationen, sagte er noch: »Du hättest meinen Kollegen den Meteoriten geben sollen, als du die Chance dazu hattest. Jetzt hast du verloren. Kannst ja noch ein paar Monate klagen, wenn du willst, am Ende musst du aus der Wohnung raus.«

Zwischen den Räumen unserer Stille formulierte sich keine Botschaft aus dem All, ich achtete darauf. Ein großes, ehrliches, endgültiges Schweigen.

Ich hoffte, der Zahnarzt hatte recht mit seinem Gerede von Verbundenheit zum Weltraum, doch empfangen hab ich solch ein kosmisches Signal noch nicht, oder ich habe es empfangen und es nicht erkannt. Die Hoffnung, es irgendwann zu tun, treibt mich zu den Steinen. Dabei weiß ich gar nicht, was für eine Botschaft ich mir erhoffe. Ich glaube, ich wäre glücklich mit einem Hinweis darauf, wie man dieses Leben zu bewältigen hat. Ein einziger Hinweis würde mir reichen. So aber bin ich aufgeschmissen in dem Chaos, das entsteht, wenn jeder Mensch an etwas interessiert ist. Ich fühle mich, als wirkten diese milliardenfachen Energien gleichzeitig auf mich ein.

Zuerst stand Meikel auf und ging zu der Fensterfront, wo er schweigend in den dichten Regen schaute. Dann öffnete er die Terrassentür und ging hinaus in den Wintergarten. Ich sah ihn durch die Scheibe, wie er sich auf eine Eckbank setzte und weiter das Spektakel, oder die Katastrophe, in Richtung Meer beobachtete. Eddi wirkte gebrochen. Er versank im Sofa. Vielleicht überlegte er sich, ob es sinnvoll wäre, Gewalt anzuwenden, aber nichts an ihm deutete darauf hin, dass er es tun wollte. Heinrich jedoch schien bereit dazu, als wartete er nur auf ein Signal von Eddi, sich auf den Zahnarzt zu stürzen. Farina war die Einzige, die agitiert schien.

»Ich will meinen Club zurück«, sagte sie.

»Welchen Club.« Der Zahnarzt befand sich nun auch in Trauer. Er kniete sich zum Stein und schaute sich sein Inneres an. Wäre es ein echter Meteorit, könnte man ihn lesen wie einen Stadtplan, Linien, Rechtecke, Konturen, die irgendwohin zu zeigen scheinen. In diesem hier war nichts. Farina redete auf den Zahnarzt ein, bis der sich ihr zuwandte und sagte: »Ich weiß nicht, wovon du redest. Wir besitzen keine Clubs. Es sind nur Wohnhäuser. Du kannst uns nicht für alles verantwortlich machen. Das ist jemand anders.« Die Ernsthaftigkeit, mit der er das sagte, ließ keinen Zweifel an der Wahrheit. Auch Farina erstarrte.

Ich stand auf und setzte mich zu Meikel in den Wintergarten und überlegte, ob ich das Wetter kommentieren sollte, doch es kommentierte sich schon selbst. Hinter den Wasserwänden waren vage Konturen von heftig hin und her schaukelnden Bäumen zu sehen, sie könnten jederzeit ausgerissen werden und auf uns zugeflogen kommen. Das Dach des Wintergartens klang wie ein unendlich langer Knallfrosch. Meikel hatte eine unangezündete Zigarette zwischen den Lippen hängen. Stumm hielt er mir die Schachtel hin, und obwohl ich eigentlich nicht rauche, nahm ich mir eine. Ich hatte kein Feuer, und Meikel bot mir keins an. Vielleicht wusste er, dass die anderen folgen würden.

Heinrich nahm sich den letzten Platz auf der Eckbank und griff kommentarlos nach den Kippen. Farina und Eddi klappten zwei Gartenstühle aus, die sie in der Ecke lehnend fanden. Nach einem kurzen Probesitzen schaute Eddi sich nach Sitzkissen um und fand sie in einer großen Kunststoffkiste. Farina nahm das Kissen dankend an. Meikel reichte den beiden eine Zigarette, und dann ging er mit seinem Feuerzeug einmal rum. So saßen wir und rauchten, die Blicke voneinander abgewendet. Der Qualm formierte sich in Schwaden vor den Mündern, in Wolken unter Nasen, in Kränzen um die Haare. Eine ganze Kippenlänge hatten wir noch vor uns, und wie es dann weitergehen würde, das wusste niemand, oder vielleicht wussten es auch alle außer mir. Eddi war es, der das Schweigen brach. Er drehte sich zu Meikel und sagte:

»Kann ich dann erst mal bei dir pennen.«

Und Meikel sagte:

»Klar.«

Dann lauschten wir weiter den knallenden Tropfen, den Böen und fliegenden Ästen. Ich weiß noch, dass ich überlegte, ob ich etwas zu sagen hatte. Es fühlte sich nach einem Moment an, in dem man etwas hätte sagen können. Ich sah sie reihum an, Meikel und Heinrich, Eddi und Farina. Und wie ich diese Gesichter sah, da fiel mir tatsächlich etwas ein, etwas, das sie wissen mussten, das ich loswerden wollte und das nur in diesem Augenblick gesagt werden konnte. Doch gerade als ich zum Sprechen ansetzte, sah ich aus den Augenwinkeln, wie der Zahnarzt die Terrassentür öffnete und vorsichtig seinen Kopf zu uns rausstreckte.

»Es tut mir wirklich leid«, sagte er, »aber ihr könnt hier nicht rauchen. Das ist gar nicht gut fürs Polster.«

Und da war der Moment verflogen, ich presste die Lippen zusammen und schluckte. Ich sah kurz in die Runde, doch niemand sah mich an. Dann drückten wir unsere Kippen aus, lehnten uns zurück und warteten auf das Ende des Regens.

heyhey
ich will nie wieder arbeiten
nur noch schön durch den Tag gleiten
nichts anderes tun

als an dich denken

Zitatnachweise

S. 7 International Music: *Für Alles* (Album: *Die besten Jahre*), Summen & Score Musikverlag/Flex-Ton Musikverlag.

S. 9 Fuffifufzich: *Zur Hilfe* (Album: *Heartbreakerei*), recordJet.

S. 11 Tightill: *Wahnsinn* (Album: *Champions EP*), Erotik Toys Records.

S. 11 Erregung öffentlicher Erregung: *16 zu 9* (Album: *Speisekammer des Weltendes*), Schlappvogel Records.

S. 57 Peter Fox: *Schwarz zu blau* (Album: *Stadtaffe*), Warner Music.

S. 61 Apsilon: *Zufall* (Album: *Blei EP*), Four Music.

S. 85 Der Ringer: *Heilig* (Album: *XP*), Pennywine Entertainment.

S. 86 Paula Hartmann: *Gespenst* (Album: *Kleine Feuer*), Electric Feel Publishing Europe GmbH/Universal Music Publishing GmbH.

S. 167 Haiyti & KitschKrieg: *Ein Messer* (Album: *Toxic*, Text von Haiyti), SoulForce Records.

S. 283 Dagobert: *Nie wieder arbeiten* (Album: *Jäger*), recordJet.

SVEN PFIZENMAIER

Draußen feiern die Leute

»Eilmeldung: Es gibt wieder einen coolen, deutschen Dorfroman.“
ZEIT online

Ein ganz normales Dorf in Deutschland: in der Mitte ein Kreisel, daneben die Volksbank und im September das Zwiebelfest. Aber nicht alle hier können sich dem Dorfgefüge anpassen – Timo, Valerie und Richard sind seit ihrer Geburt Außenseiter. Als allmählich immer mehr junge Leute im ganzen Land spurlos verschwinden und in den Familien große Lücken hinterlassen, machen sie sich auf die Suche nach den Vermissten. Das Leben der drei ist schon immer besonders gewesen, doch sie haben keine Vorstellung davon, was sie mit ihrer Suche lostreten.